Platz · Immobilien-Management

Jürgen Platz

Immobilien-Management

Prüfkriterien zu Lage, Substanz, Rendite

3., überarbeitete Auflage

GABLER

Die Deutsche Bibliothek — CIP-Einheitsaufnahme

Platz, Jürgen:
Immobilien-Management: Prüfkriterien zu Lage, Substanz, Rendite / Jürgen Platz. — 3., überarb. Aufl. — Wiesbaden : Gabler, 1993
ISBN 3-409-39123-1

1. Auflage 1989
2. Auflage 1991
3. Auflage 1993

Der Gabler Verlag ist ein Unternehmen der Verlagsgruppe Bertelsmann International.

Lektorat: Ulrike M. Vetter

Höchste inhaltliche und technische Qualität unserer Produkte ist unser Ziel. Bei der Produktion und Verbreitung unserer Bücher wollen wir die Umwelt schonen: Dieses Buch ist auf säurefreiem und chlorarm gebleichtem Papier gedruckt. Die Einschweißfolie besteht aus Polyäthylen und damit aus organischen Grundstoffen, die weder bei der Herstellung noch bei der Verbrennung Schadstoffe freisetzen.

Satz: I. Junge, Düsseldorf
Druck und Bindung: Wilhelm & Adam, Heusenstamm
Printed in Germany

ISBN 3-409-39123-1

Vorwort

Im Wein ist Wahrheit,
mit beiden pflegt man anzustoßen.
Peter Sirius

Während meiner jahrzehntelangen Tätigkeit im Bau- und Immobilienbereich eines großen Versicherungsunternehmens habe ich Erfahrungen gesammelt, wie Liegenschaften aus der Sicht eines institutionellen Anlegers zu beurteilen sind und wie sie dort behandelt werden. Das Immobilien-Management hat sich mir aus zahlreichen Perspektiven - der juristischen, der steuerlichen, der wirtschaftlichen und der ästhetischen - als eine reizvolle Aufgabe eröffnet und die eigene positive Einstellung zu Kapitalanlagen in solchen sichtbaren Werten geprägt.

Mein besonderes Interesse gilt in diesem Zusammenhang der Chance und den Möglichkeiten zur dynamischen Gestaltung, sei es bei Neubauten oder Gebäuden des Bestandes. Immobilien sollten aktiv betreut werden. Sie sind den ständigen Wandlungen und Anforderungen des Marktes anzupassen, die notwendigen Steuerungs- und Kontrollvorkehrungen sind einzurichten. Die Immobilie ist folgerichtig nicht als toter Anlageposten, sondern als Produktionsfaktor anzusehen und mit allen Auswirkungen einem Profit-Center zu unterstellen.

Wertgestaltung und -erhaltung sowie Erwirtschaftung von Erträgen sind Maximen, denen ich das Immobilien-Management stets gewidmet habe. Dabei hätte ich gern von Anfang an auf einen Leitfaden zurückgegriffen, wie ich ihn mit diesem Werk zur Anleitung und Ausbildung in der Praxis schaffen möchte. Es geht mir nicht um eine wissenschaftliche Arbeit, sondern darum, eine systematische Übersicht und Unterstützung für die Praxis anzubieten und aus meinem Erfahrungsschatz Einblicke und Ausblicke in die Materie der Immobilien und ihre Handhabung im Wirtschafts- und Geschäftsleben zu geben.

Über die geschichtliche Entwicklung von Immobilien und ihre Funktionen bringe ich dem Leser die stets wiederkehrenden Anforderungen an Gebäude näher: Es hat ständig Komfortsteigerungen im Wohnbereich und Nachfrage nach Nutzungsvielfalt bei gewerblichen Gebäuden gegeben; dieser Trend ist ungebrochen. Aktuell sind dabei die vielfältigen Nutzungs- und Beteiligungsmöglichkeiten von Time- und Use-Sharing bis Leasing oder Mietkauf.

Für den Nutzer des Leitfadens versuche ich, Merkmale und Methoden für die Transparenz einer Immobilie aufzuzeigen, sie gleichsam „gläsern" zu machen. Hierfür sind die Beurteilungskriterien zu Lage, Substanz, Ertrag und Rendite systematisch beschrieben und mit kopierfähigen Anlagen ergänzt.

Außerdem widme ich mich dem vorgenannten Hauptanliegen des Bestandsmanagements, wozu einerseits die Pflege und Erhaltung des Grundbesitzes, andererseits die dynamische Verwaltung gehören. Der moderne Immobilienmanager hat steuernd darauf hinzuwirken, daß die Nutzbarkeit der Immobilie erhalten und an aktuelle Marktforderungen angepaßt wird.

Mit speziellen Ausführungen zu Aufsichtsbestimmungen für Grundstücksanlagen bei Versicherungsunternehmen und Steuerfragen befasse ich mich im letzten Teil. Über die Sprichwörter mag der Leser schmunzeln oder nachdenken.

Dortmund, im März 1989 *Jürgen Platz*

Vorwort zur dritten Auflage

Nachdem die zweite Auflage mit einigen Aktualisierungen und Erweiterungen auf gute Resonanz gestoßen ist, liegt nun bereits die dritte Auflage vor.

Wiederum aktualisiert sind die Jahresübersichten über die Vermögensanlagen der Versicherungswirtschaft.

Im Bereich der Bewirtschaftungskosten werden die Begriffe von Verwaltungskosten, Betriebskosten, Instandhaltungskosten, Mietausfallwagnis sowie Abschreibung definiert und erläutert, um die Berechnung des Reinertrags, der sich aus dem Rohertrag abzüglich Bewirtschaftungskosten ergibt, aufzubereiten und zu erleichtern. Dabei wird die Wertminderung wegen Alters bzw. die Lebensdauer von Gebäuden behandelt und tabellarisch ausführlich dargestellt.

Die Ausführungen über die Immobilienbewertung wurden ergänzt um zwei Beurteilungs- bzw. Betrachtungsweisen: die Discounted-Cash-flow-Methode und das Residualverfahren. Dadurch erhalten Investoren zusätzliche Entscheidungshilfen.

Neu eingefügt sind schließlich ein Datenflußdiagramm für die computergestützte Verwaltung von Immobilien und ein wohnungswirtschaftliches Dialog-Informationssystem.

Dortmund, im Dezember 1992 *Jürgen Platz*

Inhalt

Verzeichnis der Anlagen

Einführung

Alles sollte so einfach wie möglich gemacht werden,
aber nicht einfacher.
Albert Einstein

Wer beruflich intensiv mit Immobilien umgeht, wird zu der Feststellung kommen, daß sich einige wesentliche Merkmale und Beurteilungskriterien der Immobilien regelmäßig wiederholen, so daß dem erfahrenen Immobilienmanager die Einordnung auch der unterschiedlichsten Objekte nach Raster-Kategorien möglich ist, zum Beispiel

- nach Struktur und Nutzungskriterien: Jedes Gebäude verrät aus Baujahr und äußerer Gestalt vorab seine Verwendungsfähigkeit und läßt die Einordnung nach Nutzungsschwerpunkten und Marktbedarf zu;
- nach Substanz und Erhaltungsfähigkeit: Die Besichtigung eröffnet dem Immobilienfachmann von vornherein Einblicke in die Bausubstanz; aus der Erfahrung weiß er, daß Materialien aus den 50er Jahren auswechslungsbedürftig sind und daß ein angegriffenes Stahl-Beton-Gerippe kaum noch sanierungsfähig sein wird;
- nach Anpassung und Modernisierung: Vorkriegsgebäude können nach Art der Materialien durchaus modernisierungswürdig sein;
- nach Wirtschaftlichkeit: Die Überlegungen zur Rentabilität eines Gebäudes bewegen sich ausnahmslos in Richtung auf das Verhältnis zwischen Aufwand und Ertrag.

Wegen dieser inhaltlichen Gleichartigkeit lassen sich also - bezogen auf eine Vielzahl von Immobilien - allgemeine Ableitungen und Nutzprogramme entwickeln. Sie erleichtern den Umgang mit Immobilien deshalb, weil Einordnungen möglich und Einzelbehandlungen erspart werden.

Von Bedeutung ist des weiteren jeweils die Frage, aus welcher Motivation heraus die Beschäftigung mit einer Immobilie erfolgt, wie die internen Zielsetzungen und die äußeren Einflußfaktoren sind, die hier zunächst kursorisch aufgeführt und anschließend detailliert dargestellt werden:

- Operative und strategische Anlagepolitik des Hauses
- Anlagebedarf
- Anlagelogistik
  - Pflege des Grundbesitzes
  - Dynamisches Immobilien-Management
  - Schnittstellenpflege
  - Controlling, operativ, strategisch und präventiv
- Renditevorgaben
- Wirtschaftlichkeit und Verantwortung

- Marktsituation mit wirtschaftlichen und politischen Rahmenbedingungen
- Anlagemöglichkeiten
- Anlagevorschriften von Aufsichtsbehörden
- Umsatzsteuerliche Regelungen

Von ausschlaggebender Bedeutung für den Immobilienfachmann ist die Anlagepolitik seines Auftraggebers oder der Gesellschaft, in deren Namen er tätig wird; hiernach richtet sich, mit welchen Mitteln gearbeitet wird, um ein strategisches Ziel zu erreichen, zum Beispiel: Ankauf eines ganzen Wohnviertels zur Errichtung eines Hauptverwaltungsgebäudes. Oft ist der Anlagebedarf davon beeinflußt, wie die Streuung von Kapitalanlagen gewünscht wird.

Durch dynamisches Management erfährt ein vorhandener Bestand erheblichen Ausmaßes die systematische Pflege, die über das bloße Kassieren der Mieten und die Beschäftigung mit der Wiedervermietung hinausgeht.

Unter Schnittstellenpflege ist die Zusammenarbeit zwischen der Immobilienverwaltung und der Vermögensdisposition zu verstehen: Die zur Investition beziehungsweise Substanzerhaltung notwendigen Mittel werden planmäßig und systematisch zur Verfügung gestellt, so daß Zinsausfälle vermieden werden.

Die gesamten Operationen im Immobilien-Anlagebereich sollten einem intensiven Controlling unterworfen werden, um Ausführungs- und Systemfehler zu vermeiden.

Die Gesellschaft oder der Auftraggeber haben regelmäßig bestimmte Vorstellungen von der Rentabilität, deren Erfüllung sie im Einzelfall zur Auflage machen, um die Gesamtwirtschaftlichkeit der Vermögensanlagen sicherzustellen und gegebenenfalls den Auftragnehmer oder Abteilungsleiter zur Verantwortung zu ziehen.

In der freien Marktwirtschaft beeinflussen die wirtschaftlichen und politischen Rahmenbedingungen das Anlageverhalten institutioneller Anleger; bringt der Wohnungsbau zum Beispiel bedeutend geringere Renditen als andere Anlagen auf dem Kapitalmarkt, liegt hierin ein wesentlicher Bestimmungsfaktor für die Anlagepolitik und -möglichkeiten.

Von zwingender Bedeutung sind für institutionelle Anleger die Vorschriften der zuständigen Aufsichtsbehörden; umsatzsteuerliche Regelungen oder Änderungen können aktuelle Änderungen der Anlagegepflogenheiten herbeiführen.

Im Umgang mit Immobilien wiederholen sich von der Projektentwicklung bis zum Objektankauf stets die gleichen Grundraster und Prüfungsgegenstände:

- Projekt-/Objekt-Inhalt
- Aufwand
- Ertrag
- Rendite
- Wertbildung

Auch die weitere Behandlung von Immobilien unterliegt regelmäßig gleichartigen Abläufen und Ansätzen:

- Realisierung der Erträge
- Pflege und Instandhaltung des Grundbesitzes
- Dynamische Verwaltung
- Anpassung/Modernisierung
- Kostensenkung
- Renditesteigerung

Motiv und Indikator für das Management von Immobilien sind die Funktionen und Zweckbestimmungen von Gebäuden. Bei Eigennutzung werden für den Bau, die Einrichtung und den Betrieb *eigene* Zweckvorstellungen und Anforderungen an die Gestaltung von Wohn- und Arbeitsstätten entwickelt; bei Fremdnutzung sind Wünsche und Bedürfnisse der Nutzer in größtmöglicher Variabilität zu berücksichtigen, dementsprechend auch Betrieb und Management der Immobilie.

Für alle diese Funktionsgruppen und Zweckbestimmungen von Immobilien sind zahlreiche spezielle Nutzanwendungen und Formen des Managements und Controlling - dieses im Sinne von operativer und strategischer Steuerung - erforderlich, und zwar in einer Bandbreite von Bezugsobjekten, wie sie sich aus der folgenden Untergliederung in Hauptbereiche von Immobilienverwendungszwecken ergibt:

- Wohnbauten
- Bürohäuser
- Hotels
- Tagungs- und Kongreßzentren
- Ferienzentren
- Industrie- und Gewerbebauten
- Gewerbeparks
- Boardinghäuser
- Technologieparks/-zentren
- Krankenhäuser/Kliniken
- Sanatorien
- Alten- und Pflegeheime
- Einkaufs- und Shopping-Zentren
- Supermärkte
- Galerien/Passagen
- Waren- und Lagerhäuser
- Fachmärkte
- Freizeitbauten/Fitness-Zentren
- Kulturbauten
- Parkhäuser

Es sind für diese Vielfalt von Nutzungszwecken so zahlreiche Arten technischen Fortschritts und so viele künftige Neuerungsmöglichkeiten vorstellbar, daß ihre Beschreibung den Rahmen des Leitfadens sprengen würde. Deshalb kann die Aufmerksamkeit nur auf Einzelbeispiele gelenkt und eine allgemeine Nutzungsanwendung empfohlen werden. So sind Initiatoren, Architekten und Bauunternehmungen im Wohnungsbau gut beraten, wenn sie sich dem Thema des häuslichen Büroarbeitsplatzes mit allen Auswirkungen und Anforderungen widmen, während im Gewerbebau angesichts der rasanten Änderung der Nutzungs- und Vermarktungsformen für Dienstleistungen und Waren nicht eindrücklich genug die Forderung nach der Multifunktionalität der Immobilien gestellt werden kann.

Dem Immobilienmanager dürfen angesichts der differenzierten Anforderungsprofile nicht nur die Funktionen des Agierens und des operativen Controlling – Planung und Steuerung von Substanzerhalt und Wirtschaftlichkeit – obliegen (S. 122); die Managementfunktionen des strategischen Controlling zur Markt- und Umweltadaption sowie Existenzsicherung müssen hinzukommen (vgl. S. 124).

1. Geschichte und Funktion von Immobilien

Wenn Du Dein Heute fest in die Hände nimmst,
wirst Du vom Morgen weniger abhängig sein.
Seneca

1.1 Immobilienentwicklung durch die Jahrhunderte

Erste Unterkünfte für Jäger und Sammler sind bis in das Mesolithikum Höhlen und Wohngruben, Zelte und Windschirme, Schilf- und Reisighütten. Der häufige Standortwechsel gestattet nur provisorische Konstruktionen aus dem jeweils vorhandenen Material. Im Neolithikum vollzieht sich der revolutionierende Übergang zur Landwirtschaft: Ein Teil der Urbevölkerung wird seßhaft und braucht stabile Unterkünfte für Menschen, Tiere und Vorräte. Die primitiven Bautechniken werden allmählich verbessert, die ersten halbfesten und festen Häuser entstehen.

Schilfhütten, sogenannte Srefen, sind im arabischen Zweistromland noch im 20. Jahrhundert in der uralten Bauweise gebräuchlich: Geschnürte Schilfbündel werden in gleichen Abständen paarweise einander gegenüber eingegraben und zu Rippen zusammengebogen.

Rundhäuser entstehen aus dem Kreis um das Herdfeuer oder beim Nomadenzelt im Steinring mit drei oder vier Stangen. Sie gelten als älteste Form des Hauses. Die verschiedenen Typen finden sich vom Alpenrand bis zur Mongolei und werden noch heute gebaut. Im Umkreis Mesopotamiens werden die provisorischen Leichtbauweisen schon früh durch die Techniken des Lehm- und Steinbaus ersetzt.

Die Rundbauten gehören zum Typ der Bienenkorbhäuser, teilweise kombiniert mit Vorbauten in Form kleiner Rechteckhäuser. In Zypern, einem Vorposten der mesopotamischen Kultur im Mittelmeer, ist in etwa 2,30 Metern Höhe ein Zwischengeschoß eingeschoben, das die halbe Kreisfläche überdeckt. Diese Einteilung übernehmen später die Inselgriechen in ihre Rechteckhäuser.

Aus Vorformen - wie dem Dachhaus - bildet sich am Ende der vorgeschichtlichen Zeit das Rechteckhaus mit senkrechten Wänden. Dieser Typ setzt sich im Wettbewerb mit den Rundbauten als zweckmäßiger durch: Das Rechteck als Grundfigur läßt sich besser konstruieren, einteilen, erweitern und kombinieren; es erleichtert außerdem die Konstruktion und das Baugeschehen (Holzverbindungen und Ziegelverband, Laienarbeit). Ein Bauprogramm ist durch eine Verbindung rechteckiger Räume verschiedener Größe besser „unter Dach und Fach" zu bringen als durch eine Kette von Rundhäusern. Der Kreis entzieht sich einer zweckmäßigen Einteilung ebenso wie einer beliebigen Vergrößerung.

Erst mit dem Seßhaftwerden des Menschen beginnt seine Kultur des Hausbaus, um mit der festen Wohnstätte den Schutz vor täglichen Naturgewalten zu finden und die Vorsorge für Alter und Nachkommen einzuleiten.

Waren die Höhlen, Windschirme, Blatthäuser und Wohnmulden dem Nomadenmenschen ausreichend, so wollte der Hirte oder Bauer als Seßhafter mit der *stabilen Behausung* seine wesentlichen Entfaltungsbedürfnisse - nämlich Wohnen und Wirtschaften - erfüllen und im wahrsten Sinne des Wortes umhüllen.

Diese beiden Funktionen sind bis heute die entscheidenden Motivationen und Indikatoren für den Bau und Betrieb (Management) von Häusern (Immobilien) geblieben.

Alle Typen des Hausbaus und seiner Zweckbestimmungen haben sich weitgehend aufgefächert, worauf allein rund 50 mit „haus" zusammengesetzte Wörter hinweisen. Wohn- und Wirtschaftshäuser haben ihre Entwicklung von der Eigennutzung zur Fremdnutzung genommen, wodurch sich neben der Typenvielfalt in sich auch eine Auffächerung der Nutzungszwecke ergab.

Soziale Zwecke verfolgen beispielsweise die 53 Häuser der Fuggerei in Augsburg, die 1519 für arme Bürger errichtet wurden, und die Unterteilung des Heilig-Geist-Hospitals in Lübeck für Altenwohnungen. Der Beginn von kommerziell genutzten Wohnhäusern liegt beim Zins- und Rentenhaus des ausgehenden 19. Jahrhunderts und den nachfolgenden „Mietkasernen". Bei gewerblichen Immobilien sind die Kontorhäuser in den Hansestädten Vorläufer der heutigen Nutzungsformen.

1.2 Einfluß der Architektur

Das Dach spricht sofort seinen Daseinszweck aus:
Es beschirmt den Menschen, der den Regen und die Sonne fürchtet.
Gaston Bacheland

Architektur ist schon im ursprünglichen antiken Wortsinn ein umfassender und vielschichtiger Begriff. Von seinen zwei altgriechischen Wortwurzeln bezeichnet die eine (arch-) das Anfangen, Anführen und Unternehmen, die andere (tekton) das Erfinden und Hervorbringen, Verfestigen, Bilden und Bauen (speziell das Zimmern, das Bauen mit Holz). Im Beruf des Architekten vereinigen sich alle diese Tätigkeitsfelder. Architektur ist eine Summe schöpferischer Tätigkeiten.

Die primäre Funktion der Architektur ist beinahe biologischer Art: Sie bewirkt Schutz gegen das Wetter und andere Kräfte der Umwelt, ein Mittel der Menschen, um sich im Existenzkampf durchzusetzen.

Mit dem Entstehen einer arbeitsteiligen Gesellschaft fallen dem Bauen zusätzlich zur Primärfunktion sekundäre Funktionen in steigender Zahl zu. Die gegliederte Gesellschaft stellt der Architektur vielfältige Aufgaben. Sie reichen vom Wetterschutz über die verschiedenen privaten und öffentlichen Bedürfnisse der Gesellschaft bis zu ihrer repräsentativen Selbstdarstellung und zum Symbol.

Während der historischen Epochen verändern sich die Lebensumstände, Wirtschafts- und Gesellschaftsformen relativ wenig. Für die meisten immer wiederkehrenden Aufträge gibt es typische Lösungen. Individuelle Programme oder neuartige Lösungen entstehen meist aus neuen oder differenzierten Bedürfnissen; zum Beispiel in der römischen Kaiserzeit Miets- und Geschäftshäuser, Kaiserpaläste, Theater und Thermen. Seit Beginn des Industriezeitalters kommt es zu einer immer schnelleren Änderung von Programmen; eine „flexible Architektur" wird gefordert.

Ursprünglich ist das Bauen eine Arbeit der Gemeinschaft. In der arbeitsteiligen Gesellschaft bildet sich das Bauwesen als selbständiger Bereich des wirtschaftlichen Lebens aus. Hier konzentriert sich jahrhundertelang die Mehrzahl der technischen Berufe. Die großen Bauten der historischen Epochen bilden die künstlerischen und technischen Pionierleistungen ihrer Zeit. Unter Teilnahme der Öffentlichkeit entwickelt sich die Architektur als ein vielschichtiger eigenständiger Prozeß.

Die Autonomie ist immer begrenzt. Einerseits hängt sie von den Bedingungen des Programms, der öffentlichen Meinung, der gesamten geschichtlichen Situation ab, andererseits unterliegt sie den Naturgesetzen, vor allem der Schwerkraft der Erde und den Bedingungen des Baumaterials.

Der Ausführung geht die Planung voran: der Entwurf einer Ordnung von Räumen und Bauelementen für das gestellte Programm. Seine Forderungen müssen mit den technischen Möglichkeiten, den finanziellen Mitteln und der Situation des Bauplatzes abgestimmt und in eine Baugestalt umgesetzt werden.

Als letzte Phase folgt das Bauen selbst, die praktische Verwirklichung der entworfenen Pläne. In einer umfassenden Organisation muß die Vielzahl spezieller Arbeiten in ihren verschiedenen Phasen aufeinander abgestimmt und zu einem geordneten Ablauf zusammengefaßt werden.

Bei den großen Bauten der historischen Zeit war die Planungszeit meist kurz, die Ausführungszeit lang: sie betrug Jahre, Jahrzehnte, manchmal Jahrhunderte. Heute nimmt die Planung oft mehr Zeit in Anspruch als die Ausführung, obwohl meist mehr spezialisierte Gruppen an der Planung arbeiten als je zuvor.

Die gegenwärtige Architektur, so umwälzend und neuartig sie erscheint, ist ohne lange Geschichte ebensowenig denkbar wie die Entwicklung von Wissenschaft und Technik. Sie baut auf den Leistungen von Jahrtausenden auf.

1.3 Wohnen

Die beste Freude ist
Wohnen in sich selbst.
Goethe

In der Erweiterung gilt für „Wohnen in sich selbst" die „Freude *am* Wohnen", nämlich an Heim und Wohnung, wenn die individuelle Ausgestaltung und gehobener Wohnkomfort persönliches Wohlbehagen und Freude bewirken.

1.3.1 Geschichtliche Entwicklung

Der Geschichte des Wohnbaus sind Entwicklungen und Erfahrungen zu entnehmen, die auch für die Zukunft prägende Maßstäbe setzen werden:

- ständiger Materialwandel für Außen- und Innengestaltung,
- Stil- und Geschmackseinflüsse,
- Typenvielfalt und ständige Anspruchssteigerung.

Der Fortschritt im Bereich der Baumaterialien soll hier nicht in Einzelheiten ausgeführt werden, es werden nur die herausragenden Stoffe aufgeführt, einerseits um die Vielfalt aufzuzeigen, andererseits um Anregungen für Wiederholungen und Kombinationen in der Auswahl zu geben.

1.3.2 Materialwandel und Typenvielfalt

Architektur und Baukunst sind als synonyme Begriffe einander gleichzusetzen, das Bauen ist als der ihnen zugeordnete Prozeß der Realisierung zu betrachten.

Seit dem sprunghaften Wachstum von Bevölkerung und Produktion in der industriellen Revolution sind alle Dimensionen gewachsen. Die Expansion der Städte und Industriereviere führt zur Überbauung und Zersiedlung ganzer Landschaften. Der früher unermeßlich scheinende Raum auf der Erde und seine Rohstoffreserven sind nunmehr fühlbar begrenzt.

Planen und Bauen ist eines der Mittel, um den menschlichen Lebensraum vom einzelnen Wohnhaus bis zu ganzen Regionen im Wechselspiel mit der freien Natur zu ordnen, sinnvoll zu begrenzen und zu gestalten. Diese Aufgabe ist von einzelnen nicht zu leisten. An ihrer Erfüllung müssen viele Gruppen von Planern, Architekten, Behörden und Industrien arbeiten.

Das nachstehende Materialspektrum ist gleichzeitig ein Spiegel der handwerklichen, technischen Geschicklichkeit des Menschen und seines Erfindergeistes im Laufe der Geschichte:

- Ursprungsstoffe:
  Steine, Holz, Lehm, Sand, Felle, Häute
- Misch- und Verarbeitungsstoffe:
  Mörtel, Ziegel, Zement, Beton, Stahl, Fliesen, Kacheln, textile Stoffe
- Chemische Baustoffe:
  Glas, Farbe, Teer, Plastik, Kunststoffe

Auf diese Materialfülle haben Baukunst, Architektur, Stilrichtungen einer Epoche und nicht zuletzt auch Bauvorschriften (zum Beispiel zur Wärmedämmung, Heizkosteneinsparung) prägenden Einfluß genommen.

Mit der Zunahme technischer Verarbeitungsmöglichkeiten gehen modische Einflüsse und Änderungen einher, die sich insbesondere bei Inneneinrichtungen zeigen und sich schneller vollziehen als die Stilrichtungen von Epoche zu Epoche.

Zur Typenvielfalt im Wohnungsbau sei nur auf einen bedeutenden Wandel jüngster Zeit hingewiesen, nämlich den Übergang von der rein funktionalen Bedarfsdeckung zur individuellen Gestaltung; nach der Wohnungs-Serienbauweise vergangener Jahre sind Wohnbauten in romantischer oder rustikaler Kulisse wie Gutshöfen, Mühlen oder Burgen und Klöstern gefragt.

Nicht erst aufgrund der modernen Kommunikationsmittel stellt sich die Frage, wie Wohnen und Arbeiten (wieder) näher zusammenrücken und wie sich solche strukturellen Veränderungen auf die Wohnungen auswirken. Dieses Thema wird unter dem Gesichtspunkt „Hausarbeitsplatz" ausführlich erörtert. Jedenfalls sind Anforderungen an Vielfalt und Veränderbarkeit in ihrer Erschließung und Schaltbarkeit für Wohn- und Arbeitsnutzungen wie für Wohn- und Gewerbebauten ähnlich. Lofts werden zu Wohnungen, umgebaute Berliner Großwohnungen zu effizienten Arbeitsbereichen umfunktioniert. Nicht immer ist ein so großzügiger Umgang mit Quadrat- und Kubikmetern möglich, wie ihn diese Bauten aufweisen. Deshalb sind Prinzipien der vielfältig nutzbaren Baustruktur wichtig.

Eigenleistungen – do it yourself – bringen ebenfalls Arbeits- und Wohnwelt einander näher ... nicht als akademisch anspruchsvolle Frage, sondern als Möglichkeit für viele.

Ein neuer Trend bringt auch mehr Transparenz in der Architektur. Die Zeiten monströser Betonkisten und Blechkoffer sind vorbei. Gewerbehallen und Industriegebäude, zum Teil zu bloßen Warencontainern und Maschinenumhüllungen degeneriert, werden wieder von Architekten *gestaltet,* gewinnen Charakter und zeigen Gesicht. Damit wird die Firmenarchitektur (wieder) zu einem Teil der Unternehmenspersönlichkeit oder – wie man heute sagt – zum Bestandteil des Corporate Design.

Konstruktionen aus Glas und Metall haben wesentlich zur Belebung der Architekturszene beigetragen. Dieser Trend, der in Erinnerung an die imposanten Glashäuser des letzten Jahrhunderts als „Renaissance der Glasarchitektur" apostrophiert wird, rechtfertigt sich dadurch, daß die erstarrten Grenzen zwischen Dach und

Wand, zwischen drinnen und draußen aufgelöst, monotone Flächen feingliedrig strukturiert, abgeschlossene Innenräume aus ihrer Isolation befreit und zur Außenwelt hin geöffnet werden. Außerdem machen es die Verfügbarkeit bewährter Konstruktionssysteme und das frühzeitige Einschalten erfahrener Glasbauspezialisten möglich, auch ungewöhnliche Entwürfe zu realisieren, ohne daß Zugeständnisse an Stabilität, Wärmedämmung oder Schallschutz gemacht werden müßten. Tageslichtdurchflutete Räume und helle Arbeitsplätze sorgen für ein besonders positives Arbeitsklima, das sich in hoher Leistungsbereitschaft, geringer Fehlerquote und niedrigem Krankenstand niederschlägt, und natürlich wird auch die Ausstrahlung eines Unternehmens auf Kunden, Lieferanten und Mitarbeiter neben vielen anderen Faktoren wesentlich von der Architektur der Firmengebäude geprägt; denn: Glaskonstruktionen signalisieren Offenheit und Optimismus.

1.3.3 Komfortsteigerungen und Qualitätsanforderungen

Wohnhäuser und Wohnungen haben sich aus der reinen Schutzfunktion gegen Witterungseinflüsse in Richtung *Heim* mit ständigen Komfortsteigerungen weiterentwickelt. Bis etwa Ende der 70er Jahre hat sich der größere Komfort vor allem in immer ausgedehnteren Wohnflächen gezeigt. Während 1970 zum Beispiel die Durchschnittswohnung noch über 84 m^2 verfügte, hatte sie 1980 bereits über 102 m^2. Danach steigerte sich die Wohnqualität durch bessere Heizsysteme, Wärmedämmungsmaßnahmen und modernere Installationen, wobei rund 70 Prozent aller zusätzlichen Aufwendungen je Wohnung seit 1970 in höhere Qualität investiert wurden. Komfortsteigerungen sind auch künftig zu erwarten, einerseits in Qualitätsanforderungen an die Materialien, andererseits in technischen Ausstattungen und Perfektion von Geräten in Küche, Bad und Hobbybereichen, was wiederum bautechnische/räumliche Reaktionen und Anpassungen erfordert.

Ob sich die indirekte *Beheizung* der Räume - integriert in umgebende Bauteile - bewährt, hängt von der schnellen Verfügbarkeit der Raumwärme ab. Eine Gastherme in der einzelnen Wohnung mag für die Verbrauchseinsparung dienlich sein; insgesamt kann die partielle Beheizbarkeit jedoch für die Hausgemeinschaft generelle Wärmeversorgungsprobleme bringen.

Im künftigen „Niedrigenergiehaus“ soll die Wärme aus der Lüftung kommen, wobei Energieverbrauch und Schadstoffausstoß erheblich gesenkt werden. Die neueste Technik, den Heizenergieverbrauch zu reduzieren, sind demzufolge Lüftungssysteme mit Wärmerückgewinnung, wodurch vor allem falsches Lüften von Räumen und dadurch zu hoher Energieaufwand vermieden werden sollen.

Völlig neue Perspektiven dürfte die jüngste Erfindung der chemischen Speicherung von Sonnenenergie bringen, wobei der Nutzungskoeffizient in unseren Breitengraden allerdings noch fraglich ist.

Nach der gesetzlich vorgeschriebenen *Wärmedämmung* wird Gewicht auf die verstärkte Schall- und Geruchsisolierung zu legen sein.

Dem zunehmenden Wohlstand folgt das Sicherungsbedürfnis: im Innenausbau wird man gesteigerten Wert auf Schlösser, Riegel, Rolläden, Einbautresore zu legen haben. Alle *Meßtechniken* für den Verbrauch von Gas, Wasser, Fernwärme, Elektrizität werden ständig verfeinert und benötigen entsprechende Betreuung durch Fachingenieure.

Im *Kommunikationsbereich* sind die größten technischen Fortschritte - Btx, Datex, Telefax, Bildschirmtelefon - zu erwarten. Den zentralen Übergabepunkten und Verteilungsnetzen im Hause müssen Leitungen, Leerrohre und Kanäle in größtmöglicher Kapazität und Variabilität zur Verfügung stehen, um der ständig wachsenden Ausstattung der Haushalte mit Telekommunikationssystemen gerecht zu werden.

1.3.4 Versorgungs- und Entsorgungstechniken

Versorgungs- und Entsorgungstechniken sind differenzierter zu gestalten: Neue Anlieferungstechniken und entsprechende Speichermethoden für Nahrungsmittel, insbesondere Getränke, sind ebenso zu berücksichtigen wie künftige Verfahren für Mülltrennung ab Haushalt und für Abtransportgestaltung. Die Erfahrung lehrt, daß gerade die Müllentsorgung einer Mietergemeinschaft trotz quantitativ und qualitativ wachsenden Bedarfs viel zu geringe Beachtung bei der Neubauplanung findet.

In diesem Zusammenhang ist es ein besonderes Anliegen, das Thema „Müll" nicht nur unter dem Gesichtspunkt der Entsorgungstechnik anzuschneiden, sondern damit einen Exkurs in ein Wohlstandsproblem zu verbinden, das letztlich auch Bezug zu Immobilien und Raum hat. Das Müllvolumen der Haushalte wächst; Trennung in verschiedene Müllsorten und -behältnisse ist dringend geboten. Der bequemeren Unterbringung im Keller eines Hauses stehen hygienische und Transportgründe entgegen, Müllboxen im Bereich innerstädtischer Straßen stoßen auf Platzprobleme. Eine sorgfältige Entsorgungsplanung gehört daher zu den elementaren Grundlagen der Bauabwicklung.

Oberste Maxime für die Entsorgungswirtschaft muß sein: Keinerlei Abfall aus dem Haushalt, dem Gewerbe oder der Industrie darf ohne Vorbehandlung abgelagert werden. Es gilt, alle stofflich verwertbaren Abfallbestandteile zu erfassen, um sie dem Produktionskreislauf wieder zuführen zu können.

Es gibt hinreichende Warnungen, daß der Wirtschaft in der Bundesrepublik Deutschland demnächst der „Entsorgungsinfarkt" drohe, und zwar für die Entsorgung von Sonderabfällen. Tatsächlich ist die Lage dramatisch: Von den annähernd fünf Millionen Tonnen Sonderabfall, die jährlich im Bundesgebiet anfallen, werden über zwei Millionen Tonnen exportiert. Sonderabfalltransporte in dieser Größenordnung und die damit unabweisbar verbundenen Gefahren können nicht als Dauerzustand akzeptiert werden.

Kaum weniger kritisch ist die Situation bei den vergleichsweise harmlosen Abfällen aus Haushalten und Gewerbe. So fehlen im Raum Frankfurt ab 1990 Deponiekapazitäten für mehr als eine Million Tonnen Haushaltsabfälle. Während im Frankfurter Umland der Müllnotstand programmiert ist, wurde er anderswo schon Realität. So mußten beispielsweise im Jahre 1988 Abfallmengen in einer Größenordnung von 230.000 Tonnen aus dem Rhein-Sieg-Kreis in die Eifel transportiert werden, denn der Kreis verfügt über keine eigene Deponie mehr.

Das Schlagwort Müllnotstand täuscht über die wahren Ursachen der Misere hinweg. Die problematische Lage bei der Entsorgung ist nicht hereingebrochen wie eine Naturkatastrophe, sondern die Folge der seit Beginn der Industrialisierung betriebenen Abfallbeseitigungspolitik, die sich mit der Verhaltensweise „vergraben und vergessen" umschreiben läßt. Die Kompensationsfähigkeit des Bodens wurde dabei jedoch überschätzt; die verschiedenen in den Boden eingebrachten Stoffe haben sich nicht - wie erhofft - gegenseitig neutralisiert.

Einige Millionen Tonnen sogenannter Altlasten warten nun darauf, saniert zu werden - die Schätzungen des finanziellen Aufwands schwanken zwischen 20 und 50 Milliarden DM: eine gewaltige Aufgabe für die Gesellschaft, verbunden mit Raumbedarf, das heißt Grund und Boden.

Die Zukunftsaufgabe heißt: die Altlasten von morgen zu verhindern. Es gilt, eine der Produktion adäquate Entsorgungsstruktur aufzubauen. Hier sind Investitionen in Milliardenhöhe nötig; es ergeben sich neue Arbeitsplätze. Völlig neue industrielle Infrastrukturen sind im Entsorgungsbereich gefordert.

Hier erfährt der Begriff Verwertung eine zumindest teilweise Bedeutungserweiterung: Abfallverwertung ist nunmehr als Produktion zu verstehen - Produktion von Sekundärrohstoffen. In den letzten Jahren haben die Unternehmen der deutschen Entsorgungswirtschaft mehr als einhundert Anlagen errichtet, deren Ziel der Ausbau der stofflichen Verwertung ist.

Weitere Schritte müssen folgen: Alle Abfälle, für die sich noch keine Verwertungsmöglichkeiten ergeben, müssen behandelt werden, jeweils ihrer Herkunft und Beschaffenheit entsprechend biologisch, chemisch oder physikalisch. Danach können die Abfälle ohne schädliche Auswirkungen auf Deponien mit dem entsprechenden Platzbedarf abgelagert werden.

Besondere Bedeutung kommt dabei einer Methode zu, die schon bald anwendungsreif sein wird: eine Hochtemperaturbehandlung aller organischen Abfallsubstanzen mit dem Ziel einer „Inertisierung". Hierunter verstehen die Fachleute die Umwandlung der Abfälle in eine nicht mehr auslaugbare, glasartige Schlacke. Diese Methode kommt sowohl für natürlich-organische Bestandteile der Siedlungsabfälle als auch für organische Chemieabfälle aus der Industrie in Frage - ein Verfahren, das nach heutigem Wissensstand größtmögliche Sicherheit verspricht.

Das ist die Richtung, in die Wege zur umweltschonenden Entsorgung führen werden. Und doch sind heute noch nicht alle Möglichkeiten ausgeschöpft, wenigstens die Technik von heute in neuen Anlagen zu realisieren. Neue Deponien oder Abfallbehandlungsanlagen lassen sich - wenn überhaupt - nur gegen erhebliche Widerstände durchsetzen. Die Akzeptanz in der Bevölkerung ist gering; es gilt das „Sankt-Florians-Prinzip". Ebenso zeugt es nicht unbedingt von politischer Weitsicht, wenn die jeweilige Opposition vor Ort sich prinzipiell gegen die Errichtung neuer Anlagen stellt.

Lange Genehmigungszeiten für Abfallbehandlungsanlagen sind die Folge. Technischer Fortschritt ist so kaum umzusetzen. Ganz und gar unmöglich ist es, Versuchsanlagen zu bauen und zu betreiben. Denn eine Genehmigung gibt es nur, wenn die Technik bis zur letzten Schraube beschrieben werden kann, was natürlich bei einer Versuchsanlage nicht möglich ist.

So ist die Entsorgung in eine Zwickmühle geraten. Die Umwelt bucht kontinuierliche Verluste, da bessere Entsorgungsverfahren auf sich warten lassen. Große Hoffnungen setzen Politik und Wirtschaft in die Technische Anleitung Abfall, die derzeit erarbeitet wird. Dort werden strenge Anforderungen für die Behandlung von Abfällen bundeseinheitlich festgeschrieben.

1.3.5 Wohnung und Arbeitsplatz

Die Auswirkungen der neuen Informations- und Kommunikationstechniken - IuK-Techniken - auf die gesellschaftlichen und sozialen Strukturen erfassen auch den persönlichen häuslichen Lebensraum. Da in den nächsten Jahren mit zunehmendem Einsatz der IuK-Techniken über den Büroarbeitsplatz hinaus vermutlich auch die Einrichtung von Heimarbeitsplätzen und Nachbarschaftsbüros für Schreibtätigkeiten, Sachbearbeitung, Planung, Konstruktion und weiteren Arbeitsvorbereitungen möglich und aktuell wird, sind die Auswirkungen auf Wohnimmobilien, insbesondere Komfortwohnungen, bedeutsam und eine Untersuchung wert.

Infolge der Elektronisierung des Alltags ist mit gravierenden Veränderungen der Arbeits- und Raumstrukturen zu rechnen, wobei die Übertragung von Arbeitsfunktionen in den privaten Lebensbereich eine Verschiebung des traditionellen Gefüges Arbeits-/Freizeitbereich mit sich bringt. Mit der steigenden Möglichkeit der Integration verschiedener Informationstätigkeiten auf ein Bildschirmterminal wird die Auslagerung einzelner Arbeitsplätze in Form der Tele-Heimarbeit ermöglicht. Zwar ist wegen der im Büro-Arbeitsbereich notwendigen persönlichen Kontakte und vielfältigen Informations-Schnittstellen auf absehbare Zeit nicht mit der überwiegenden Auslagerung einzelner Arbeitsplätze zu rechnen. Es werden sich jedoch Mischformen entwickeln, bei denen ein Teil der Tätigkeiten im Betrieb, ein anderer zu Hause abgewickelt wird. Das wird vor allem bei Personengruppen in Managementfunktionen und bei Tätigkeiten mit hohem Routineanteil der Fall sein. Die Entwicklungstendenzen und -geschwindigkeiten sowie die daraus resultierenden Bedarfsfolgen wären es wert, empirisch untersucht zu werden. Tele-Heimarbeit und Arbeitszeitverkürzung werden zur stärkeren Präsenz und zur räumlichen Eingebundenheit der Bevölkerung an ihrem Wohnort führen. Dies unterstützt Freizeit-„Arbeit" in den Formen der Selbstversorgung, Eigenarbeit, Nachbarschaftshilfe und Schattenarbeit und erfordert auch aus diesen Gründen möglicherweise größere Wohnungen, Nebenräume, Gärten und Wohnumfelder, also tendenziell steigenden Raumbedarf.

Die Auswirkungen dieser Entwicklungstendenzen sind vom Immobilienmanagement aufmerksam zu verfolgen, insbesondere bei der Planung und Erstellung von Komfortwohnungen und -häusern. Die Einrichtung eines schallisolierten und mit allen Teleanschlüssen versehenen Arbeitsraums im häuslichen Bereich kann durchaus zum Bedarf werden. Ein solcher Sonderraum wird in Zukunft mit Sicherheit die nachhaltige Vermietbarkeit einer Wohnung begünstigen.

1.3.6 Nutzerorientierte Wohn- und Siedlungsformen

In einer vom Bundesministerium für Raumordnung, Bauwesen und Städtebau in Auftrag gegebenen Forschungsstudie untersucht Klein[1] das Nachfrage- und Nutzungsverhalten von Stadtbewohnern im Hinblick auf unterschiedliche Bau- und Siedlungsformen unter besonderer Berücksichtigung von Mietwohnungen, um unter dem Begriff *Nutzerorientierung* die Individualität des Wohnungsgebrauchs für die Zukunft in Erfahrung zu bringen. Dabei werden – über Wohnungspräferenzen in Abhängigkeit von demografischen und ökonomischen Bedingungen, von großräumiger Siedlungsstruktur, topographischen Gegebenheiten und Stadtgestalt – die Einflüsse des jeweiligen Angebots auf die Nachfrage und die Vor- und Nachteile verschiedener Bau- und Siedlungsformen aus Sicht der Bewohner ermittelt.

Der erwartete Nutzen des Projekts[1] wird dahingehend zusammengefaßt, daß „die Forschungsergebnisse ... Ansatzpunkte für eine Siedlungsplanung in Verdichtungsräumen liefern (sollen), die nicht an den Wünschen künftiger Bewohner vorbeigeht oder gar gegen deren Bedürfnisse gerichtet ist".

1 Prof. Hans-Joachim Klein, Nutzerorientierte Wohn- und Siedlungsformen, Institut für Soziologie der Universität Karlsruhe, September 1986

Zur Formulierung präziser Programmfragen wurden subjektive Vorstellungen über „Wohnwert“ als ein Bündel von Ansprüchen an eine Wohnung, ein Haus und eine Wohnlage auf verschiedenen Ebenen betrachtet, wie

- Region,
- Siedlungstyp,
- Standort,
- gebietliche Infrastruktur,
- Lebens-Situation,
- Gebäudetyp,
- Wohnrechtsform,
- Wohnungsgröße,
- Wohnungsqualität,
- Kosten,
- Sozial-Image.

Die Ergebnisse sind für potentielle Anleger, Architekten und Immobilien-Manager gleichermaßen interessant und zukunftsweisend; die aufgezeigten Mängel stellen planerische Postulate dar.

Kritisiert wurden folgende Punkte im Wohnungsbestand:

- Ungenügende Schall- oder Wärmeisolierung
- Zu knapp bemessene Neben- und Freiräume
- Mangelhafte Sanitärausstattung
- Fehlen von gleich großen, beliebig nutzbaren Räumen, wobei jedoch verstellbare Wände mehrheitlich abgelehnt werden.

Bevorzugt werden Wohn-Eßküchen, separate Hobbyräume, ausreichend große und überlegt gestaltete Terrassen und Balkone. Hauserwerbsinteressenten bestätigen überwiegend die Bereitschaft zu Eigenleistungen und zu erhöhter haustechnischer Ausstattung - eine Eigenheimform ist um so stärker nutzerorientiert, je mehr Eigengestaltungschancen sie bietet.

Gebäudepräferenzen

Der Studie zufolge besteht eine sehr hohe, fast einmütige Präferenz für das kleine Haus mit Garten, veranschaulicht als Doppelhaus, häufig mit einer zusätzlich vermieteten Wohnung; die Begründung liegt in den hierdurch zu verwirklichenden individuellen Wohnbedürfnissen, der Selbstbestimmung und der Gestaltungsfreiheit der umgebenden Freiräume. Das Reihenhaus in seiner architektonisch anspruchslosen Form wird vornehmlich von älteren Personen aus unteren Sozialschichten gewählt. Demgegenüber geben mittlere und ältere Eigentumsinteressenten gehobener

Einkommens- und Sozialschichten bei gleichen Kosten der Bauweise des Gartenhofhauses und dem Ketten- oder Winkelbungalow den Vorzug, während jüngere Befragte mit höherer Bildungsqualifikation den auf den Typus eines Stadthauses hinauslaufenden modischen Varianten zuneigen.

Wohngebiet/Wohnlage

Die wesentlichen Anforderungen an das Wohngebiet betreffen die vitale Grundsituation des Wohnens, nämlich saubere Luft und Ruhe. Verkehrslage und Entfernung zum Stadtzentrum oder zum Arbeitsplatz werden nicht als wesentlicher Bestimmungsfaktor angesehen, wohl aber die Versorgung mit Einzelhandels- und Fachgeschäften, die nach den Kultureinrichtungen in der Summe aller Wohngebiete am meisten beanstandet wird. Zusammenfassend kommt die Studie zu dem Ergebnis, daß sich über Jahrzehnte hinweg und mit zunehmender Umweltbelastung und Umweltsensibilisierung die Vitalqualitäten von Wohnanlagen als herausragende Bewertungskriterien erweisen. Keine einheitliche Einstellung läßt sich bei der Bevorzugung des Wohnens in Stadtrandlage oder im Umland feststellen.

Einstellung zu innovativen Bau- und Wohnformen

Kosten- und flächensparendes Bauen wird laut Feststellung der Studie zwar begrüßt, sollte jedoch nicht zu einem Rückfall in städtebauliche Schlichtbauwettbewerbe führen. Modelle der Gruppenselbsthilfe und Gemeinschaftsbauprojekte stoßen durchaus auf Interesse, das Streben nach Unabhängigkeit läßt sie jedoch problematisch erscheinen.

Mit großer Mehrheit wird von Eigentumserwerbern wie von Mietern bei Erstbezügen eine Nutzerbeteiligung beim Bau, insbesondere beim Endausbau befürwortet. Dies betrifft Entscheidungs- und Mitwirkungsmöglichkeiten. Unkonventionelle bauliche Formen und einem familienübergreifenden „kooperativ-nachbarlichen" Wohnen dienende Gemeinschaftseinrichtungen stoßen vor allem bei jüngeren Personen auf Interesse.

Die Erstellung eines kompakt gebauten Hauses „in eigener Regie" und weitgehend in Eigenarbeit, wenn auch beraten von Fachleuten, erscheint attraktiv für den gleichen Personenkreis, der dem kosten- und flächensparenden Bauen aufgeschlossen gegenübersteht. Hervorgehoben werden der Ausbau nach Bedarf, die Nutzungsflexibilität und die zeitliche Kostenverteilung.

1.3.7 Mehrgenerationenwohnen

Zwanzig Prozent aller Bundesbürger sind heute bereits über sechzig Jahre alt. Im Jahre 2000 werden es über dreißig Prozent sein. Durch diese Entwicklung werden an unsere Gesellschaft neue Anforderungen gestellt.

Aber auch bei der Gestaltung unserer Wohnumwelt, an „Einfamilien"-Häuser und Wohnungen müssen andere Maßstäbe angelegt werden. „Mehrgenerationenwohnen" heißt das neue Schlagwort. Dahinter verbirgt sich eine Chance für die Bauwirtschaft und eine neue Herausforderung für Planer und Architekten.

Rund neunzig Prozent der pflegebedürftigen älteren Menschen werden zu Hause von Familienangehörigen, insbesondere von Frauen, betreut und gepflegt. Großeltern sind diejenigen, die den Eltern bei der Betreuung ihrer Kinder am ehesten zur Seite stehen.

Geeignete Wohnverhältnisse können Hilfestellungen zwischen den Generationen erleichtern. Beispiele hierfür sind das „Wohnen unter einem Dach" und das „Wohnen um die Ecke". Entscheidende Bedingung für ein Netz gegenseitiger Hilfen, das den älteren ebenso wie den jüngeren Familienmitgliedern nützt, ist die räumliche Erreichbarkeit. Leitbilder eines solidarischen Zusammenlebens der Familie im Generationenverbund sind ein eigener Lebensbereich auch für ältere Menschen und Wohnverhältnisse, die auf die unterschiedlichen Bedürfnisse der Generationen abgestimmt sind.

Daß sich das Mehrgenerationenwohnen bisher noch nicht weitgehend durchgesetzt hat, mag daran liegen, daß es einerseits bei Planern und Investoren zu wenig als Bedarf bekannt ist und sich andererseits räumlich oft nur schwer verwirklichen läßt.

1.4 Wirtschaftliche Nutzung von Immobilien

1.4.1 Systematik gewerblicher Immobilien

Die arbeitsbezogenen Entfaltungen des Menschen,

- Produzieren
- Handeln/Verteilen
- Dienstleistungen
- Verwalten

erfordern „Behausungen", die unter dem Oberbegriff gewerblich genutzte Immobilien zu fassen sind: Solche Gebäude und deren Nutzflächen ordnen sich nach einer Systematik, wie sie Abbildung 1 auf der folgenden Seite zeigt.

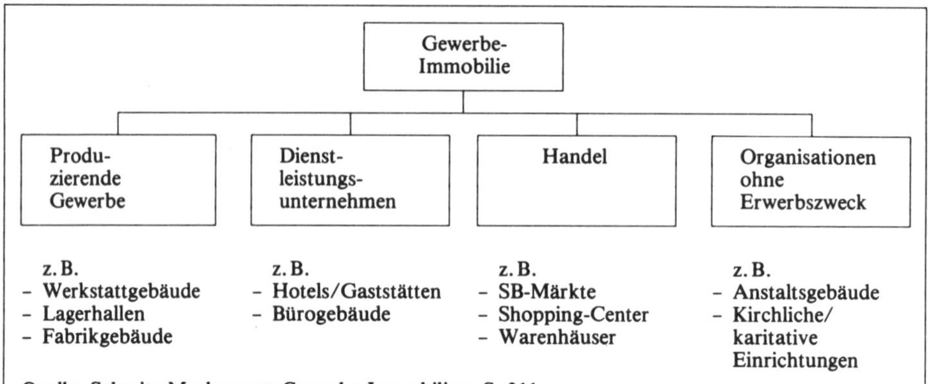

Quelle: Schmitz-Morkramer, Gewerbe-Immobilien, S. 311

Abb. 1: Systematik der gewerblichen Immobilie

Erscheinungsform und Gestaltungsbedarf der gewerblichen Immobilie werden in dem Werk „Gewerbe-Immobilien“, herausgegeben von Bernd Falk, so ausführlich behandelt, daß der Hinweis darauf an dieser Stelle genügen soll.

1.4.2 Mischformen mit Beispielen

Als besondere Art der vielfältigen sogenannten Mischobjekte ist eine Form der gemischten Nutzung zwischen Wohnen, Dienstleistungen, Verwaltung und Handel anzuführen: reziproke Objekte. Die Nutzer haben hier die Möglichkeit, im Haus oder in der Anlage selbst die wesentlichen Bedürfnisse des täglichen Lebens zu befriedigen. Die wechselseitige Bedarfsdeckung und weitgehende Nutzungsvariabilität lassen bei ausgesuchtem Branchen- und Mietermix Akzeptanz und eine gute Renditeentwicklung erwarten. Angebote für Freizeit und Sportartikel, Körperkultur und Schönheitspflege können je nach Umfeldgröße eine sinnvolle Ergänzung sein. In dieser Struktur und Frequenz werden jedenfalls kaum Leerstände eintreten, und somit wird der Ertragsfluß gesichert sein. Die gegenseitige Deckung der Bedürfnisse garantiert den gewerblichen Mietern einen dauerhaften Bestand, den Wohnungsmietern die nahe Versorgung im Dienstleistungs- und Versorgungsbereich. Voraussetzung für die Akzeptanz ist dabei stets, daß es sich um eine baulich und ästhetisch gelungene Anlage handelt, mit der sich alle Nutzer identifizieren können.

Beispiele für gemischt genutzte Objekte sind:

1. Beispiel - bestehendes Objekt in Münster

Die 1971, 1972 und 1980 erstellten Gebäude liegen in einem bevorzugten Stadtteil zentral an der Hauptstraße und enthalten:

- 3 Läden
- 1 Sauna
- 1 Restaurant
- 10 Büros
- 32 Stellplätze

mit einer Wohn- und Nutzfläche von 3088,50 m².

Die Ermittlung der Nettorendite (gemäß Anlage 11, S. 171) und des Ertragswertes (gemäß Anlage 9, S. 169) ergibt folgendes Bild:

BERECHNUNG DER NETTORENDITE:

I. Objektbeschreibung

1.	Objekt/Projekt	: Wohn-/Geschäftshaus
2.	Vermittler	:
3.	Eigentümer	:
4.	Standort/Lage	: Stadtrandlage
5.	Nutzungsart	: Wohnungen/Läden
6.	Nutzfläche	: 3.088,5 qm
7.	Grundstücksgröße	: 2.498 qm
8.	Grundstückspreis/qm	: 520,— DM insgesamt: 1.298.960,— DM
9.	Baujahr	:
10.	Restnutzungsdauer	: 90 Jahre

II. Aufwand

1. *Objekt*
   Kaufpreis inclusive
   Grundstück : DM 6.300.000,—

2. *Projekt*
   Grundstückskaufpreis : DM

3. *Bau-Investition*	: DM			
a) Baukosten/Neubau	: DM			
b) Baukosten/Sanierung	: DM			
c) Baunebenkosten	: DM			
d) Bauzeitzinsen	: DM			
e) Mehrwertsteuer	: DM			
f) Sonstiges	: DM			
Zwischensumme	DM			
4. *Erwerbsnebenkosten*				
a) Notargebühren	:	% von DM		
b) Grunderwerbsteuer	:	6,42% von DM 6.300.000,—	DM	404.460,—
c) Maklerprovision	:	% von DM	DM	
Investitionssumme	:	gesamt	DM 6.704.460,—	

III. Ertrag

1. Nettomiete per anno	:		DM 483.334,—
2. Nicht umlegbare Bewirtschaftungskosten			
a) Instandhaltuung	:	6%	
b) Sonstige nicht umlegbare Betriebskosten	:	2%	
c) Verwaltung	:	2%	
d) Mietausfallwagnis	:	2%	
	:	12%	./. DM 58.000,—
3. Reinertrag vor AfA	:		DM 425.334,—
4. AfA	:	%	./. DM 108.110,—
5. Reinertrag nach AfA	:		DM 317.224,—

IV. Rendite (netto)

G + V-Anfangsrendite : = r1

$$r1 = \frac{\text{Reinertrag vor AfA}}{\text{Investitionssumme}} \times 100 \qquad r2 = \frac{\text{Reinertrag nach AfA}}{\text{Investitionssumme}} \times 100$$

r1 = 6,34% Rendite vor AfA   r2 = 4,73% Rendite nach AfA

V. Sonstige Werte / Ergebnisse

1.	Kaufpreis gem. II. Ziff. 1 13,03fache der Jahres-Nettomiete	
2.	Grundstückskaufpreis je qm	DM 520/qm
3.	Grundstückskaufpreis bezogen auf die zu erstellende Nutzfläche (GKN = Grundstückskostenanteil pro qm)	DM 421/GKN
4.	Kaufpreis gem. II. Ziff. 1, bezogen auf die vermietbare Nutzfläche (I. Ziff. 6)	DM 2.040/qm
5.	Kaufpreis gem. II. Ziff. 1 ohne Grundstück	DM 1.619/qm
6.	Investitionssumme, bezogen auf die vermietbare Nutzfläche	DM 2.170/qm

Ertragswertermittlung zum Beispiel 1

1.	Bodenwert (im Vergleichsverfahren §§ 13, 14 WertV 88)		
1.1	Richtwert bzw. Vergleichswert	520,–	DM/qm
1.2	Zuschlag Abschlag wegen ________		
	________________	________	DM/qm
1.3	Maßgeblicher Bodenwert bei 2.498,– qm	1.298.960,–	DM

---

2. Ertragswert der baulichen Anlagen (§ 16 WertV 88)

2.1 Nachhaltig erzielbare Mieterträge aus

______	qm Lagerfläche zu	____	DM/mtl.	________	DM
929,50	qm Ladenfläche zu	22,50	DM/mtl.	20.683,83	DM
1.000,00	qm Bürofläche zu	12,00	DM/mtl.	12.000,00	DM
1.159,00	qm Wohnfläche zu	6,00	DM/mtl.	6.954,00	DM
32	Garagenplätze zu	20,00	DM/mtl.	640,00	DM
______	Abstellplätze zu	____	DM/mtl.	________	DM
Sonstige Erträge	________________			________	DM
Monatliche Bruttomiete (Rohertrag § 17 WertV 88)				40.277,83	DM
Jährliche Bruttomiete				483.334,00	DM

2.2	Bewirtschaftungskosten (ohne AfA) 12 % — alternativ nach effektiven Betriebskosten und kalkulierten Werten für Instandhaltung, Verwaltung, Mietausfall —	./.	58.000,00	DM
2.3	Jährlicher Reinertrag		425.334,00	DM
2.4	Bodenwertverzinsung (6,5 % v. Ziff. 1.3)	./.	84.432,00	DM
2.5	Gebäudereinertrag		340.902,00	DM
2.6	Restnutzungsdauer 90 Jahre Zinssatz 6,5 % Vervielfältigter (Anl. zu WertV 88) 15,33		5.226.028,00	DM
2.7	Gebäudeertragswert (Reinertragsanteil nach Ziff. 2.5 x Vervielfältiger)			
2.8	Bodenwert (Ziff. 1.3)	+	1.298.960,00	DM
	Ertragswert insgesamt		6.524.988,00	DM

2. Beispiel - projektiertes Geschäfts- und Wohnhaus

Das projektierte Geschäfts- und Wohnhaus wird folgende Nutzungsmöglichkeiten enthalten:

- Läden im Erdgeschoß
- Büroflächen im 1. OG
- Wohnflächen im 2. und 3. OG
- 66 Einstellplätze

Die Ermittlung der Nettorendite und des Ertragswertes ergibt:

BERECHNUNG DER NETTORENDITE:

I. Objektbeschreibung

1.	Objekt/Projekt	: Wohn-/Geschäftshaus
2.	Vermittler	:
3.	Eigentümer	:
4.	Standort/Lage	: Stadtkern, Randlage
5.	Nutzungsart	: Wohnungen, Läden
6.	Nutzfläche	: 2.844 qm
7.	Grundstücksgröße	: 2.000 qm
8.	Grundstückspreis/qm	: 600,— DM insgesamt: 1.200.000,— DM
9.	Baujahr	: 1981
10.	Restnutzungsdauer	: 80 Jahre

II. Aufwand

1. *Objekt*

Kaufpreis inclusive Grundstück	: DM

2. *Projekt*

Grundstückskaufpreis	: DM 1.200.000,–

3. *Bau-Investition* : DM

a) Baukosten/Neubau	: DM 5.473.684,–
b) Baukosten/Sanierung	: DM
c) Baunebenkosten	: DM
d) Bauzeitzinsen	: DM 383.158,–
e) Mehrwertsteuer	: DM
f) Sonstiges	: DM
Zwischensumme	DM 5.856.842,–

4. *Erwerbsnebenkosten*

a) Notargebühren	: % von DM	DM	
b) Grunderwerbsteuer	: 6,42% von DM 1.200.000,–	DM	77.040,–
c) Maklerprovision	: % von DM	DM	

Investitionssumme	:	gesamt	DM 7.133.882,–

III. Ertrag

1. Nettomiete per anno	:		DM 552.480,–
2. Nicht umlegbare Bewirtschaftungskosten			
a) Instandhaltuung	:	6%	
b) Sonstige nicht umlegbare Betriebskosten	:	4%	
c) Verwaltung	:	2%	
d) Mietausfallwagnis	:	2%	
	:	14%	./. DM 77.347,–
3. Reinertrag vor AfA	:		DM 475.133,–
4. AfA	:	%	./. DM 118.043,–
5. Reinertrag nach AfA	:		DM 357.090,–

IV. Rendite (netto)

G + V-Anfangsrendite : = r1

$$r1 = \frac{\text{Reinertrag vor AfA}}{\text{Investitionssumme}} \times 100 \qquad r2 = \frac{\text{Reinertrag nach AfA}}{\text{Investitionssumme}} \times 100$$

r1 = 6,66 % Rendite vor AfA   r2 = 5,01 % Rendite nach AfA

V. Sonstige Werte / Ergebnisse

1.	Kaufpreis gem. II. Ziff. 1 12,08fache der Jahres-Nettomiete[3])	
2.	Grundstückskaufpreis je qm	DM 600/qm
3.	Grundstückskaufpreis bezogen auf die zu erstellende Nutzfläche (GKN = Grundstückskostenanteil pro qm)	DM 422/GKN
4.	Aufwand gem. II.2., 3., bezogen auf die vermietbare Nutzfläche (I. Ziff. 6) - mit Grundstück	DM 2.481/qm
5.	Aufwand gem. II. Ziff. 3 - ohne Grundstück -	DM 2.059/qm
6.	Investitionssumme je qm Nutzfläche	DM 2.632/qm

Ertragswertermittlung zum Beispiel 2

1.	Bodenwert (im Vergleichsverfahren §§ 13, 14 WertV 88)		
1.1	Richtwert bzw. Vergleichswert	600,—	DM/qm
1.2	Zuschlag Abschlag wegen ______	______	DM/qm
1.3	Maßgeblicher Bodenwert bei 2.000,— qm	1.200.000,—	DM

2. Ertragswert der baulichen Anlagen (§ 16 WertV)

2.1 Nachhaltig erzielbare Mieterträge aus

______	qm Lagerfläche zu	____	DM/mtl.	______	DM
1.146,00	qm Ladenfläche zu	20,00	DM/mtl.	28.920,00	DM
______	qm Bürofläche zu	____	DM/mtl.	______	DM
1.398,00	qm Wohnfläche zu	10,00	DM/mtl.	13.980,00	DM
50	Garagenplätze zu	50,00	DM/mtl.	2.500,00	DM
16	Abstellplätze zu	40,00	DM/mtl.	640,00	DM
Sonstige Erträge ______				______	DM

	Monatliche Bruttomiete (Rohertrag § 17 WertV 88)		46.040,00	DM
	Jährliche Bruttomiete		552.480,00	DM
2.2	Bewirtschaftungskosten (ohne AfA) 14 % — alternativ nach effektiven Betriebskosten und kalkulierten Werten für Instandhaltung, Verwaltung, Mietausfall —	./.	77.347,00	DM
2.3	Jährlicher Reinertrag		475.133,00	DM
2.4	Bodenwertverzinsung (6,5 % v. Ziff. 1.3)	./.	78.000,00	DM
2.5	Gebäudereinertrag		397.133,00	DM
2.6	Restnutzungsdauer 80 Jahre Zinssatz 6,5 % Vervielfältigter (Anl. zu WertV 88) 15,28			
2.7	Gebäudeertragswert (Reinertragsanteil nach Ziff. 2.5 x Vervielfältiger)		6.068.192,00	DM
2.8	Bodenwert (Ziff. 1.3)	+	1.200.000,00	DM
	Ertragswert insgesamt		7.268.192,00	DM

3. Beispiel — Selbstbedienungsladen — nicht gemischt, sondern einzeln genutztes Objekt

I. Objektbeschreibung

1. Objekt/Projekt	: Selbstbedienungsladen	
2. Vermittler	:	
3. Eigentümer	:	
4. Standort/Lage	: Dortmund-Huckarde	
5. Nutzungsart	: Laden	
6. Nutzfläche	: 1.009 qm	
7. Grundstücksgröße	: 2.000 qm	
8. Grundstückspreis/qm	: 150,— DM	insgesamt: 300.000,— DM
9. Baujahr	:	
10. Restnutzungsdauer	: 75 Jahre	

II. **Aufwand**

1. *Objekt*
Kaufpreis inclusive
Grundstück : DM 2.500.000,—

2. *Projekt*
Grundstückskaufpreis :

3. *Bau-Investition*	: DM			
a) Baukosten/Neubau	: DM			
b) Baukosten/Sanierung	: DM			
c) Baunebenkosten	: DM			
d) Bauzeitzinsen	: DM			
e) Mehrwertsteuer	: DM			
f) Sonstiges	: DM			
Zwischensumme	DM			
4. *Erwerbsnebenkosten*				
a) Notargebühren	:	% von DM	DM	
b) Grunderwerbsteuer	:	8,7% von DM 2.500.000,—	DM	217.500,—
c) Maklerprovision	:	% von DM	DM	
Investitionssumme	:	gesamt	DM 2.717.500,—	

III. Ertrag

1. Nettomiete per anno	:		DM 220.849,–
2. Nicht umlegbare Bewirtschaftungskosten			
a) Instandhaltuung	:	2%	
b) Sonstige nicht umlegbare Betriebskosten	:	2%	
c) Verwaltung	:	2%	
d) Mietausfallwagnis	:	%	
	:	6%	./. DM 13.250,–
3. Reinertrag vor AfA	:		DM 207.599,–
4. AfA	:	%	./. DM 48.350,–
5. Reinertrag nach AfA	:		DM 159.249,–

IV. Rendite (netto)

G + V-Anfangsrendite : = r1

$$r1 = \frac{\text{Reinertrag vor AfA}}{\text{Investitionssumme}} \times 100 \qquad r2 = \frac{\text{Reinertrag nach AfA}}{\text{Investitionssumme}} \times 100$$

r1 = 7,64% Rendite vor AfA   r2 = 5,86% Rendite nach AfA

V. Sonstige Werte / Ergebnisse

1. Kaufpreis gem. II. Ziff. 1 11,31fache der Jahres-Nettomiete	
2. Grundstückskaufpreis je qm	DM 150/qm
3. Grundstückskaufpreis bezogen auf die zu erstellende Nutzfläche (GKN = Grundstückskostenanteil pro qm)	DM 297/GKN
4. Kaufpreis gem. II. Ziff. 1, bezogen auf die vermietbare Nutzfläche (I. Ziff. 6)	DM 2.478/qm
5. Kaufpreis gem. II. Ziff. 1 ohne Grundstück	DM 2.180/qm
6. Investitionssumme je qm Nutzfläche	DM 2.693/qm

Ertragswertermittlung zum Beispiel 3

1. Bodenwert (im Vergleichsverfahren §§ 13, 14 WertV 88)

1.1	Richtwert bzw. Vergleichswert	150,—	DM/qm
1.2	Zuschlag Abschlag wegen ________		
	________	________	DM/qm
1.3	Maßgeblicher Bodenwert bei 2.000,— qm	300.000,—	DM

2. Ertragswert der baulichen Anlagen (§ 16 WertV 88)

2.1 Nachhaltig erzielbare Mieterträge aus

______	qm Lagerfläche zu	____	DM/mtl.	________	DM
1.009,—	qm Ladenfläche zu	18,24	DM/mtl.	18.404,00	DM
______	qm Bürofläche zu	____	DM/mtl.	________	DM
______	qm Wohnfläche zu	____	DM/mtl.	________	DM
______	Garagenplätze zu	____	DM/mtl.	________	DM
______	Abstellplätze zu	____	DM/mtl.	________	DM
Sonstige Erträge ________				________	DM
Monatliche Bruttomiete (Rohertrag § 17 WertV 88)				18.404,00	DM
Jährliche Bruttomiete				220.849,00	DM

2.2	Bewirtschaftungskosten (ohne AfA) 6 % — alternativ nach effektiven Betriebskosten und kalkulierten Werten für Instandhaltung, Verwaltung, Mietausfall —	./.	13.250,00	DM
2.3	Jährlicher Reinertrag		207.599,00	DM
2.4	Bodenwertverzinsung (6,5 % v. Ziff. 1.3)	./.	13.494,00	DM
2.5	Gebäudereinertrag		194.105,00	DM
2.6	Restnutzungsdauer 75 Jahre Zinssatz 6,5 % Vervielfältigter (Anl. zu WertV 88) 15,25			
2.7	Gebäudeertragswert (Reinertragsanteil nach Ziff. 2.5 x Vervielfältiger)		2.960.102,00	DM
2.8	Bodenwert (Ziff. 1.3)	+	300.000,00	DM
Ertragswert insgesamt			3.260.102,00	DM

1.4.3 Entwicklungstendenzen

Neben Parkhäusern mit ausreichendem Stellplatzangebot in der City haben sich neue Geschäftsformen wie Galerien, Einkaufspassagen und Citycenter entwickelt und wegen ihrer „Magnetfunktion" bewährt. Die Umwandlung von Warenhäusern zu Einkaufszentren mit Einzelhandelsgeschäften, gastronomischen Einrichtungen und Fachgeschäftsketten ist immer öfter zu beobachten, wobei der sogenannte kulinarische Wachstumstrend eine wesentliche Rolle spielt.

Aber auch im Einzelhandel kann man von einer echten Aufrüstung im Innenstadtbereich sprechen; immer mehr Ladengeschäfte werden den neuen Einkaufsgewohnheiten angepaßt; erstklassige Ladenlokale bleiben gesucht. Geschäfte mit hochwertigem Produktionssortiment, Sport- und Freizeitmode sowie Spezialgeschäfte gehen mit ihren Neuansiedlungen oder Erweiterungen fast ausschließlich in die besten Lauflagen der Innenstädte; gleiches gilt für die *Fast-Food-Ketten*. Der hinter dieser Entwicklung stehende Trend zum Erlebniskauf hat die Innenstädte als Einzelhandelsstandorte gegenüber den Einkaufszentren auf der grünen Wiese erheblich aufgewertet, was sich auch in der Mietentwicklung niederschlägt. Die zentralen Standorte in Einkaufszentren am Rande der Städte behalten allerdings für bestimmte Sortimente wie Baumärkte, Möbel, billige Kleidung und Schuhe sowie nicht zuletzt für Lebensmittel ihre Bedeutung. Schon wegen ihres großen Flächenbedarfs sind diese Betriebe in der Regel nicht in der Lage, die hohen Mieten in den Innenstädten zu erwirtschaften.

Bei den gastronomischen Einrichtungen stehen die Selbstwahl- und -bedienungstheken im Vordergrund, wobei der Eindruck einer kantinenartigen Sozialverpflegung vermieden wird. Die sogenannte Erlebnisgastronomie genügt im Hinblick auf Küchentechnik, Speisenangebot, Einrichtung und Ambiente den steigenden Ansprüchen. Flexibilität in der Angebotstechnik und im Sortiment werden heute als Voraussetzung des Erfolges angesehen. Ernährungsbewußte Sortiments-Zusammenstellung bietet für jeden Geschmack etwas. Auch für Unterhaltung wird in den Unternehmen, die sich dem „Erlebnisverzehr" verpflichtet fühlen, gesorgt: innovative Elemente wie eine Videowand, Pianomusik, ein Laufsteg für Modeschauen und ähnliche Reize sorgen für eine aufgelockerte Atmosphäre und stehen im Mittelpunkt neuer Ideen bei den unterschiedlichen Restauranttypen, wie Selbstwahlrestaurant, Patisseria, Schlemmer-Bar für internationale Spezialitäten und Satelliten-Gastronomie in einzelnen Etagen, zum Beispiel Jugend-Café oder Wiener-Café in der Damen-Modewelt.

Bei *Bürogebäuden* ist die konsequente Modernisierung bestehender Gebäude zu beobachten. Das Fehlen geeigneter Reserveflächen für Büro-Bebauung in den Wirtschafts- und Dienstleistungszentren wird zur Entwicklung neuer Standorte und zu neuen großflächigen Bauformen führen. Zu berücksichtigen sind dabei Investitionschancen für Büro- und Geschäftshäuser im Zusammenhang mit dem EG-

Binnenmarkt, wobei ausländische Unternehmungen sich in erster Linie für marktnahe Standorte innerhalb der Ballungsgebiete interessieren. Das Transportgewerbe vollzieht zunehmend Standortanpassungen, um im größer werdenden Wirtschaftsraum der EG die vorhandenen Niederlassungsnetze zu optimieren; daher hat die Nachfrage aus der Transportwirtschaft nach preiswerten Lagerkapazitäten an deutschen Standorten mit günstiger Verkehrslage im Vergleich zum übrigen EG-Raum zugenommen.

Siedlungsinteressierte ausländische Unternehmen suchen allerdings nicht ausschließlich geeignete Liegenschaften, sondern gegebenenfalls gleich die Übernahme bestehender Unternehmungen. Die Vorteile werden darin gesehen, daß ohne lange Anlaufprobleme sofort mit eigener Produktion oder Vertriebsorganisation im EG-Markt operiert werden kann.

1.5 Ausblicke zum Eigentumserwerb an Immobilien

Mein Interesse richtet sich auf die Zukunft,
denn in ihr werde ich mein weiteres Leben verbringen.
Charles F. Kettering

Die klassische Unterteilung von Immobilien in Voll- und Teileigentum wird zunehmend erweitert durch weitere Differenzierungen oder andere rechtliche Konstruktionen der Eigentumsbeteiligung.

Ansätze hierzu bestehen in

- der Beteiligung in Form von Aktien,
- dem Time-Sharing
- Kombiprodukten
- besonderen Eigentumsbeteiligungen oder Nutzungsformen, wie Use-Sharing.

Diese Ansätze werden auf den folgenden Seiten detailliert erläutert. Jedenfalls kommt den differenzierten Nutzungs- und Vermarktungsarten des Immobilieneigentums wachsende Bedeutung, insbesondere auf dem kommenden europäischen Binnenmarkt, zu.

1.5.1 Aktiengesellschaften

Der Nachfrage nach attraktiven und langfristig steigenden Renditen bei Immobilienanlagen, verbunden mit steuerlich vorteilhaften Gestaltungen, versuchen Initiatoren in Form der *Aktiengesellschaft* Rechnung zu tragen. Die ARICO America Realestate Investment Company bietet zum Beispiel (als amerikanische Aktiengesellschaft (Corporation)) Kapitalanlegern Investitionsmöglichkeiten in amerikanischen Qualitätsimmobilien. Mit ARICO-Aktien verbindet der Anleger die Vorteile einer langfristigen Immobilieninvestition mit der kurzfristigen Veräußerungsmöglichkeit einer Aktie.

ARICO erwirbt in besten Innenstadtlagen amerikanischer Großstädte Bürogebäude mit anspruchsvoller Architektur und überdurchschnittlicher Ausstattung, die überwiegend mittel- bis langfristig an Mieter guter Bonität vermietet werden. ARICO ist zur Zeit an drei Gebäuden beteiligt. 1981 wurde als erstes Investment ein 61-Prozent-Anteil an dem One United Bank Center in Denver, Colorado, erworben. Das Bürohochhaus verfügt in fünfzig Stockwerken über 111.500 Quadratmeter vermietbare Fläche sowie ein Parkhaus mit 1.000 Pkw-Einstellplätzen. Es ist seit seiner Fertigstellung Ende 1983 zu über 96 Prozent vermietet.

Die Aktien wurden von rund 8000 Aktionären gezeichnet, bei einer Gesamtzahl von inzwischen etwa 12 Millionen Aktien.

Diese Gesellschaftsform ist im Vergleich zu herkömmlichen Immobilienfonds infolge größerer Fungibilität besser zu vermarkten.

Die niederländische Rodamco N. V. erwirbt in dieser gesellschaftsrechtlichen Form international gestreut Anlagen in bevorzugten kommerziellen Immobilien, bietet im Sparprogramm mit der Wiederanlage von Erträgen auf dem Aktionärskonto eine attraktive Möglichkeit der Altersvorsorge und hat dabei den Vorzug größter Fungibilität auf dem internationalen Aktienmarkt.

Da die Nachfrage nach größeren Objekten (über 40 Millionen) geringer ist als nach kleineren Objekten, sind erstere vorteilhafter in Aktiengesellschaften unterzubringen. Diesem Trend kommt die Erkenntnis zugute, daß die Aufteilung größerer Objekte in Teileigentum wegen der damit verbundenen Nachteile - Abhängigkeit von der Eigentümergemeinschaft, Management- und Verwaltungsprobleme - auf Zurückhaltung stößt.

1.5.2 Time-Sharing

Zu den bekannten Flächenaufteilungen von Gebäuden nach Quadratmetereinheiten in Wohnungs- und Teileigentum ist mit dem Time-Sharing eine zeitliche Komponente eingeführt worden: zum Beispiel wird eine Ferienimmobilie nicht nur in Wohnflächen, sondern nochmals in 52 Wochenanteile, das sind die Nutzungszeiträume, aufgeteilt. Der Käufer erwirbt also das Recht, eine Ferienwohnung während eines bestimmten Zeitraumes, z. B. in der 36. und 37. Kalenderwoche eines jeden Jahres, nutzen zu können.

Auf dem Markt haben sich verschiedene Modelle herausgebildet:

- Vereins- oder aktienrechtliche Gestaltung, wobei der Verein oder die Gesellschaft im Grundbuch eingetragen ist und der Käufer/Anleger eine Bestätigung der Mitgliedschaft zusammen mit einer Besitzurkunde erhält; letztere in Form eines Registerauszuges, den ein beauftragter Treuhänder zur Vermeidung von Doppelbelegungen ausstellt,
- Kauf eines obligatorischen Nutzungsrechtes, d. h. Einräumung eines vertraglichen Mietrechtes,
- Erwerb eines dinglich abgesicherten Nutzungsrechtes, welches im Grundbuch eingetragen wird, ohne daß der Anleger Miteigentum erhält,
- Bruchteilsgemeinschaft mit Nutzungsrecht und Verwaltungsregelung. Hier steht die Immobilie im Miteigentum der Käufer, die sämtlich ein Nutzungsrecht erhalten. (Kritisch äußert sich dazu Schöllhorn in Geldanlage und Vermögensverwaltung international, Gabler Verlag, Seite 90 ff. Er weist darauf hin, daß die formalrechtliche Absicherung für den Käufer bedeutungslos ist, wenn es an der Solidität und nachhaltigen Leistungsbereitschaft der Betreibergesellschaft mangelt, wofür es keine Garantie gebe. Die Ausführungen Schöllhorns geben detailliert Hinweis auf Abläufe, Nachteile und Handhabungen im Ausland.)

Nach der Entscheidung des Oberlandesgerichtes (OLG) Stuttgart vom 28. 11. 1986 (8 W 421/85) ist jedoch Time-Sharing grundbuchlich nicht eintragungsfähig; es ist also nicht möglich, beispielsweise ein Hotel-Appartement nach den Vorschriften über das Dauerwohnrecht gemäß §§ 31 ff. Wohnungseigentumsgesetz zu belasten. Hierzu wörtlich das OLG Stuttgart in seiner Feststellung: „Ein Hotel-Appartement kann nicht mit 52 in ihrer Ausübung auf je eine Woche beschränkten Dauernutzungsrechten belastet werden."

Dies war aber notariell gemäß § 15 Grundbuchordnung beantragt worden. Das zuständige Grundbuchamt lehnte die Eintragung als unzulässig ab, weil der Inhaber eines solchen Dauernutzungsrechtes das Teileigentum nicht *dauernd,* sondern in der überwiegenden Zeit gerade nicht nutzen könne, während nach dem Gesetzeswortlaut ein Dauerwohnrecht eben auf Dauer bestehen müsse. Das OLG Stuttgart befand im weiteren Beschwerdeverfahren, daß Sondernutzungsrechte nicht eingetragen und deshalb auch nicht vorgemerkt werden können. Die Gestaltungsmöglichkeit der Beteiligten habe vielmehr dort ihre Grenze, wo sie sich mit dem Wesen des dinglichen Rechtes nicht mehr vereinbaren läßt. Dies gelte auch für das Dauerwohnrecht, weil sich aus der vom Gesetzgeber gewählten Bezeichnung ergebe, daß es sich um ein Recht handeln müsse, das nicht nur zur kurzfristigen Nutzung berechtige. Unvereinbar mit dem Wesen des Dauernutzungsrechtes sei die Verdinglichung von Beherbergungsverträgen in der Weise, daß die Nutzung eines Hotel-Appartements im Laufe eines Jahres 52 verschiedenen Berechtigten für je eine Woche zugewiesen wird.

Dennoch ist im Time-Sharing eine interessante Variante der Gebäudenutzung durch zeitlich abgegrenzte Beteiligung zu sehen, die eine dem befristeten Bedarf angepaßte Nutzungsvermarktung erlaubt und eventuell auch für andere Formen richtungweisend sein kann, so für Büroraumnutzungen zu Messezeiten an Messestandorten. Die Wirtschaftlichkeit des Time-Sharing wird sich im Einzelfall erweisen müssen, wobei auf die Erwerbsnebenkosten und die zusätzlichen Bewirtschaftungskosten zu achten ist.

1.5.3 Kombiprodukte

Fest etabliert in der Immobilienanlagelandschaft sind die Beteiligungen an offenen und geschlossenen *Immobilienfonds*. Das sind mittelbare, wenn auch nicht eigentumsanteilige Beteiligungen am Immobilienvermögen.

Der Erwerb von Fondsanteilen wird häufig in Kombination mit Lebensversicherungen angeboten: Die Absicherung des zum Ankauf aufgenommenen Bankdarlehens erfolgt durch Abschluß und Abtretung einer Lebensversicherung. Diese Kombination wird auch bei schon bestehenden Darlehensverbindlichkeiten in der Form der Tilgungsaussetzung und Absicherung der zu tilgenden Schuld durch eine Lebensversicherung gewählt. Dabei besteht der steuerliche Vorteil in der Absetzbarkeit der gleichbleibenden Zinsbeträge (als Werbungskosten) und der Lebensversicherungs-Prämien im Rahmen der Sonderausgaben.

In gleicher Weise lassen sich Kapitalanlagen in Teileigentum oder Miteigentum an bestehenden Gebäuden finanzieren, und zwar entweder durch Einzahlung einer Einmalprämie in ein Lebensversicherungs-Beitragsdepot oder bei Aufnahme eines Bankdarlehens durch Abtretung der Lebensversicherungsansprüche zu Tilgungszwecken. Mit dieser Finanzierungsform ist gleichzeitig Versicherungsschutz im Todesfall zugunsten der Hinterbliebenen erreicht, die das aufgenommene Darlehen aus der Ablaufsumme tilgen können. Auch für den Fall der Berufsunfähigkeit des Darlehensnehmers kann durch Einschluß einer Berufsunfähigkeit eine teilweise Tilgung des Darlehens und eine Minderung des Aufwandes sichergestellt werden.

1.5.4 Eigentumsbeteiligung/Nutzungsformen/Use-Sharing

Das Eigentum an einer Immobilie ist als umfassendstes Herrschaftsrecht an einer Sache in vielfacher Hinsicht - real und ideell - teilbar; es können einerseits verschiedene Arten des Eigentums gebildet werden - Teileigentum, Miteigentum nach Bruchteilen, Gesamthandseigentum -, andererseits Nutzungsrechte am Eigentum zugunsten Dritter begründet werden, und zwar durch beschränkte persönliche und durch Grunddienstbarkeiten, Nießbrauchs- und Wohnrechte. In letztgenannten Fällen ist der Eigentümer von bestimmten Nutzungen und Vorteilen zugunsten anderer ausgeschlossen. Dem Berechtigten kommen die aus dem Grundeigentum fließenden Befugnisse in bestimmter Beziehung zu, der Eigentümer kann sie nicht ausüben beziehungsweise muß sie dulden, wie Wege- und Fahrrechte, Wasser- und Weiderechte, Gewerbe- und Wettbewerbsbeschränkungen.

Das Gesetz bietet zahlreiche Möglichkeiten, Konstruktionen und Mittel, das Volleigentum an einem Grundstück in verschiedene Nutzungsarten aufzuteilen und starre eigentumsmäßige Grenzen bezüglich des Eigentums aufzulösen oder Übergangsregelungen zu schaffen, die auf der einen Seite zum Abbau des Volleigentums führen, auf der anderen Seite es einem interessierten Bewerber erlauben, schrittweise in wirtschaftlich benötigten Nutzungsabschnitten die Eigentümer-Position aufzubauen.

Mit *Use-Sharing* sind Anrechte auf Teilnutzung mit dinglich abgesichertem Vorkaufsrecht oder Miteigentumsaussicht gemeint, um in wirtschaftlich abgestimmten Schritten auf die Endposition Eigentum zuzugehen. Die Durchgangs- beziehungsweise Teilpositionen könnten zur Veräußerung angeboten werden und Lebensversicherern die Möglichkeit bieten, Immobilien aus dem eigenen Bestand durch Abschluß von Lebensversicherungen zu finanzieren, wodurch ein Produktionsrückfluß erreicht würde.

1.5.5 Anlage in der deutschen Lebensversicherung

Der Bestand an Kapitalanlagen nahm 1990 in der Lebensversicherung um 7,8 Prozent auf 446,8 Milliarden DM zu (Bilanzwerte). Gemessen am Anlagebestand der gesamten Individualversicherung sind das 62,6 Prozent. Die laufenden Kapitalerträge stiegen nach der BAV-Statistik auf 32,6 Milliarden DM gegenüber 30,1 Milliarden DM im Jahr zuvor (plus 8,5 Prozent).

Die Brutto-Neuanlage (ohne Festgelder, Termingelder und Spareinlagen bei Kreditinstituten) erreichte nach der Verbandsstatistik ein Volumen von 78,8 Milliarden DM (plus 10,2 Prozent). Davon stammen 45,5 Milliarden DM aus Rückflüssen; sie enthalten in beträchtlichem Maße Gewinnrealisierungen durch Aktienverkäufe. Netto konnten die Unternehmen der deutschen Volkswirtschaft somit 33,3 Milliarden DM langfristiges Kapital zuführen.

In welchen Sektoren die Lebensversicherer ihr Kapital anlegen, zeigt die Tabelle 1. Danach entfielen 46,2 Prozent oder 36,4 Milliarden DM auf die Kreditwirtschaft, gefolgt von den öffentlichen Haushalten mit 15,2 Milliarden DM sowie Wirtschaftsunternehmen und Wohnungsbau.

Tabelle 1: Wohin das Kapital fließt —
Brutto-Neuanlage der Lebensversicherer nach Sektoren[1]

Jahr	insgesamt	davon			
		Banken	öffentliche Haushalte[2])	Wohnungsbau[3])	Wirtschaftsunternehmen
	Mrd. DM	Mrd. DM	Mrd. DM	Mrd. DM	Mrd. DM
1980	29,1	11,8	8,4	8,2	3,3
1982	36,0	15,0	12,0	9,8	4,6
1984	42,4	18,7	10,8	9,4	4,6
1985	47,4	26,3	7,2	8,0	5,8
1986	57,1	33,9	6,3	8,5	7,3
1987	65,7	39,3	8,7	7,5	8,1
1988	67,7	36,1	11,4	7,5	9,4
1989	71,5	37,9	10,9	10,9	10,1
1990	78,8	36,4	15,2	10,0	12,6

1 teilweise Überschneidungen, 2 nur direkt zugeflossene Mittel, aber einschl. Inhaber-Kommunalobligationen, 3 einschl. Inhaber-Pfandbriefe.
Quelle: Jahrbuch der Deutschen Versicherungswirtschaft 1991

1.5.6 Kapitalanlagen der gesamten Versicherungswirtschaft

Zum Jahresende 1990 betrug der Kapitalanlagebestand der Assekuranz insgesamt 714,3 Milliarden DM (Bilanzwerte), vgl. Tabelle 2. Dies entspricht einem nominellen Zuwachs um 51,7 Milliarden DM bzw. einer Steigerung von 7,8 (1989: 8,7) Prozent gegenüber dem Vorjahr. Zehn Jahre zuvor war das Portefeuille der Erst- und Rückversicherer mit 278,8 Milliarden DM bilanziert. Seitdem erhöhte sich der Anlagebestand um 256 Prozent.

Tabelle 2: Darlehen und Namensschuldverschreibungen dominant — Gesamtbestand an Kapitalanlagen der Versicherungswirtschaft nach Anlagearten (Bilanzwerte); Anteile in %

Anlagearten	1980		1985		1989		1990		
	Mrd.DM	Anteile in %	Mrd.DM	Anteile in %	Mrd.DM	Anteile in %	Mrd.DM	Anteile in %	Veränderung in % [1]
Grundstücke	27,360	9,8	37,176	8,0	42,060	6,3	44,706	6,2	+ 6,3
Hypotheken	43,249	15,5	67,370	14,5	78,108	11,8	85,032	11,9	+ 8,9
Namensschuldverschreibungen und Darlehen	120,560	43,3	193,241	41,5	302,441	45,7	326,057	45,7	+ 7,8
Wertpapiere und Anteile	71,482	25,6	144,844	31,1	193,424	29,2	193,977	27,2	+ 0,3
Darl.u.Vorauszahlungen auf Versicherungsscheine	3,391	1,2	6,779	1,5	8,186	1,2	9,680	1,3	+ 18,3
Beteiligungen	5,630	2,0	9,015	1,9	28,067	4,2	38,328	5,4	+ 36,5
Schuldbuchforderungen gegen Bund und Länder	4,025	1,5	3,151	0,7	5,059	0,8	9,575	1,3	+ 89,3
Festgelder, Termingelder, Spareinlagen	3,055	1,1	3,716	0,8	5,163	0,8	6,904	1,0	+ 33,7
insgesamt	278,752	100	465,291	100	662,508	100	714,259	100	+ 7,8

1 gegenüber Vorjahr
Quelle: BAV

Für Neuanlagen standen der Versicherungswirtschaft 1990 brutto ca. 154 Milliarden DM zur Verfügung. Mit einem Anteil von 39,2 Prozent (60,6 Milliarden DM) dominierte wiederum die Position „Wertpapiere und Anteile“. Die Anlage in Namensschuldverschreibungen und Darlehen brachte es auf einen Anteil von rund 34 Prozent bzw. 52 Milliarden DM. Das Volumen der Realkredite stieg gegenüber 1989 um 13,2 Prozent auf 11,1 Milliarden DM. In Grundstücke wurden 4,8 Milliarden DM und damit 11,1 Prozent mehr als 1989 investiert, vgl. Tabelle 3.

Tabelle 3: Umschichtungen in der Brutto-Neuanlage — Brutto-Zugänge bei den Kapitalanlagen (Bilanzwerte)

Anlagearten	1980		1985		1989		1990		
	Mrd.DM	Anteile in %	Mrd.DM	Anteile in %	Mrd.DM	Anteile in %	Mrd.DM	Anteile in %	Veränderung in % [1]
Grundstücke	2,352	4,3	3,148	3,2	4,326	3,2	4,807	3,1	+ 11,1
Hypotheken	7,552	13,9	6,903	7,1	9,828	7,2	11,133	7,2	+ 13,2
Namensschuldverschreibungen und Darlehen	18,918	36,5	41,459	42,7	56,005	40,9	52,168	33,9	– 6,9
Wertpapiere und Anteile	21,075	38,6	40,522	41,7	56,021	40,9	60,584	39,4	+ 8,1
Darl.u.Vorauszahlungen auf Versicherungsscheine	0,958	1,8	1,592	1,6	2,258	1,7	2,897	1,9	+ 28,3
Beteiligungen	0,886	1,6	1,863	1,9	4,795	3,5	11,785	7,7	+145,8
Schuldbuchforderungen gegen Bund und Länder	0,153	0,3	0,042	0,1	0,551	0,4	1,392	0,9	+152,6
Festgelder, Termingelder, Spareinlagen	1,638	3,0	1,629	1,7	3,069	2,2	8,979	5,9	+192,6
insgesamt	54,532	100	97,157	100	136,854	100	153,745	100	+ 12,3

1 gegenüber Vorjahr
Quelle: BAV, eigene Berechnungen des Gesamtverbandes der Deutschen Versicherungswirtschaft

Investitionen im Immobilienbereich

In der Bundesrepublik besteht in den alten wie auch in den neuen Ländern ein erheblicher Wohnungsmangel. An Investoren und damit auch an die Versicherungswirtschaft wurde vor allem von politischer Seite appelliert, sich wieder verstärkt im Wohnungsbau zu engagieren. Tatsächlich jedoch stagniert das direkte Engagement der Versicherer im Wohnungsbau seit einigen Jahren. So betrug der Anteil der Anlageart „Grundstücke und grundstücksgleiche Rechte" am Gesamt-Portefeuille 6,2 Prozent nach 6,3 Prozent im Jahr zuvor und 8 Prozent im Jahr 1985. Allerdings darf nicht übersehen werden, daß das Anlagevolumen mit 44,71 Milliarden DM um immerhin noch 6,3 Prozent höher als 1989 war. Gegenüber 1985 beträgt der Zuwachs 20,3 Prozent. Beachtlich ist auch der Anstieg der Brutto-Neuanlage im Jahre 1990: mit 4,8 Milliarden DM übertraf er das Vorjahresergebnis um 11,1 Prozent.

Die Zurückhaltung der Versicherungswirtschaft beruht in erster Linie darauf, daß sie im Interesse ihrer Kunden gesetzlich zu rentablen Kapitalanlagen verpflichtet ist. Während sich Bundesanleihen derzeit mit fast 9 Prozent verzinsen, kann im

Mietwohnungsbau allenfalls eine Anfangsrendite von etwa 4 Prozent auf das eingesetzte Kapital erwartet werden. Versicherungsunternehmen werden allein dann verstärkt in Immobilien investieren können, wenn sich die Ertragslücke zwischen Baukosten und Mieteinnahmen in einem überschaubaren Zeitraum schließen läßt. Zur Zeit ist dies nicht der Fall.

Wenn auch die Renditeprobleme im Wohnungsbau die Eigeninvestitionen der Assekuranz erschweren, so trägt doch die Branche durch andere klassische Investitionsinstrumente zur Linderung der Wohnungsnot bei. So hat die Wohnungsbaufinanzierung durch Hypothekendarlehen Ende 1990 ein Gesamtvolumen von 85,0 Milliarden DM erreicht. Der Anteil dieser Kapitalanlageart betrug 11,9 Prozent (1989: 11,8 Prozent).

2. Transparenz: Die „gläserne" Immobilie

Wer den Hafen nicht kennt, in den er segeln will,
für den ist kein Wind ein günstiger.
Seneca

Versierte Anleger beurteilen eine Immobilie nicht allein nach der Lage; mitentscheidend sind Substanz, Ertrag und Rentabilität. Die systematische Untersuchung nach diesen Kriterien läßt ihre Schwachstellen und Vorzüge schnell transparent werden. Die Immobilie wird „gläsern" durch die Aufbereitung ihrer wertbildenden Merkmale nach folgenden Inhalten:

- Lage, wobei man Makrostatus und Mikrostatus unterscheidet.
- Substanz, die Bautechnik, Ausstattung sowie den Substanzwert beinhaltet.
- Ertrag, der in dem Reinertrag einerseits und dem Ertragswert andererseits Beachtung findet. Und schließlich die
- Rendite, bei der es auf den Berechnungsweg und Sollkaufpreis ankommt.

Die Transparenz der Immobilie muß sich nicht auf den Untersuchungszeitpunkt beschränken; vielmehr sollte eine ständige Durchsichtigkeit programmiert werden: Da in schnellebiger Zeit Reaktionen auf Veränderungen oft nicht mehr ausreichen, sind vorbeugende Aktionen gefragt, die wiederum aufgrund von Trendanzeigen und Frühwarnungsindikatoren einzuleiten sind. Es geht mithin um die laufende Untersuchung bestimmter Merkmale einer Immobilie - zum Beispiel ihrer Nutzungsfrequenz -, um anhand ihrer Veränderungen Schlußfolgerungen zu ziehen und gegensteuernde Aktionen einzuleiten (vgl. Controlling: Strategische Frühwarnung, Seite 124).

In der Praxis werden für den Immobilienerwerb Prüf-Listen nach Art der Anlage 1 (S. 153) und Erfassungsbogen für Grundstück sowie Gebäude verwendet, wie in Anlage 2 a (S. 154—157) wiedergegeben.

2.1 Die Lage: Makro- und Mikrostandort

„Mein Garten", sagte der Reiche, und der Gärtner lächelte.
orientalisch

Die Anforderungen an die Lage einer Immobilie werden wesentlich durch die Nutzungsabsicht bestimmt. Positive Merkmale im Sinne des funktionalen Verwendungszweckes sind wertbildend oder -steigernd, im Sinne folgender Thesen:

- Dem Wohnen kommen ein ruhiges Umfeld und eine begrünte Landschaft zugute.
- Bei gewerblicher Nutzung sind die Verkehrsanbindung und die Parkmöglichkeiten entscheidend.

- Produktion erfordert vom Standort optimalen Anschluß an die Transportwege für Rohstoffe und Fabrikate.

Im einzelnen erfordert eine Standortanalyse Aussagen zu folgenden Merkmalen:

Makrostandort

- Räumliche Situation
- Überregionale Verkehrsstruktur/-netz und
- Voraussichtliche Entwicklung
- Bevölkerung/Sozialstruktur
- Wirtschaftsstruktur/Wirtschaftskraft
- Arbeitsplatzangebot/Arbeitslosenquote
- Beschaffungs- und Absatzmärkte
- Bedarfslage/Markt- und Wettbewerbssituation für Immobilien und Mietangebote
- Landesentwicklungsplan, Flächennutzungsplan
- Stadtplanung/Bebauungsplan/Baurecht
- Umweltschutzauflagen
- Altlasten

Mikrostandort

- Grundstückslage, -zuschnitt, -beschaffenheit
- Anbindung des Grundstücks im regionalen Straßenverkehrsnetz und künftige Entwicklung
- Anbindung an öffentliche Verkehrsmittel
- Grundstückserschließung
- Grundstücksumfeld/Nachbarschaft
- Versorgungseinrichtungen für Haushalt oder Gewerbebedarf
- Einrichtungen für Bildung, Sport, Freizeit, Erholung

Die unterschiedlichen Ansprüche der verschiedenartigen Nutzerabsichten bestimmen die Anforderungen an Lage und Standort einer Immobilie. Nach existenten Standort-Gutachten und Kaufkraft- oder Marktanalysen sollte stets gefragt werden, um sich eventuell Eigenaufwand zu ersparen.

Der Wert einer Immobilie kann sich durch Änderungen ihrer wertbildenden Faktoren innerhalb des Mikro- oder Makrobildes schnell verändern; als bestes Beispiel dient der Bau einer Schnellstraße in der Nachbarschaft: positiv für die gewerbliche Bebauung, negativ für das Wohnen. Häufiger Mieterwechsel oder Leerstände bei Wohnungen sind in solchen Fällen der beste Indikator für die eingetretene Veränderung. Deshalb sollten diese Anzeichen laufend registriert und ausgewertet werden (Früherkennungsmerkmale).

2.2 Substanz

Wer am Morgen das richtige Prinzip erkannt hat,
kann am Abend ruhig schlafen.
Chinesisches Sprichwort

Zur Substanzermittlung einer Immobilie, die regelmäßig nach einem Prüfschema erfolgt (vergleiche Anlage 3 a und 3 b, S. 161), sind spezifische Unterlagen erforderlich, wie

- Baubeschreibung
- Nutzflächenberechnung
- Berechnung des umbauten Raumes
- Grundstückswert laut Richtlinienkartei
- Wertgutachten über Boden und Gebäude
- Einheitswertbescheid des Finanzamtes
- Versicherungs- und Brandkassenwert
- Grundbuch- und Katasterauszüge
- Lageplan
- Baulastenverzeichnis/Altlastenverzeichnis

2.2.1 Allgemeine Merkmale zur Beurteilung von Grundstücken und Gebäuden

Diesen Unterlagen entnimmt der Fachmann die Fakten für eine funktionale/konstruktive Baubeschreibung und gliedert die Substanzanalyse in:

- Äußere Merkmale, die umfassen
  - Lage/Einbindung
  - Grundstücksbezeichnung
  - Katasterbezeichnung
  - Grundstücksgröße/Gebäudestandflächen
  - Stellplätze
- Materielle Inhalte, womit gemeint sind
  - Nutzungsdarstellung mit Einheiten
  - Flächenaufteilung und -ausmaße
  - Bauteil-Analyse/Einzelgewerke, vgl. Prüfliste Anlage 4[2], das heißt:
    Gebäudezustand mit aktueller Beurteilung,
    Gebäudeausstattung mit derzeitigem Stand sowie
    Gebäudealter

---

2 Die Bauteilanalyse gibt Hinweis auf die Einzelgewerke und deren zu beachtende Details in Form einer Prüfliste, wie sie sowohl für die Neubauplanung als auch den Erwerb bestehender Gebäude in der Praxis nutzbar ist.

- Bautechnische Gesamtbeurteilung
- Schwachstellenanalyse und sich daraus ergebende Konsequenzen
- Änderung der Nutzungsmöglichkeiten/Flexibilität, zum Beispiel durch
  - andere Unterteilung der Geschosse
  - Zusammenschluß von Geschossen
  - Alternativnutzung
  - Änderung oder Verbesserung des Umfeldes

Weitere Merkmale von wesentlicher Bedeutung für die Beurteilung einer Immobilie zur Substanzerhaltung sind außer der materiellen Substanz

- die Erschließung eines Grundstückes (mit der Frage nach alten oder neuen Zahlungsverpflichtungen),
- das bestehende und künftige Baurecht,
- Bestandsschutz oder veränderte Rechtslage (zum Beispiel bei Nutzungsänderungen) durch Aktualisierung von Vorschriften aus dem Bereich der Gewerbeaufsicht und anderen Fachaufsichtsbehörden sowie des Arbeitsschutzes,
- die Frage nach Baulasten; hierunter sind bauliche Lasten zu verstehen, die zugunsten eines Grundstücks auf dem Nachbargrundstück zu dessen Lasten eingetragen werden können (zum Beispiel Einhaltung von Grenzabständen). Die Baulast ist wegen ihrer begünstigenden (herrschenden) und dienenden Funktion einer Grunddienstbarkeit vergleichbar. Die Baulast wird allerdings nicht im Grundbuch sondern im Baulastenverzeichnis eingetragen. Das dienende Grundstück muß nicht unmittelbar an das begünstigte Grundstück angrenzen, sondern kann auch weiter entfernt liegen.

2.2.2 Bedeutung von Altlasten bei der Beurteilung

Das Thema *Altlasten* ist mit besonderer Umsicht zu prüfen. Hierunter versteht man die Belastung und Verunreinigung von Boden oder Gewässern, meist aus gewerblichen Nutzungen. Die Beseitigung von Altlasten erfordert immer erhebliche Mittel. Sie wird in aller Regel dem Erwerber, als sogenanntem „Zustandsstörer" auferlegt. Alle am Grundstückserwerb oder an der Bebauung Beteiligten sollten sich eingehend über die Vergangenheit des Grundstücks informieren.

Der Eigentümerwechsel und die damit verbundenen neuen Nutzungsabsichten machen in vielen Fällen die zuständigen Behörden erst auf bestehende Bodenverunreinigungen aufmerksam. Bei Geschäften mit industriellen oder gewerblichen Grundstücken gehört die Klärung der mit Altlasten verbundenen Probleme heute schon zum üblichen Verhandlungsumfang. Auch wenn Grundstücke für reine Wohnzwecke vorgesehen sind, sollte, sofern sich konkrete Anhaltspunkte für Verunreinigungen ergeben, das Problem der Altlasten geklärt werden.

Die Bodenverunreinigungen aus vergangenen, unbedachten Handlungsweisen werden oft erst heute mit wachsendem Umweltbewußtsein und verfeinerter Meßtechnik entdeckt. Die zuständigen Behörden wenden sich dann - in Ermangelung einer Rückgriffsmöglichkeit auf den Verursacher (Handlungsstörer) - an den neuen Eigentümer (Zustandsstörer). In der Rechtsprechung sind deutliche Tendenzen erkennbar, bei Umweltschäden von der Verschuldenshaftung abzurücken in Richtung Gefährdungshaftung.

Anhaltspunkte für Verunreinigungen

Bei folgenden vorherigen Nutzern ist immer Vorsicht geboten:

- Chemische und pharmazeutische Betriebe
- Chemische Reinigungen, Kosmetikhersteller
- Pflanzenschutzmittel- und Düngemittelhersteller
- Kokereibetriebe (ehemalige Gaswerke)
- Mineralölverarbeitende Betriebe einschließlich Tank- und Umschlagsanlagen
- Farben- und lackverarbeitende Betriebe
- Galvanikbetriebe, Gerbereien
- Druckereien und photoverarbeitende Betriebe
- Glas- und Keramikbetriebe
- Metallhütten, Altmetall-Verwertungsbetriebe
- Kfz-Werkstätten, Klärschlamm-Ablagerungsstätten

In allen Fällen ist mit zum Teil erheblichen Schadstoffbelastungen des Untergrundes zu rechnen, die generell in zwei Gruppen, nämlich organische und anorganische Verunreinigungen aufgeteilt werden.

Organische Verunreinigungen können beispielsweise durch die Verarbeitung oder Verwendung folgender Stoffe verursacht werden:

- alle Sorten von Mineralölprodukten
- Phenole, Aromate (Benzol, Toluol, Xylol usw.) in Produkten der chemischen Industrie
- polycyclische aromatische Kohlenwasserstoffe (PAK) in Kokereiprodukten
- polychlorierte Biphenyle (PCB) in Hydraulik- und Transformatorenölen sowie in Kühlmitteln
- Chlorkohlenwasserstoffe (CKW) in Lacken und Klebestoffen sowie in fettlösenden Substanzen chemischer Reinigungen und metallverarbeitender Industriezweige
- Pestizide in Unkraut- und Insektenvertilgungsprodukten

Als Beispiele für *anorganische Verunreinigungen* sind zu nennen:

- Cyanide aus der Gasreinigung sowie
- alle Schwermetallbelastungen wie Quecksilber, Blei, Cadmium, Arsen, Nickel, Zink, Chrom, Kupfer.

Wird die Verwendung der genannten Stoffe während der vorangegangenen Nutzung des Grundstücks vermutet, sollte vor Abschluß des Kaufvertrages ein Bodengutachten über eventuell vorhandenes Umwelt-Gefahrenpotential vorliegen. Am vorteilhaftesten ist es, wenn bereits eine Sanierung durchgeführt worden ist. Das zufriedenstellende Sanierungsergebnis sollte dann von den zuständigen Behörden durch eine entsprechende Unbedenklichkeitsbescheinigung bestätigt sein. Dieses Verfahren bietet sich an, wenn das Grundstück mehrfach veräußert wurde und mit dem ursprünglichen Verursacher keine Regelung über die Beseitigung der Verunreinigungen mehr möglich ist.

Andernfalls sollte zum Schutz des Käufers vor kostspieligen Sanierungsfolgen in den Kaufvertrag zumindest eine Altlastenregelung aufgenommen werden, deren Gewährleistungsdauer wegen der langwierigen Abwicklung reichlich bemessen sein müßte (mindestens zwei Jahre).

Sanierungsmethoden

Ein sicherer, aber unbeliebter Sanierungsvorgang ist der Bodenaustausch, also der Ersatz des belasteten Bodens durch sauberes Erdreich, verbunden mit der Ablagerung (Deponierung) der ausgehobenen Menge. Dieses Verfahren gilt als Problemverlagerung zu Lasten Dritter und wird heute häufig nicht mehr akzeptiert.

Verbesserte Sanierungsmethoden sind also gefragt. Sowohl die Bauindustrie als auch der Anlagenbau (Verfahrenstechnik) sind bestrebt, mit neuartigen Technologien diesen Problemen zu Leibe zu rücken.

Teilweise befinden sich die vorgeschlagenen Reinigungsverfahren jedoch noch im Experimentierstadium beziehungsweise arbeiten unvollkommen oder unwirtschaftlich, wenn der Boden eine breite Kombination von Schadstoffen aufweist. Eine ungünstige Bodenstruktur (Böden mit hohem Mergel-, Lehm-, Tonanteil) kann der Sanierung zusätzliche Grenzen setzen.

Es ist deshalb von qualifizierten Fachleuten anhand einer Boden- und Schadstoffanalyse zu prüfen, welches Sanierungsverfahren im jeweiligen Fall geeignet und wirtschaftlich vertretbar ist. Hierzu sind zunächst Probebohrungen durchzuführen und Bodenproben für die entsprechenden Untersuchungen zu entnehmen. In undurchsichtigen Fällen empfehlen sich anschließend Labor- oder Feldversuche mit dem ausgewählten Verfahren, ehe mit den eigentlichen Sanierungsarbeiten begonnen wird.

Ein Teil der neuartigen Reinigungsverfahren sieht eine Behandlung des Untergrundes ohne Bodenaushub vor, was in vielen Fällen für die Abwicklung von Vorteil sein dürfte. Voraussetzung ist eine gute Durchlässigkeit des Bodens. Zu den sogenannten insite-Verfahren (site bedeutet Baustelle) zählen:

- Spülverfahren mit Wasser, eventuell unter Zugabe spezieller umweltfreundlicher, abbaubarer Reinigungsmittel, über eine Kette von Speise- und Absaugbrunnen in den Untergrund gebracht
- Blasverfahren mit Heißdampf, Normalluft, Sauerstoff oder einem speziellen Gasgemisch
- Mikrobiologischer Abbau durch „Impfen" des Bodens mit Abbaubakterien, eventuell unterstützt durch Zugabe von Nährlösungen oder Nährsalzen
- Schadstoffbindungen durch Injektion chemischer Substanzen.

Als Alternative hierzu gelten diejenigen Verfahren, die einen Aushub des belasteten Bodens voraussetzen, entweder mit anschließender Reinigung vor Ort (sogenannte on-site-Verfahren) und Rückverfüllung oder mit anschließendem Abtransport zur Behandlung in einer Aufbereitungsanlage andernorts (sogenannte off-site-Verfahren). Hierzu zählen:

- Waschverfahren unter Zuhilfenahme von Reinigungsmitteln
- Hydraulische Spaltprozesse (Trennung von Boden und anhaftenden Schadstoffen durch Hochdruckversprühen)
- Thermische Verfahren (Pyrolyse beziehungsweise Verbrennung bis zur Sinterung).

Thermische Verfahren gelten als teuerster, aber wirkungsvollster Reinigungsvorgang. Er ist universell anwendbar auf alle Bodenarten und auf nahezu alle Schadstoffe. Denkbar sind in vielen Fällen auch Kombinationen oben beschriebener Verfahren.

Die anzuwendenden Verfahren wurden im einzelnen aufgezählt, weil sich daraus, auch für den technischen Laien, die hohen Kosten, die mit der Altlastenbeseitigung verbunden sind, erklären.

Schon bei nicht allzu großen Grundstücken bemißt sich das zu reinigende Erdreich schnell auf mehrere tausend Kubikmeter. Die Kosten können dann eine Größenordnung erreichen, die im Extremfall sogar die wirtschaftliche Weiterverwendung des betroffenen Grundstücks in Frage stellen kann.

Wie die juristische Diskussion über die Beseitigung von Altlasten ergibt, hat der Grundstückskäufer kaum Chancen, notwendige Aufwendungen vom ursprünglichen Verursacher oder Verkäufer nachträglich hereinzuholen.

Nach diesen allgemeinen Ausführungen zu Merkmalen und Kriterien der Substanz einer Immobilie, deren Ermittlung Voraussetzung und Ausgangspunkt für die Beurteilung des Sachwertes ist, werden nachfolgend die zentralen Maßstäbe der Sachwertermittlung, nämlich Bodenwert und Gebäudewert, dargelegt.

2.2.3 Spezielle Grundsätze zur Ermittlung des Verkehrswertes von Grund/Boden und Gebäuden

Die Wertermittlungsverordnung 1988 - WertV 1988 - regelt einerseits die Grundsätze für die Ermittlung des Verkehrswertes von Grundstücken, Teilen von Grundstücken sowie von Rechten an Grundstücken und grundstücksgleichen Rechten, andererseits die nach § 193 Abs. 3 Baugesetzbuch den Gutachterausschüssen obliegende Ermittlung sonstiger zur Wertermittlung erforderlicher Daten.

Allgemeine Begriffe, Kriterien und Definitionen sind in den §§ 1—6 der WertV 1988 den speziellen Vorschriften über die Ableitung des Verkehrswertes vorangestellt, u.a. Vorschriften über Zustand des Grundstücks (§§ 3 und 4) mit Definition von Bauerwartungsland, Rohbauland und baureifem Land.

Der 2. Teil der WertV 1988 enthält Bestimmungen über die Ableitung erforderlicher Daten, Indexreihen, Umrechnungskoeffizienten (§§ 8—10) und insbesondere über den Liegenschaftszins (§ 11), der auf der Grundlage geeigneter Kaufpreise und der ihnen entsprechenden Reinerträge speziell zu ermitteln ist.

Als weitere Norm im Bereich der Offizialverfahren der Wertermittlung sei hier die Wertermittlungsrichtlinie 1991 vom 11.6.1991 „WertR 91" genannt. Sie stellt im wesentlichen eine Erläuterung und Ergänzung der WertV 88 dar, so daß auf sie hier nicht näher eingegangen werden muß. Der Vollständigkeit halber werden die Waldwertermittlungsrichtlinien vom 25.2.1991 als ergänzende neuere Richtlinie genannt.

Für den Bereich der *fünf neuen Bundesländer* sei auf die Bekanntmachung der ergänzenden Hinweise zur Wertermittlungsrichtlinie 1991 für das Gebiet der neuen Länder vom 17.3.1992 hingewiesen. Diese enthalten in recht übersichtlicher Form Ergänzungen und Anwendungsbeispiele, bezogen auf die Situation in den neuen Bundesländern, zur WertR 91. Insbesondere hervorzuheben sind die Lösungsansätze und Berechnungsbeispiele, die den besonderen Verhältnissen im dortigen Gebiet Rechnung tragen.

Wertermittlungsverfahren

Zur Ermittlung des Verkehrswertes stehen grundsätzlich drei Verfahren zur Verfügung (§ 7), wobei das Ergebnis unter Berücksichtigung der Lage auf dem Grundstücksmarkt (§ 3 Abs. 3) zu bemessen ist:

- Vergleichswertverfahren (§§ 13—14 WertV 1988),
- Ertragswertverfahren (§§ 15—20 WertV 1988),
- Sachwertverfahren (§§ 21—25 WertV 1988),

vgl. auch nachstehende Tabelle 4.

Tabelle 4: Übersicht über die Wertermittlungsverfahren nach der WertV 1988

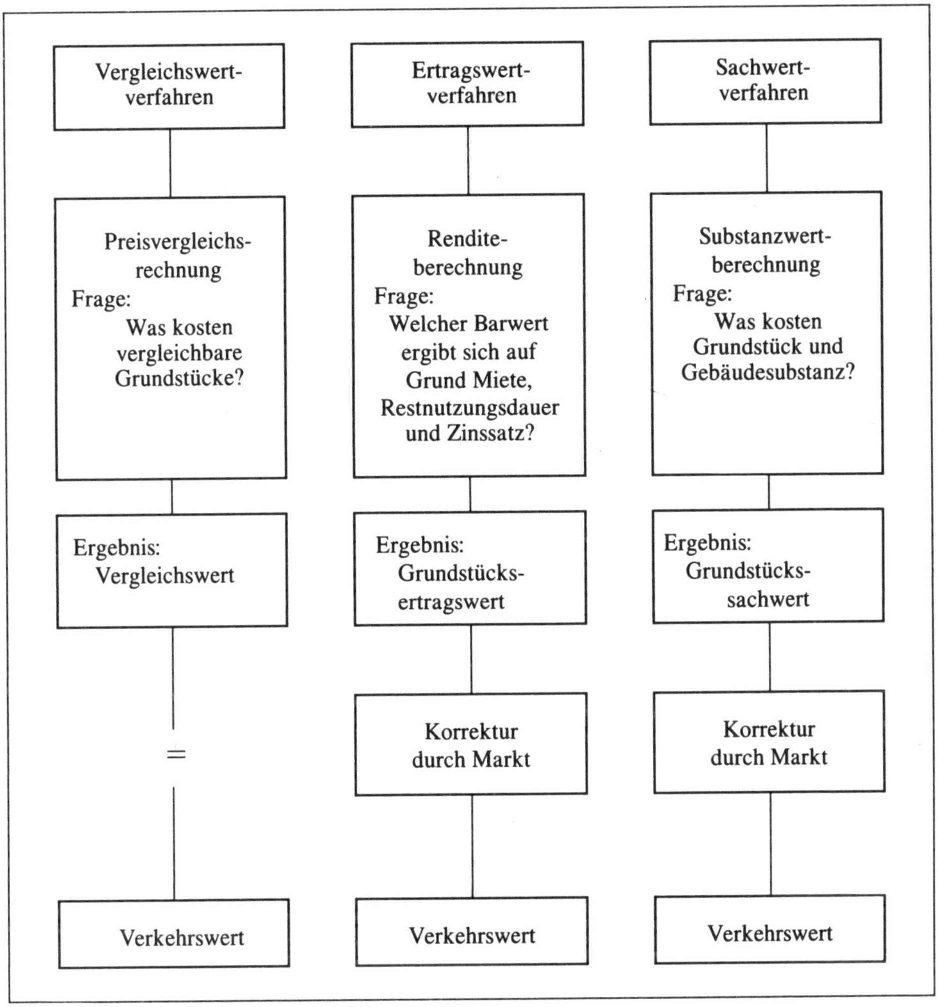

Quelle: WertV '88 Kleiber/Simon/Weyers, Sonderausgabe Verlag Rudolf Müller GmbH, Köln § 7, S. 128

Vergleichswertverfahren

Diese Ermittlungsmethode - für bebaute und unbebaute Liegenschaften - stellt auf vergleichbare Grundstücke am Ort oder in vergleichbaren Gebieten ab; vorausgesetzt ist, daß die wertbeeinflussenden Merkmale übereinstimmen.

Bei bebauten Grundstücken hat das Vergleichswertverfahren in der Praxis keine große Bedeutung, weil diese Immobilien aufgrund der individuellen Bebauung regelmäßig nicht hinreichend vergleichbar sind. In solchen Fällen hilft das in § 13 Abs. 3 WertV 1988 festgelegte Verfahren der Heranziehung von Vergleichsfaktoren.

Soll der reine Bodenwert ermittelt werden, können neben oder anstelle von Preisen für Vergleichsgrundstücke auch geeignete Bodenrichtwerte (§ 196 Baugesetzbuch) herangezogen werden, wenn sie den Anforderungen an die Vergleichbarkeit gem. § 13 Abs. 2 WertV 1988 entsprechen.

Sofern Abweichungen zwischen den Vergleichs-Immobilien oder den Grundstücken, für die Bodenrichtwerte oder Vergleichsfaktoren bebauter Grundstücke abgeleitet worden sind, auftreten, ist dies durch Zu- oder Abschläge bzw. in anderer geeigneter Weise zu berücksichtigen, was auch bei unterschiedlichen Bewertungszeitpunkten gilt (§ 14 WertV 1988).

Schema Vergleichswertverfahren

unbebaute und
bebaute Grundstücke:
Vergleichspreise hinreichend
übereinstimmender Vergleichsgrundstücke

Wertermittlung durch Preisvergleich

alternativ bei
unbebauten Grundstücken:
Heranziehung von Bodenrichtwerten

bebauten Grundstücken:
Heranziehung von Vergleichsfaktoren
Berücksichtigung von Abweichungen
durch Zu- und Abschläge

Vergleichswert

Berücksichtigung der Lage auf
dem Grundstücksmarkt durch
Zu- oder Abschläge

VERKEHRSWERT

Ertragswertverfahren

Beim *Ertragswertverfahren* wird der Objektwert aus dem Bodenwert und dem kapitalisierten Reinertrag des Gebäudes, der um die Verzinsung des Bodenwertes zu vermindern ist, ermittelt. Dieses Verfahren stellt die wirtschaftliche Seite einer Immobilie, d.h. ihre Rentabilität, in den Vordergrund und findet überwiegend bei der Bewertung von Mehrfamilienhäusern und im gewerblichen Bereich Anwendung, zu Einzelheiten siehe Anlage 9, Ertragsermittlungs-Formular, Seite 169.

Die *Vorteile* der verschiedenen Verfahren ergeben sich aus der Art der zu bewertenden Immobilie und der Beurteilungspräferenzen nach Substanz oder Ertrag. Bei unbebauten Grundstücken bietet sich das Vergleichsverfahren an, um anhand der Verkaufspreise vergleichbarer Grundstücke oder auf der Grundlage von Bodenrichtwertkarten den Bodenwert festzustellen. Das Sachwertverfahren eignet sich überwiegend für solche Grundstücke, bei denen die Eigennutzung im Vordergrund steht, in erster Linie also bei Einfamilienhäusern. Hier gelten nicht die Kriterien der Rentabilität des investierten Kapitals, vielmehr sind Kosten von Grundstück und Gebäudeherstellung (-substanz) relevant.

Das Ertragswertverfahren dominiert bei Immoblien, die zur Ertragserzielung bestimmt sind, z.B. Mietwohngrundstücken, Gewerbebauten und gemischt-genutzten Grundstücken.

Zur Wahl des Ermittlungsverfahrens bei *Eigentumswohnungen* ist grundsätzlich auf die Verkehrswertermittlung von Einfamilienhaus-Grundstücken, d.h. das Sachwertverfahren, zu verweisen.[3]

Bei älteren Eigentumswohnungen sollte jedoch das Ertragswertverfahren herangezogen werden; in den häufigsten Fällen wird der Verkehrswert von Wohnungseigentum im Vergleichswertverfahren ermittelt, da eine ausreichende Anzahl von Vergleichskaufpreisen vorliegt und sich der Markt nahezu ausschließlich an m^2-Preisen orientiert.

Der Ertragswert der baulichen Anlagen wird aufgrund der nachhaltig erzielbaren jährlichen Reinerträge des Grundstücks ermittelt, wobei sich diese aus den Roherträgen abzüglich der Bewirtschaftungskosten ergeben, vgl. §§ 17 und 18 WertV 88.

Der Rohertrag umfaßt alle bei ordnungsgemäßer Bewirtschaftung und zulässiger Nutzung nachhaltig erzielbaren Einnahmen aus dem Grundstück, insbesondere Mieterträge für Lager-, Laden-, Büro- und Wohnflächen, Einstellplätze sowie alle sonstigen Erträge; auf den Mieter umgelegte Betriebs- bzw. Bewirtschaftungskosten sind jedoch nicht hinzuzurechnen. Falls keine kalkulatorischen Mieten in Ansatz kommen, sind die Istmieten zugrunde zu legen, die den Miet- und Pachtverträgen

3 Kleiber/Simon/Weyers, WertV '88, S. 131

entnommen werden müssen. Von dem so ermittelten Jahres-Rohertrag wird der Aufwand für Bewirtschaftung, Instandhaltung, Verwaltung und der Mietausfall abgezogen, wodurch sich der Reinertrag ergibt (vgl. S. 71).

Um den Gebäudeertragswert zu erhalten, wird vom Reinertrag die Bodenwertverzinsung (das ist der maßgebliche Bodenwert multipliziert mit dem angemessenen Liegenschaftszins) abgezogen und der verbleibende Rest dann mit einem Vervielfältiger multipliziert, d.h. kapitalisiert, der unter Berücksichtigung der Lebensdauer des Gebäudes sowie eines angemessenen Verzinsungssatzes aus der Anlage zu der WertV 1988 zu entnehmen ist.

Die WertV 1988 gibt in § 16 Abs. 2 einen Hinweis auf den Liegenschaftszins des § 11. Hiernach ist der Liegenschaftszinssatz der Zinssatz, mit dem der Verkehrswert von Liegenschaften im Durchschnitt marktüblich verzinst wird. Die Höhe des Liegenschaftszinssatzes wurde weder im Baugesetzbuch noch in der WertV festgelegt, da sie nach den Gegebenenheiten des örtlichen Grundstücksmarktes variiert (vgl. auch Kleiber/Simon, Seite 106, Randnote 97). Die Erfahrungen haben gezeigt, daß Liegenschaftszinssätze aufgrund freier Schätzungen immer wieder zu Fehlern bei der Ermittlung der Verkehrswerte nach dem Ertragswertverfahren geführt haben. Auch die in der Anlage 4[4] vorangestellten Liegenschaftszinssätze können deshalb nur als Anhalt dienen, wenn keine marktorientierten Liegenschaftszinssätze festgestellt worden sind.

Nach dem Baugesetzbuch sind die Geschäftsstellen der Gutachterausschüsse verpflichtet, die erforderlichen Daten, also auch Liegenschaftszinssätze aus Kaufpreisen bebauter Grundstücke nach der jeweiligen Lage auf dem Grundstücksmarkt abzuleiten. Derartige Ableitungen und Sammlungen der Gutachterausschüsse existieren bereits in fast allen Großstädten und können dort angefordert werden. Sie sind allerdings nicht aussagekräftig für andere Städte oder ländliche Gemeinden, denn die Verzinsung auf dem Lande kann nicht so hoch sein wie bei Grundstücken in der Stadt. Hier liegen die Mieten nämlich - bezogen auf die Sachwerte - in der Regel niedriger als in größeren Gemeinden. Erkenntnis ist dabei: Das in Grundstücken investierte Kapital verzinst sich in Gemeinden mit ländlichem Charakter schlechter als in Stadtlagen.

Es gibt zahlreiche Tabellen und Empfehlungen für Liegenschaftszinssätze, siehe Tabellen 5, 6 und 7.

---

4 zu den Wertermittlungs-Richtlinien 1976

Tabelle 5: Anzuwendende Liegenschaftszinssätze nach Rosse-Brachmann und Gerady/Möckel

Grundstücksart	WertR 76	Zinssatz nach Rosse-Brachmann	Gerardy/Möckel
Einfamilienhausgrundstücke	—	2,5 bis 3,5 v.H.	—
Zweifamilienhausgrundstücke	—	—	—
Mietwohngrundstücke	5,0 v.H.	4,0 bis 4,5 v.H.	3,5 bis 4,5 v.H.
Gemischtgenutzte Grundstücke (bis 50 v.H. gewerbl. Anteil)	5,5 v.H.	5,0 bis 5,5 v.H.	5,0 v.H.
Gemischtgenutzte Grundstücke (über 50 v.H. gewerbl. Anteil)	6,0 v.H.	—	5,5 v.H.
Geschäftsgrundstücke	6,5 bis 8,0 v.H.	5,0 bis 6,0 v.H.	6,0 v.H.

Tabelle 6: Anzuwendende Liegenschaftszinssätze (nach Rössler, Langner, Simon, Kleiber, Schätzung und Ermittlung von Grundstückswerten, 6. Auflage, S. 193)

Grundstücksart	Zinssatz	
	in ländl. Gemeinden	in den übrigen Gemeinden
Einfamilienhausgrundstücke	2,0 bis 3,0 v.H.	2,5 bis 3,5 v.H.
Zweifamilienhausgrundstücke	3,5 v.H.	3,5 bis 4,0 v.H.
Mietwohngrundstücke	4,0 v.H.	4,0 bis 5,0 v.H.
Gemischtgenutzte Grundstücke mit einem gewerblichen Anteil am Rohertrag bis zu 50 v.H.	4,5 v.H.	5,0 v.H.
Gemischtgenutzte Grundstücke mit einem gewerblichen Anteil am Rohertrag über 50 v.H.	5,0 v.H.	5,5 v.H.
Geschäftsgrundstücke	5,5 v.H.	6,0 bis 6,5 v.H.

Tabelle 7: Zinssätze für spezielle gewerblich genutzte Grundstücke (nach Stannigel/Kremer/Weyers)

Büro und Geschäftshäuser	6,0—6,5 v.H.
Verbrauchermärkte, Einkaufszentren	6,5—7,5 v.H.
Warenhäuser	6,5—7,5 v.H.
Hotels und Gaststätten	6,5—7,0 v.H.
Tennishallen und Freizeiteinrichtungen	6,0—7,5 v.H.
Parkhäuser, Sammelgaragen, Tankstellen	6,0—7,5 v.H.
Lagerhallen (Speditionsbetriebe)	6,0—7,0 v.H.
Fabrikationshallen	6,5—8,0 v.H.
Fabriken und ähnliche speziellere Produktionsstätten	7,5—9,0 v.H.

Insbesondere aus den Tabellen 6 und 7 ist ersichtlich, daß für Büro- und Geschäftshäuser ein Liegenschaftszins von 6 bis 6,5 % zu entnehmen bzw. zu empfehlen ist. Aus Vorsichtsgründen empfiehlt sich die Anwendung eines Liegenschaftszinssatzes von 6,5 %. Nach der Systematik der Vervielfältigertabelle wird der Vervielfältiger um so geringer, je höher der gewählte Liegenschaftszins ist, so daß bei der Grundstücksbewertung eine gewisse Reserve geschaffen wird, wenn man einen niedrigeren Zinssatz wählt.

Zu dem so ermittelten Gebäudeertragswert ist der maßgebliche Bodenwert zu addieren; dieser kann - falls besonders ausgewiesen - dem Kaufvertrag oder Vergleichspreisen von Nachbargrundstücken beziehungsweise der Bodenrichtwertkartei der kommunalen Gutachterausschüsse entnommen werden, Einzelheiten siehe Seite 67, Bodenwert.

Schema Ertragswertverfahren

Wert der baulichen Anlage	+ Bodenwert (vermindert um Abbruch- und Bodensanierungskosten)
Rohertrag	
abzüglich Bewirtschaftungskosten - Verwaltungskosten, Betriebskosten, Instandhaltungskosten, Mietausfallwagnis - abzüglich Verzinsungsbetrag des Bodenwertes	
Reinertrag	
multipliziert mit Vervielfältiger	
Gebäudeertragswert	
zuzüglich Bodenwert	
Ertragswert	
Berücksichtigung der Lage am Grundstücksmarkt	
Verkehrswert	

Auch das Ertragswertverfahren bedarf der Korrektur durch den Markt. Der *Verkehrs*wert ergibt sich also aus der allgemeinen Situation am Grundstücksmarkt, siehe § 3 WertV 1988.

Substanz und Vergangenheitsaufwand einer Immobilie spielen selbstverständlich auch im Rahmen der Ertragswertprüfung eine wesentliche Rolle: Der aktuelle

Zustand gibt Auskunft über die künftige Reparaturanfälligkeit an Dach und Fach. Hoher Instandhaltungsaufwand in Einzelgewerken läßt den Schluß zu, daß die Lebensdauer der wesentlichen Bauteile erhöht wurde, während eine Vielzahl von Kleinreparaturen ein Indiz für den desolaten Gesamtzustand eines Hauses sein kann. Energiesparende Investitionen werden das Bewertungsergebnis nach der Ertragswertmethode allerdings zunächst nicht berühren; sie wirken sich nur auf die künftige Vermietbarkeit und die Ertragssituation dadurch aus, daß neue Mieter gegebenenfalls zur Zahlung einer höheren Kaltmiete bereit sind.

Die genaue Analyse der Reparaturaufwendungen ist ein wichtiges Kontrollmoment für den künftigen Instandsetzungs- sowie Reparaturbedarf und damit ein Einflußfaktor auf den Reinertrag und die Entwicklung der Nettorendite. Ergeben die Überprüfunge, daß sich das Gebäude in einem ordentlichen Zustand befindet und irgendwelche Risiko- oder Sicherheitsabschläge nicht vorzunehmen sind, so kann auf der Grundlage des Nettomietertrages der Ertragswert um so nachhaltiger bestimmt werden.

Formular zur Ertragswertermittlung

1. Bodenwert (im Vergleichsverfahren §§ 13, 14 WertV 88)
1.1 Richtwert bzw. Vergleichswert __________ DM/qm
1.2 Zuschlag Abschlag wegen __________
____________________________________ __________ DM/qm

1.3 Maßgeblicher Bodenwert bei ________ qm __________ DM

---

2. Ertragswert der baulichen Anlagen (§ 16 WertV 88)

2.1 Nachhaltig erzielbare Mieterträge aus

______	qm Lagerfläche zu	_____	DM/mtl.	____________	DM
______	qm Ladenfläche zu	_____	DM/mtl.	____________	DM
______	qm Bürofläche zu	_____	DM/mtl.	____________	DM
______	qm Wohnfläche zu	_____	DM/mtl.	____________	DM
______	Garagenplätze zu	_____	DM/mtl.	____________	DM
______	Abstellplätze zu	_____	DM/mtl.	____________	DM

Sonstige Erträge ____________________________ ____________ DM

Monatliche Bruttomiete (Rohertrag § 17 WertV 88) ____________ DM

Jährliche Bruttomiete ____________ DM

2.2 Bewirtschaftungskosten (ohne AfA) ______ % ./. ____________ DM
— alternativ nach effektiven Betriebskosten und kalkulierten Werten für Instandhaltung, Verwaltung, Mietausfall —

2.3 Jährlicher Reinertrag ____________ DM
2.4 Bodenwertverzinsung (____ % v. Ziff. 1.3) ./. ____________ DM
2.5 Gebäudereinertrag ____________ DM
2.6 Restnutzungsdauer ______ Jahre
Zinssatz ____ %
Vervielfältigter (Anl. zu WertV 88) ______ ____________ DM
2.7 Gebäudeertragswert
(Reinertragsanteil nach Ziff. 2.5 x Vervielfältiger)
2.8 Bodenwert (Ziff. 1.3) + ____________ DM

Ertragswert insgesamt ____________ DM

Sachwertverfahren

Beim *Sachwertverfahren* bestimmen Bodenwert und Herstellungswert der Gebäude, Außenanlagen sowie besondere Betriebseinrichtungen den Wert der Immobilie.

Der Herstellungswert von Gebäuden ist unter Berücksichtigung ihres Alters, des bautechnischen Zustandes und sonstiger wertbeeinflussender Umstände zu ermitteln. Konkret werden die gewöhnlichen *Herstellungskosten* je Raum- oder Flächeneinheit (je Kubikmeter umbauten Raumes oder je Quadratmeter Fläche) mit dem Gesamtrauminhalt bzw. -fläche multipliziert, wobei deren Berechnungsansatz nach Erfahrungssätzen, ausnahmsweise nach gewöhnlichen Herstellungskosten einzelner Bauleistungen oder nach den tatsächlich entstandenen Herstellungskosten erfolgt, vgl. hierzu Einzelheiten unten. Das Raummeter-Preisverfahren ist nicht mehr ausschließlich vorgeschrieben. Es können also auch andere Bezugsgrößen gewählt werden, wodurch einer Forderung der Praxis Rechnung getragen worden ist, die insbesondere bei der Wertermittlung von Industrie- und Gewerbebauten sowie der Wertermittlung von Wohnungseigentum den Flächenbezug wählt, nämlich DM-Betrag pro Quadratmeter Geschoß-, Nutz- oder Wohnfläche.

Das Sachwertverfahren kommt überwiegend bei selbstgenutzten Ein- und Zweifamilienhäusern zum Ansatz, aber auch zur Überprüfung und ggfs. Korrektur von Ergebnissen aufgrund des Ertragswertverfahrens. Nicht zulässig ist die Ermittlung des Verkehrswertes aus dem arithmetischen Mittel von Sach- und Ertragswert.

Die Bewertung von Gebäuden im Sachwertverfahren erfolgt durch Multiplikation des Gesamtrauminhalts bzw. der Gesamtfläche mit den gewöhnlichen Herstellungskosten je Raum- oder Flächeneinheit; dem Ergebnis sind die Kosten der Sonderbauteile, Einrichtungen und sonstigen Umstände, soweit noch nicht erfaßt, sowie die Baunebenkosten (einschl. der in unmittelbarem Zusammenhang mit der Herstellung angefallenen Finanzierungskosten) hinzuzufügen.

Die Berechnung des Herstellungswertes geschieht

- nach Erfahrungssätzen,
- ausnahmsweise nach gewöhnlichen Herstellungskosten einzelner Bauleistungen,
- oder nach den tatsächlich entstandenen Herstellungskosten.

Bei der Ermittlung der Normalherstellungskosten nach Erfahrungssätzen gem. § 22 Abs. 3 WertV 1988 ist erforderlichenfalls auf geeignete Baupreisindexreihen zurückzugreifen und auf die Preisverhältnisse am Wertermittlungsstichtag umzurechnen. Noch immer beharren viele Sachverständige auf der Anwendung der Raummeterpreise nach der Preisbasis 1913, 1914 oder 1913/14 als Baupreisindexreihen, d.h. legen den für diese Jahre ermittelten Bauwert in Mark dem vom Statistischen Bundesamt ermittelten aktuellen Baukostenindex zugrunde (vgl. zum Verfahren für die Bauwertermittlung nach dem Indexverfahren Anlage 5 (Blanko-

Schema Sachwertverfahren

Normalherstellungskosten
von Gebäude, Außenanlagen, besonderen Betriebseinrichtungen

Gesamtbaukosten
(Herstellungswert)

Berücksichtigung technischer Wertminderungen
(wegen Alters, Baumängel, sonstiger wertbeeinflussender Umstände)

Gesamtbauwert

zuzüglich Bodenwert
(einschl. Erschließungskosten)

Sachwert

Berücksichtigung der Lage auf dem Grundstücksmarkt

Verkehrswert

Muster, S. 163 und Anlage 6 (Musterbeispiel S. 165). Die Baupreise werden also zunächst einmal für das Jahr 1913 ausgeworfen und dann mit dem aktuellen Baukostenindex multipliziert.[5]

Das Indexverfahren ist problematisch, da hierdurch nur Durchschnittswerte ermittelt werden können, sich der spezifische Substanzwert einer bestimmten Immobilie wegen unterschiedlicher Einzelfaktoren jedoch nicht exakt erfassen läßt. Pohnert[6] befürchtet verzerrte und fehlerhafte Ergebnisse und rät von der Indexmethode ab.[7]

Die Ermittlung des Verkehrswertes einer Immobilie über das Sachwertverfahren ist gegenüber der Ertragswertmethode in der täglichen Praxis bei Mehrfamilienhäusern und Gewerbebauten in den Hintergrund getreten. Institutionelle Anleger bewerten

5 Wie Pohnert, F., Kreditwirtschaftliche Wertermittlungen, Gabler-Verlag, 4. Auflage 1992, S. 265, anmerkt, ist dieses Verfahren eine liebgewordene Gewohnheit; zudem werden die 1913er Basiswerte in den Vorschriften für die Berechnung des Beleihungswertes nach dem Indesverfahren verlangt.

6 Pohnert, a.a.O., S. 266.

7 So im Ergebnis auch Kleiber/Simon/Weyers, a.a.O., S. 190/191; es sei in jedem Falle sicherer, solche Kubikmeterpreise anzusetzen, die den Bauzeitpunkten der Gebäude möglichst nahe kommen und im einzelnen der Literatur zu entnehmen sind.

ausschließlich nach dem Ertragswert-Berechnungsverfahren; die Substanzbewertung hat allenfalls die Funktion einer Kontrollrechnung mit dem Ziel festzustellen, ob der Kaufpreis beziehungsweise die Entstehungskosten bestimmte Markt-Erfahrungswerte, die oft erhebliche regionale Unterschiede ausweisen, erreichen oder übersteigen.

Bodenwert

Grund und Boden hat als solcher keinen Wert, der über Substanz oder Ertrag zu bemessen wäre; erst der m^2-Preis des Marktes ergibt einen Wert des unbebauten Grundstücks, wobei Lage, Zustand und Nutzbarkeit ausschlaggebend sind.

Für die Wahl des Wertermittlungsverfahrens bei unbebauten Grundstücken kommen

- der unmittelbare Preisvergleich durch Kaufpreise von Vergleichsgrundstücken *und*
- der mittelbare Preisvergleich durch geeignete Bodenrichtwerte

gem. § 13 WertV 1988 in Betracht; d.h. zur Ermittlung des Bodenwertes können neben oder anstelle von Preisen für Vergleichsgrundstücke auch geeignete Bodenrichtwerte herangezogen werden, wenn sie entsprechend den örtlichen Verhältnissen unter Berücksichtigung von Lage und Entwicklungszustand gegliedert und nach Art und Maß der baulichen Nutzung, Erschließungszustand und jeweils vorherrschender Grundstücksgestalt hinreichend bestimmt sind. Die Bodenrichtwerte (§ 196 BauGB) werden von den Gutachterausschüssen für Grundstückswerte in Bodenrichtwertkarten nachgewiesen, die jeweils nach 1 oder 2 Jahren zu aktualisieren sind.

Bei der Bodenwertermittlung sind zum reinen m^2-Bodenpreis auch die Kosten für Vermessung, Auflassung, Erschließung und Baureifmachung hinzuzurechnen (vgl. Anlage 7, S. 167).

Ergänzende Betrachtungsweisen zur Immobilienbewertung

Neben den vorstehend dargelegten, sich z. T. ebenfalls in Veränderung und Umbruch befindlichen Verfahren zur Immobilienbewertung kommen immer mehr allgemeine betriebswirtschaftliche Betrachtungen und Überlegungen bei der Immobilienbewertung und insbesondere bei der Überprüfung der Investitionsentscheidung durch den Kaufinteressenten in Betracht.

Hier ist insbesondere die aus dem anglo-amerikanischen Bereich stammende und dort sehr weit verbreitete sogenannte *Discounted-Cash-Flow-Methode* zu nennen.

Wie bereits bei der Erläuterung des Ertragswertverfahrens dargestellt, wird heute die Entscheidung für eine Investition in Immobilien nicht mehr ausschließlich nach dem — die statische Anfangsrentabilität ausdrückenden — Ertragswertverfahren beurteilt. Es stehen vielmehr Aspekte der Entwicklung der Gesamtinvestition in einem gewissen Zeitraum im Vordergrund. Hierbei sollen auch sich ändernde Ertragssituationen und der Ertrag aus der Wiederveräußerung Berücksichtigung finden.

Die Immobilieninvestition wird hierbei als mittelfristige Investition und nicht mehr als „Anlage fürs Leben" gesehen. Dem tragen international orientierte Investoren dadurch Rechnung, daß sie die Rentabilität, oder anders ausgedrückt, die Vorteilhaftigkeit einer Investition in Immobilien nach der vorerwähnten Discounted-Cash-Flow-Methode beurteilen.

Dieses Verfahren ist auch bei uns in der allgemeinen Betriebswirtschaftslehre als Zentralbegriff der dynamischen Investitionskalküle unter dem Begriff der *Kapitalwertmethode* bekannt und gebräuchlich.

Hierbei ergibt sich der Kapitalwert einer Investition durch Diskontierung (Abzinsung) der ihr zuzurechnenden jährlichen Einnahmenüberschüsse (bzw. Fehlbeträge) auf einen einheitlichen Bezugspunkt und durch Abzug des ursprünglich eingesetzten Kapitalbetrages von der Summe der diskontierten Einnahmenüberschüsse.

Die zur Diskontierung erforderlichen Abzinsungsfaktoren werden in der Regel aus sogenannten Abzinsungstabellen entnommen. In diesen sind die relevanten Kapitalisierungszinssätze und Zeiträume bereits enthalten.

Der Abzinsungsfaktor errechnet sich ansonsten nach der Formel

$$\text{Abzinsungsfaktor} = \frac{1}{(1 + i)^t}$$

wobei i der gewünschte Zinssatz durch 100 und t das Jahr ist, in dem der Einnahmenüberschuß anfällt. Wie hieraus zu ersehen ist, kommt dem Kapitalisierungszinssatz bei der Kapitalwertmethode eine erhebliche Bedeutung zu, und es erhebt sich die Frage, wie er bestimmt wird.

Grundsätzlich geht man davon aus, daß die Höhe des Kapitalisierungszinssatzes durch die Höhe der Finanzierungskosten, welche durch die Investition entstehen, bestimmt wird. Er kann jedoch auch durch die vom Investor gewünschte Mindestverzinsung der Invesition bestimmt sein.

Ergibt sich nun ein *positiver Kapitalwert*, so kann gesagt werden, daß die Investition vorteilhaft ist, da aus den Rückflüssen ein das eingesetzte Kapital und die geforderte Mindestverzinsung übersteigender Betrag erwirtschaftet wird.

Bei einem *negativen Kapitalwert* reichen dagegen die erwirtschafteten Rückflüsse nicht zur Wiedergewinnung des eingesetzten Kapitals und zur Erwirtschaftung der Mindestrendite aus.

Gerade zur Beurteilung der Rentabilität einer Investition in Immobilien erscheint diese Methode interessant, da sie in der Lage ist, den unterschiedlich anfallenden Mieterträgen und Aufwendungen der Immobilie Rechnung zu tragen. Auch ermöglicht sie dem Investor einen Vergleich mit alternativen Anlagenformen. Diese Methode erscheint durchaus einleuchtend und insbesondere heute durch den Einsatz moderner Taschenrechner und EDV-Programme auch einfach anzuwenden.

Hierbei darf jedoch nicht vergessen werden, daß sie eine realistische Einschätzung der Entwicklung der Mieterträge und der Bewirtschaftungskosten für den Betrachtungszeitraum voraussetzt. Ferner muß der Wiederverkaufswert der Immobilie am Ende der Investitionsphase als letzter Zahlungsstrom miteingerechnet werden, was wiederum eine realistische Einschätzung der Preisentwicklung erforderlich macht.

Bei Anwendung dieser Methode ist also zu einer sehr kritischen Prüfung der ihr zugrundeliegenden Ausgangswerte zu raten. Ansonsten besteht durchaus die Gefahr, daß sich der Anwender „mathematisch korrekt – reichrechnet".

Da der Vorteilsvergleich mittels der Kapitalwertmethode sich in der Regel auf einen Betrachtungszeitraum von 10—15 Jahre bezieht, erscheinen auch hier realistische Annahmen möglich. Hier entsteht natürlich ein Widerspruch zum Realitätsprinzip der klassischen Verkehrswertdefinition und des Ertragswertverfahrens nach WertV 88, da die angenommenen Werte nicht am Stichtag belegbar sind, sondern es Prognosewerte sind. Dies führte auch zu einer nicht unerheblichen Skepsis gegenüber dieser Methode bei den deutschen Sachverständigen. Dieser Skepsis kann am wirkungsvollsten dadurch begegnet werden, daß der Verwender der Discounted-Cash-Flow-Methode seine Annahmen möglichst nachvollziehbar darlegt und ausführlich begründet.

Inwieweit die zugrunde gelegten Daten realistisch sind, muß der Betrachter einer derartigen Analyse letztendlich selbst einschätzen. Letztlich bleibt es ihm unbenommen, eine eigene Berechnung mit den von ihm als angemessen angesehenen Werten durchzuführen.

Unter dieser Voraussetzung sollte die Discounted-Cash-Flow-Methode aber durchaus in die Bewertungsüberlegung mit einbezogen werden. Klarzustellen ist, daß sie das klassische Ertragswertverfahren nicht ersetzen kann, sondern lediglich eine zusätzliche Entscheidungshilfe für den Investor darstellen kann.

Unter dieser Voraussetzung sollte die Discounted-Cash-Flow-Methode aber durchaus in die Bewertungsüberlegung mit einbezogen werden. Klarzustellen ist, daß sie das klassische Ertragswertverfahren nicht ersetzen kann, sondern lediglich eine zusätzliche Entscheidungshilfe für den Investor darstellen kann.

Insgesamt wird in Zukunft sorgfältig zu beobachten sein, in welchem Umfang sich diese Betrachtungsweise zur Vorteilhaftigkeit einer Investition in Immobilien auch in der Bundesrepublik Deutschland durchsetzen wird. Hierzu sei hingewiesen auf die in der Zeitschrift „Grundstücksmarkt und Grundstückswert" (Nr. 3/91 Seite 128 ff.) gemachten Ausführungen von John F.W. Morgan und Martin J. Harrop (beide Geschäftsleitung Zadelhoff Deutschland), welche diese Methode ausdrücklich empfehlen, und auf die kritische Stellungsnahme von Konrad Rüchard in der gleichen Publikation (Nr. 6/91, Seite 307 ff.) hinweisen.

Residualverfahren

Ein weiteres immer stärker in die Diskussion rückendes Verfahren ist das sogenannte Residualverfahren.

Bei diesem Verfahren wird das Residium, also der Rest, ermittelt, der für eine Investition übrigbleibt, wenn die anderen Größen bekannt bzw. vorgegeben sind.

Dies kommt insbesondere bei sogenannten Development-Objekten, welche von vornherein zum Zweck der Wiederveräußerung durchgeführt werden, in Betracht. Hier ergibt sich folgendes Rechnungsmodell:

Verkaufserlös des Projektes
./. Kosten der Projektentwicklung und Realisierung
einschließlich Vertriebskosten und Gewinnaufschlag

= maximaler Investitionsbetrag für Grund und Boden

Es ist unschwer zu erkennen, daß dieses Verfahren eine sehr sorgfältige Einschätzung der einzelnen Komponenten bedingt. Insbesondere der objektbezogene Verkaufserlös ist auf seine Realisierbarkeit hin sehr genau zu untersuchen. Es sind auch die in Ansatz gebrachten Eckdaten des Projektes und die daraus abgeleiteten Projektkosten sehr sorgfältig zu überprüfen, was jedoch ggf. mittels bekannter Daten aus Vergleichsobjekten, sowie Erkenntnissen aus der Baupreisstatistik durchaus möglich ist. Die Einbeziehung eines entsprechenden Sicherheitsabschlages ist immer unumgänglich.

Das Verfahren erscheint insbesondere in den neuen Bundesländern geeignet, um die z. T. weit überzogenen und wirtschaftlich nicht begründeten Kaufpreisforderungen für Bauland auf ein wirtschaftlich sinnvolles Maß hinzuführen. Dies mag insbesondere dort hilfreich sein, wo entsprechende Vergleichswerte für Baugrundstücke nicht, oder in nicht ausreichender Zahl, zur Verfügung stehen.

2.3 Ertrag

Gewinn ist Segen, wenn man ihn nicht stiehlt.
Shakespeare

2.3.1 Rohertrag

Aus der Vermietung einer Immobilie eingehende Zahlungen des Mieters oder Pächters, d. h. Erträge, bestehen in der Regel aus Mietnebenkosten bzw. Umlagen und der eigentlichen Miete (Pacht), die als Nettomiete (-pacht), also vom Mieter zu zahlende Kaltmiete (ohne Mehrwertsteuer) zu definieren ist. Für letztere bringt die Wertermittlungsverordnung 1988 den Begriff *Rohertrag* (§ 17), der alle bei ordnungsgemäßer Bewirtschaftung und zulässiger Nutzung nachhaltig erzielbaren Einnahmen aus dem Grundstück, insbesondere Mieten und Pachten einschließlich Vergütungen umfaßt. Umlagen, die zur Deckung von Betriebskosten gezahlt werden, sind dabei nicht zu berücksichtigen.

2.3.2 Reinertrag

Für die Berechnung der Nettorendite einer Immobilie ist der Reinertrag maßgebend, der sich aus der Kaltmiete (-pacht) bzw. dem Rohertrag abzüglich der Bewirtschaftungskosten ergibt (§ 16 i. V. m. §§ 17 und 18 WertV 1988).

Auch die Bewirtschaftungskosten sind durch die WertV 1988 definiert und stellen sich dar als

a) Verwaltungskosten
b) Betriebskosten
c) Instandhaltungskosten
d) Mietausfallwagnis
e) Abschreibung, die für die Ermittlung des Ertragswertes einer Immobilie bereits durch Einrechnung in den Vervielfältiger nach § 16 Abs. 3 WertV 1988 berücksichtigt ist.

Die Definition der Verwaltungs- und Betriebskosten unterscheidet sich von der II. Berechnungsverordnung in der Fassung der Bekanntmachung vom 5.4.1984, z. B. wird der Wert der vom Vermieter persönlich geleisteten Verwaltungsarbeit nicht gesondert unter dem Begriff Verwaltungskosten verstanden, ist vielmehr nach § 18 Abs. 6 Satz 2 WertV 1988 bei den Betriebskosten anzusetzen, vgl. im einzelnen Wortlaute der gesetzlichen Bestimmungen.

Verwaltungskosten

Verwaltungskosten sind die Kosten der zur Verwaltung des Grundstücks und seiner baulichen Anlagen erforderlichen Arbeitskräfte und Einrichtungen sowie die Kosten der Aufsicht. Zu den Verwaltungskosten gehören auch die Kosten für die gesetzliche oder freiwilligen Prüfungen des Jahresabschlusses und der Geschäftsführung.

Bei der Verwaltung anfallende Leistungen sind insbesondere

- Vermietung,
- Mietbuchhaltung, Überwachung des Mieteinganges, Mahnwesen,
- Abrechnung von Nebenkosten, Betriebskosten, Steuern und Abgaben
- Mietanpassung, Mietänderung,
- Erstellung des Wirtschaftsplanes,
- Planung, Beauftragung, Überwachung und Abrechnung von Instandhaltungs-, Wartungs- und Pflegearbeiten,
- Rechnungsprüfung, Zahlungsverkehr,
- Erstellen der Jahresabschlußrechnung,
- Bearbeitung von Versicherungsfällen,
- Organisation und Personalangelegenheiten.

Die Verwaltungskosten sind nach Erfahrungssätzen anzusetzen, die unter Berücksichtigung der Restnutzungsdauer den Grundsätzen einer ordnungsgemäßen Bewirtschaftung entsprechen.

Die Erfahrungssätze für die Verwaltungskosten betragen 3 — 8 % des Rohertrages.

In der Neufassung der II. BVO sind vorgesehen:

Verwaltungskosten je Wohneinheit;	320 DM/jährlich
Verwaltungskosten für Eigentumswohnungen Kaufeigentumswohnungen Wohnungen mit eigentumsähnlichem Dauerwohnrecht	385 DM/jährlich

Einen maßgeblichen Einfluß auf die Höhe der Verwaltungskosten haben die Größe des zu verwaltenden Objektes und die Anzahl der Mieter im Objekt.

Hat ein Grundstück z. B. nur einen oder wenige gewerbliche Großmieter, so können auch Verwaltungskosten von 1 —2 % des Rohertrages ausreichend sein. Eine größere Wohnanlage verursacht einen geringeren Verwaltungsaufwand als eine gleiche Zahl von Wohnungen in mehreren verstreut liegenden Einzelobjekten.

Betriebskosten

Betriebskosten sind die Kosten, die dem Eigentümer (Erbbauberechtigten) durch das Eigentum am Grundstück (Erbbaurecht) oder durch den bestimmungsmäßigen Gebrauch des Gebäudes oder der Wirtschaftseinheit, der Nebengebäude, Anlagen, Einrichtungen und des Grundstücks laufend entstehen.

Die Betriebskosten setzen sich aus folgenden Posten zusammen:

- die laufenden öffentlichen Lasten des Grundstückes, insbesondere die Grundsteuer (nicht jedoch die Hypothekengewinnabgabe),
- die Kosten der Wasserversorgung,
- die Kosten der Entwässerung,
- die Kosten des Betriebs der Personen- und Lastenaufzüge,
- die Kosten der Straßenreinigung,
- die Kosten der Müllabfuhr,
- die Kosten des Betriebs der Gemeinschafts-Antennenanlage,
- die Kosten der Hausreinigung und Ungezieferbekämpfung,
- die Kosten der Gartenpflege,
- die Kosten der Beleuchtung („Allgemeinbeleuchtung"),
- die Kosten der Schornsteinreinigung,
- die Kosten der Sach- und Haftpflichtversicherungen,
- die Kosten für den Hauswart,
- die Kosten des Betriebs der zentralen Heizungsanlage, der zentralen Brennstoffversorgungsanlage, die Versorgung mit Fernwärme, der Reinigung und Wartung von Etagenheizungen,
- die Kosten des Betriebs der zentralen Warmwasserversorgungsanlage, der Versorgung mit Fernwarmwasser oder die Reinigung und Wartung von Warmwassergeräten,
- die Kosten des Betriebs der maschinellen Wascheinrichtung,
- sonstige Betriebskosten insbesondere von Nebengebäuden, Anlagen und Einrichtungen.

Es dürfen nur solche Betriebskosten von der Jahresrohmiete abgezogen werden, die nicht gemäß mietvertraglicher Regelung durch Umlage auf die Mieter gedeckt sind.

Sofern bei einem ordnungsgemäß bewirtschafteten Grundstück Abrechnungsunterlagen über die Betriebskosten vorliegen, werden sie in ihrer tatsächlichen Höhe berücksichtigt. In anderen Fällen wird sie der Gutachter nach Erfahrungswerten schätzen.

Instandhaltungskosten

Instandhaltungskosten sind die Kosten, die während der Nutzungsdauer zur Erhaltung des bestimmungsmäßigen Gebrauchs der Gebäude aufgewendet werden müssen, um die durch Abnutzung, Alterung und Witterungseinwirkung entstehenden baulichen Schäden ordnungsgemäß zu beseitigen.

Der Ansatz der Instandhaltungskosten dient zur Deckung der Kosten von Reparaturen, nicht jedoch der Kosten von Baumaßnahmen zur Wertverbesserung.

Nur die Instand*haltungs*kosten — nicht die Instand*setzungs*kosten — gehören zu den laufenden Betriebskosten nach der Faustregel:

„*Instandhaltung* ist die Erhaltung von Vorhandenem“. (Beispiele: Reparaturen an Heizungen und Leitungen, Außenanstrich der Fenster, Neuverfugung der Außenwände).

„*Instandsetzung* ist das Auswechseln von alt gegen neu“. (Beispiele: Ersatz alter Heizkörper durch neue, Einbau neuer Fenster, Neueindeckung des Daches).

In der Regel wird durch die Instandsetzung — Erneuerungsinvestition — vor allem des Ausbaues, die Nutzungsdauer nicht verlängert. Es ist von vornherein klar, daß diese Bauteile während der Lebensdauer der Gebäude ein- oder mehrmals erneuert werden müssen, um die Gesamtlebensdauer sicherzustellen.

Die Instandhaltungskosten fallen nicht laufend in gleicher Höhe an, vielmehr entwickeln sie sich zyklisch und erreichen ihren ersten Höhepunkt bei Neubauten nach 15 — 20 Jahren.

Für die Berechnung der Bewirtschaftungskosten muß daher ein kalkulatorischer Ansatz gewählt werden, der einem langjährigen Durchschnitt der aufzuwendenden

Instandhaltungskosten entspricht. Vielfach werden die Instandhaltungskosten in einem Prozentsatz des Rohertrages angegeben, der bei neuen Wohnobjekten bei 7,5 — 10,5 Prozent und bei Wohn- und Geschäftshäusern bei 4 — 7 Prozent des Rohertrages liegt. Ein solcher Ansatz kann aber nur bei durchschnittlichen Mieten gelten, da die Mieten zu einem erheblichen Teil von der Qualität des Standortes und nicht nur von der baulichen Qualität abhängen.

Qualitativ hochwertige Bauten erfordern einen geringeren, eine aufwendige Ausstattung (Aufzüge, Klimaanlage) einen höheren Aufwand als der Durchschnitt und umgekehrt. Auch sollte innerhalb eines Gebäudes nach Flächen unterschiedlichen Ausbaugrades (Laden/Lager) unterschieden werden. Die Erfahrungssätze für den durchschnittlichen Instandhaltungsaufwand liegen zwischen 9,— und 15,50 DM/qm jährlich für Wohnungen, Büros und Geschäftsflächen und zwischen 4,— und 8,— DM/qm für Lagerflächen.

Die II. Berechnungsverordnung sieht folgende Kostenansätze je Quadratmeter Wohnfläche im Jahr vor:

Bezugsfertigkeit	DM/qm	Zuschlag für				
		Heizung DM/qm	Aufzug DM/qm	Fern-heizung DM/qm	Doppel-Verbund-Fenster DM/qm	Schönheits-reparaturen, Vermieter DM
bis 31.12.1952	15,50	1,10	1,10	0,75	0,85	10,00
1.1.53—31.12.69	14,50	1,10	1,00	0,75	0,85	10,00
1.1.70—31.12.79	11,50	1,10	1,00	0,75	0,85	10,00
nach 31.12.79	9,00	1,10	1,00	0,75	0,85	10,00

Aufschläge:

Anschluß an Fernheizung	0,75 DM

Minderungen:

kein Bad oder Dusche	1,30 DM
kleine Innstandhaltungen durch Mieter	1,90 DM
wenn nicht überwiegend tapeziert werden muß	1,00 DM

Für Garagen oder ähnliche Einstellplätze dürfen als Instandhaltungskosten einschließlich Schönheitsreparaturen höchstens 90,— DM jährlich je Garagen- oder Einstellplatz angesetzt werden.

Mietausfallwagnis

Mietausfallwagnis ist das Wagnis einer Ertragsminderung, die durch uneinbringliche Mietrückstände oder Leerstehen von Raum, der zur Vermietung bestimmt ist, entsteht. Es dient auch zur Deckung der Kosten einer Rechtsverfolgung auf Zahlung, Aufhebung eines Mietverhältnisses oder Räumung. Dazu gehören auch uneinbringliche Rückstände von Betriebskosten.

Nach den Wertermittlungsrichtlinien ist auch das Mietausfallwagnis nach Erfahrungssätzen anzusetzen, die unter Berücksichtigung der Restnutzungsdauer den Grundsätzen einer ordnungsgemäßen Bewirtschaftung entsprechen. Erfahrungsgemäß sind in etwa anzunehmen:

- 2 Prozent des Rohertrages bei Mietwohn- und gemischtgenutzten Grundstücken,
- 4 Prozent des Rohertrages bei Geschäftsgrundstücken.

Nach § 29 der II. Berechnungsverordnung darf das Mietausfallwagnis für Wohnraum höchstens mit 2 Prozent der Erträge angesetzt werden.

Ein Mietausfallwagnis von z. B. 2 Prozent bedeutet, daß dieser kalkulatorische Ansatz verbraucht ist, wenn eine Wohnung nach 50 Monaten Mietzeit (4 Jahre, 2 Monate) geräumt wird und bis zu ihrer Neuvermietung einen Monat lang leersteht.

Mietobjekte — ob Wohnungen oder Gewerbeflächen — in begehrten Lagen verzeichnen kaum Leerstände. Nicht selten kommt es sogar vor, daß ein Nachfolgemieter, der eine höhere Miete zahlt, dem Vormieter eine Abstandssumme anbietet, um ihn zu vorzeitiger Räumung zu bewegen. Andererseits gibt es Wohnungen, die schon so lange unvermietet sind, daß der tatsächlich entstandene Mietausfall durch das kalkulatorische Wagnis während der Restnutzungsdauer wohl nicht mehr gedeckt werden kann.

Bei gewerblichen Grundstücken ist aber auch die Bonität der Mieter und die Vertragsgestaltung von wesentlicher Bedeutung. Bei langfristigen Verträgen mit erstklassigen Mietern kann das Wagnis auf 1 bis 0,5 Prozent zurückgenommen werden.

Weitere Faktoren, die das Mietausfallwagnis beeinflussen, sind

- die Miethöhe; eine „ausgereizte" Miete bedeutet ein höheres Risiko als eine noch steigerungsfähige,
- die Wohnungsgröße; Familienwohnungen haben eine geringere Fluktuation und damit weniger Ausfall als Appartements,
- die Bewirtschaftungskosten; ein hoher Anteil an umlagefähigen Kosten belastet die Mieter und erhöht das Risiko,
- der Unterhaltszustand; Mängel führen zu Mieteinbehalten und Rechtsstreitigkeiten.

Abschreibung

Abschreibung bedeutet im Steuerrecht das gleichmäßige Verteilen der Baukosten auf die voraussichtliche Nutzungsdauer des Gebäudes, welches — anders als Grund und Boden — einem Wertverzehr unterliegt, also nur eine zeitlich begrenzte Rente abwirft. Unter diesem Gesichtspunkt und bei Ermittlung des Ertragswertes als Barwert einer nachschüssigen Rente gemäß Wertermittlungsverordnung darf die Abschreibung nicht zu den Bewirtschaftungskosten gerechnet werden; vielmehr wird sie bereits durch den Vervielfältiger berücksichtigt; zur steuerlichen Abschreibung (AfA) vergleiche unten.

Wertminderung wegen Alters / Lebensdauer

In der Neufassung der Wertermittlungsverordnung 1988 heißt es in § 23:

Die Wertminderung wegen Alters bestimmt sich nach dem Verhältnis der *Restnutzungsdauer* zur *Gesamtnutzungsdauer* der baulichen Anlagen; sie ist in einem Vomhundertsatz des Herstellungswerts auszudrücken. Bei der Bestimmung der Wertminderung kann je nach Art und Nutzung der baulichen Anlagen von einer gleichmäßigen oder von einer mit zunehmendem Alter sich verändernden Wertminderung ausgegangen werden.

Die Definition des Begriffs *Restnutzungsdauer* gilt für das *Ertrags- und Sachwertverfahren*, die damit harmonisiert werden. Denn es kommt bei beiden Verfahren entscheidend darauf an, wie lange eine bauliche Anlage wirtschaftlich noch verwendungsfähig ist. In der Regel reicht nämlich bei ordnungsgemäßer Instandhaltung die *technische Lebensdauer* eines Gebäudes viel weiter als eine Nutzung bei vernünftiger wirtschaftlicher Betrachtungsweise noch in Betracht kommt. Umgekehrt ist eine wirtschaftliche Nutzung nur so lange möglich, wie es die *technisch bedingte Lebensdauer* der baulichen Anlage zuläßt.

Es ist eine Realität, daß selbst das solideste Gebäude auch bei bester Instandhaltung abnutzt, verwittert und abbruchreif wird, da die einzelnen Bauteile und damit das gesamte Gebäude nur eine bestimmte Lebensdauer haben. Die Wertminderung der Gebäude durch Alter und Abnutzung tritt also bei jedem, auch dem bestens ausgeführten und unterhaltenen Bauwerk ein. Zwar kann der Wertverfall durch grundlegende bauliche Verbesserungen für mehr oder minder lange Zeit unterbrochen bzw. die Lebensdauer verlängert werden, das Ende ist jedoch stets vorprogrammiert.

Zur Berechnung und Anwendung wurden Kurven und Tabellen der verschiedenen Wertminderung entwickelt, vgl. Abbildung 2 und Tabellen 8 und 9.

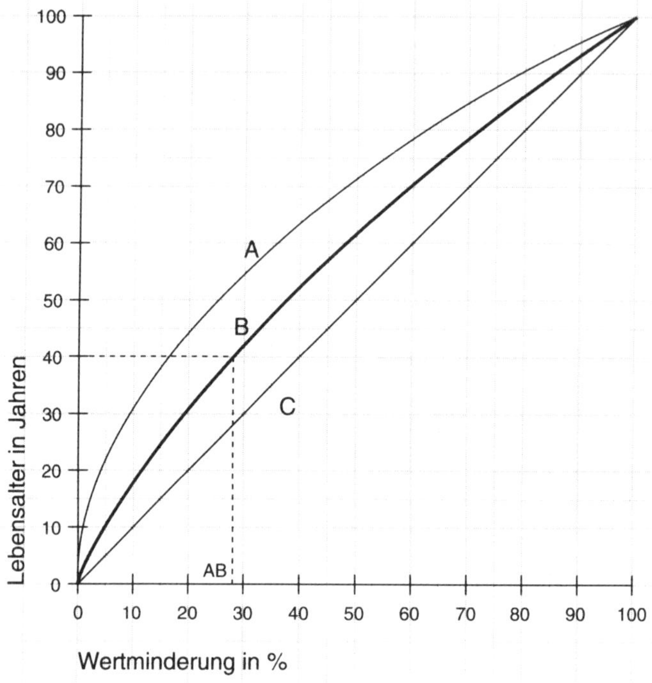

Für eine Lebensdauer von 100 Jahren bedeutet die Entwertung nach Kurve:

A Wertminderungstabelle bei sehr sorgfältiger Instandhaltung nach Baukalender 1914/15

B Wertminderungstabelle für normale Instandhaltung, Errechnet von F.W. Roß

C Werminderungstabelle für sehr nachlässige Instandhaltung (1 Prozent Absetzung im Jahr).

Quelle: Roß-Brachmann

Abb. 2: Kurven der verschiedenen Wertminderungstabellen

Tabelle 8: Ermittlung der Wertminderung von Gebäuden mit Lebensdauer bis 100 Jahren

Jahre Lebensdauer							% Wertminderung		
20	30	40	50	60	80	100	A	B	C
				3	4	5		3	5
2	3	4	5	6	8	10	1	6	5
				9	12	15	2	9	15
4	6	8	10	12	16	20	4	12	20
				15	20	25	6	16	25
6	9	12	15	18	22	30	9	18	30
				21	28	35	12	24	35
8	12	16	20	24	32	40	16	28	40
				27	36	45	20	33	45
10	15	20	25	30	40	50	25	38	50
				33	44	55	30	43	55
12	18	24	30	36	48	60	36	48	60
				39	52	65	42	54	65
14	21	29	35	42	56	70	49	60	70
				45	60	75	56	66	75
16	24	32	40	48	64	80	64	72	80
				51	68	85	72	79	85
18	27	36	45	54	72	90	81	86	90
				57	76	95	90	93	95
20	30	40	50	60	80	100	100	100	100

A Instandhaltung sehr gut
B Instandhaltung normal
C Instandhaltung vernachlässigt
Außergewöhnliche Erneuerungen sind bei der Wertminderung zu berücksichtigen.
Quelle: Roß-Brachmann

Tabelle 9: Ermittlung der Wertminderung von Gebäuden mit besonders langer Lebensdauer

Jahre Lebensdauer							% Wertminderung
100	150	200	250	300	350	400	B
5	8	10					3
10	15	20	25	30	35	40	6
15	23	30					9
20	30	40	50	50	70	80	12
25	38	50					16
30	45	60	75	90	105	120	20
35	53	70					24
40	60	80	100	120	140	160	28
45	68	90					33
50	75	100	125	150	175	200	38
55	83	110					43
60	90	120	150	180	200	250	48
65	98	130					54
70	105	140	175				60
75	113	150		225	250	300	66
80	120	160	200				72
85	128	170		250	300		79
90	135	180	225			350	86
95	143	190					93
100	150	200	250	300	350	400	100

B Instandhaltung normal
Außergewöhnliche Erneuerungen sind bei der Wertminderung zu berücksichtigen.
Quelle: Roß-Brachmann

Die genauen Werte für Verwaltungs-, Betriebs-, Instandhaltungskosten und Mietausfallwagnis für die untersuchte Immobilie ergeben sich aus der *Ist-Analyse* für ein Wirtschaftsjahr. Von institutionellen Anlegern werden – je nach Betrachtungsweise – die aus Anlage 8 (S. 168) ersichtlichen einzelnen Prozentsätze kalkulatorisch in Abzug gebracht; pauschal für alle Positionen liegen die Werte zwischen 15 und 40 Prozent, je nach Alter und notwendigem Unterhaltungsaufwand für die Liegenschaften. Instandhaltungskosten werden von Wohnungsbaugesellschaften mitunter auch nach Quadratmeter-Aufwand per anno berechnet.

Dieser Substraktionsweg setzt eine Vielzahl von Einzelprüfungen zur Feststellung der objektbezogenen Ausgaben voraus:

Abgabe- sowie Heranziehungsbescheide und insbesondere die Mietverträge sind darauf zu prüfen, welche der Mietvertragsparteien die Kosten der laufenden Bewirtschaftung und Wartung, Grundsteuern, Versicherungen, Instandhaltungen und dergleichen trägt.

Je mehr der Mieter mit solchen Aufwendungen belastet wird, desto höher der Reinertrag für den Vermieter und um so günstiger die Objektrendite. Jeder Vermieter wird daher bemüht sein, die Kosten zu senken beziehungsweise die Regelung über die Mietnebenkosten zu seinen Gunsten zu gestalten (vgl. spezielle Ausführungen zum Thema Renditesteigerung S. 119).

Das Ergebnis ist der *Reinertrag,* der für die Renditeermittlung ins Verhältnis zum Gesamtaufwand einer Immobilie gesetzt wird; die sich ergebende Prozentzahl ist im einzelnen die Nettorendite *vor* dem Abzug für Abnutzung (AfA) (vgl. zur Rendite S. 82).

Soll die Nettorendite *nach* Abzug der AfA (Abschreibung für Abnutzung) dargestellt werden, wird der Abschreibungsbetrag (Prozentsatz vom Gebäudewert) von der Nettomiete abgezogen und der sich danach ergebende Reinertrag in das Verhältnis zur Investitionssumme gesetzt.

Die Höhe der Abschreibungssätze ergibt sich aus Tabelle 10.

Tabelle 10: Abschreibung für Abnutzung gem. § 7 Abs. 4 Einkommensteuergesetz bei Gebäuden

Bei Gebäuden	AfA-Satz der Herstellungskosten
1. soweit Betriebsvermögen, keine Wohnzwecke Bauantrag nach 31.03.1985	4 %
2. *falls Voraussetzungen von 1. nicht vorliegen,* a) Fertigstellung nach 31.12.1924 b) Fertigstellung vor 1.1.1925	 2 % 2,5 %
falls die Nutzungsdauer weniger als ..... Jahre beträgt	falls Gebäude vom Steuerpflichtigen selbst hergestellt oder bis Ende des Jahres der Fertigstellung erworben
	AfA-Satz
Zu 1. 25 Jahre	in den ersten 4 Jahren 10 % in den folgenden 3 Jahren 5 % in den folgenden 18 Jahren 2,5 %
Zu 2. Afa a) 50 Jahre entsprechend b) 40 Jahre der tatsächlichen Nutzdauer	in den ersten 8 Jahren 5 % in den folgenden 6 Jahren 2,5 % in den folgenden 36 Jahren 1,25 %

2.4 Rendite

Der Imperativ der Rentabilität hat den kategorischen Imperativ von Kant ersetzt.
Rougemont

Um den erreichten wirtschaftlichen Gewinn aus einer Immobilieninvestition mit dem Ergebnis anderer Kapitalanlagen vergleichen zu können, wird die Rentabilität einer Immobilie regelmäßig im Verhältnis von Reinertrag zu ursprünglicher Investitionssumme - zuzüglich nachträglich aktivierter Herstellungskosten abzüglich Abschreibung - als *Nettorendite* dargestellt, und zwar in Periodenfolgen. Die Rentabilität ist also ein Maßstab, um den Erfolg des unternehmerischen Handelns im Verhältnis von Gewinn zu Kapitaleinsatz zu messen und vergleichbar zu machen.

Andere Betrachtungsweisen beziehen den Ertrag nicht auf die ursprüngliche Investitionssumme, sondern auf die jeweiligen Wiederbeschaffungskosten oder auf den Verkehrswert (so bei offenen Immobilienfonds vorgeschrieben) der Immobilie.

Auf die Vieldeutigkeit des Begriffs Rentabilität weist Waldmann[8] hin, der darin einen umfassenderen Inhalt im Sinne von Gewinnmaximierung oder einer Meßgröße für die Erfolgskontrolle sieht.

2.4.1 Formel zur Berechnung der Rendite

Die Berechnung der Rendite (r) von Grundbesitz erfolgt bei erstgenanntem Bezugsverfahren nach folgender Formel:

$$r = \frac{\text{jährlicher Reinertrag} \cdot 100}{\text{Investitionssumme}}$$

r gibt Auskunft über die Nettoverzinsung des eingesetzten Kapitals, dessen Entwicklung sich aus zusätzlichen Herstellungskosten und Abschreibungen (Buchwert) ergibt.

Zur besseren Beurteilung der Rentabilität einer Immobilieninvestition und Vergleichbarkeit mit Renditen von Alternativanlagen führt die Ermittlung des sogenannten internen Zinsfußes, der die gesamten Nettozahlungsströme - abgezinst auf den Zeitpunkt der Vornahme der Investition, das heißt den Barwert aller Zahlungen - sowie den tatsächlichen oder angenommenen Veräußerungsgewinn (Werterhöhung) auf einen längeren Zeitraum berücksichtigt (vgl. Tabelle 11, S. 83/84).

8 Klaus Waldmann, Der langfristige Kredit, Heft 3, 1982, S. 68 f.

Tabelle 11: Tableau für die Ermittlung des internen Zinsfußes

Jahr (1)	Buchwert - in TDM - (2)	Laufende Erträge - in TDM -				Laufende Kosten - in TDM -			
		Wohn-fläche (3)	Gewerbe-fläche (4)	Garagen/ Abstellplätze (5)	Gesamt (6)	AfA (7)	Verwaltung/ Mietausfall (8)	Reparatur/ Instandhaltung (9)	Gesamt (10)
1993									
1994									
1995									
1996									
1997									
1998									
1999									
2000									
2001									
2002									
2003									
2004									
2005									
2006									
2007									
2008									
2009									
2010									
2011									
2012									
2013									

(18) Kapitaleinsatz (Investitionssumme) = ____________ DM

Fortsetzung Tabelle 11

G + V - Auswirkungen			Steuerliche Auswirkungen - in TDM -		Zahlungsströme - in TDM -	
Rein-ertrag (6) ./. (10) (11)	Rendite vor AfA (11) + (7) in % von (2) (12)	Rendite nach AfA (11) in % von (2) (13)	bei der Gew.St. (14)	VSt./KSt. (15)	jährlich (11) + (7) + (14) + (15) (16)	jährlich - kumuliert - (17)

(19) Veräußerungserlös
Verkehrswert am Ende der Rechenperiode = ____________ DM

(20) Interner Zinsfuß = ____ %

2.4.2 Jährlicher Reinertrag

Hierunter versteht man die jährliche Nettomiete (Rohertrag gem. § 17 WertV 1988) ohne Umlagen und Mehrwertsteuer abzüglich Instandhaltungskosten, sonstige nicht umlegbare Betriebs- und Fremdkapitalkosten, interne Verwaltungskosten, Mietausfälle und *AfA* (Abzug für wirtschaftlichen Wertverzehr des Objektes).

Da bei der Ermittlung der Rendite am Ende eines Jahres die Werte zugrunde gelegt werden müssen, die auch in die handelsrechtliche Gewinn- und Verlustrechnung eingehen, sollten die zu berücksichtigenden Aufwendungen in der Höhe angesetzt werden, wie sie nach dem Kauf des Objektes auch tatsächlich zu erwarten sind (Ist-Feststellung). Fehlen hierfür Informationen und Werte oder sind diese - wie bei Neubauten - nicht verfügbar, greifen institutionelle Anleger auf Erfahrungswerte zurück, wie sie in Anlage 8 (S. 168) aufgelistet sind. Mit den dort genannten Prämissen kann gerechnet werden, sofern nicht die Besonderheiten des Einzelfalles andere Ansätze erforderlich machen.

2.4.3 Investitionssumme

Die Investitionssumme, das ist der Gesamtaufwand für die Herstellung oder den Erwerb des Objektes, setzt sich zusammen aus dem Kaufpreis beziehungsweise den reinen Herstellungskosten, sowie allen Nebenkosten (Grunderwerbsteuer und Kosten für Notar, Makler, Sachverständige). Bei Neubauten sind kalkulatorisch die Bauzinsen zu berücksichtigen, um eine Vergleichbarkeit mit Kaufobjekten zu gewährleisten.

Ist ein Erwerbs- oder Herstellungspreis zuzüglich Mehrwertsteuer zu zahlen, kann diese im Rahmen des Aufwandes *un*berücksichtigt bleiben, wenn auf die Mieten Mehrwertsteuer erhoben und abgeführt wird. Genauer: Wird vom Erwerber auf die Umsatzsteuerbefreiung im Zusammenhang mit einer fortgesetzten oder neubegründeten gewerblichen Vermietung verzichtet, daß heißt zur Mehrwertsteuer auf die Mieterträge optiert, bewirkt diese Option die Möglichkeit zu Verrechnung der dann auf die Miete entfallenden Umsatzsteuer mit der Mehrwertsteuer für erhaltene Lieferungen und Leistungen (= Vorsteuerabzug). Die Option kann für jedes einzelne Mietverhältnis erfolgen (Einzeloption), der Vorsteuerabzug ist dann aber auch nur in dem Umfang möglich, in welchem für die Mietverhältnisse zur Umsatzsteuer optiert wird.

Werden die Mieten *ohne* Mehrwertsteuer vereinnahmt, etwa weil der Eigentümer als Nutzer oder die Mieter nicht mehrwertsteuerpflichtig sind, und werden deshalb keine Mehrwertsteuerbeträge abgeführt, ist die Mehrwertsteuer auf die Herstellungskosten als *zusätzliche Position* bei der Ermittlung der Investitionssumme hinzuzurechnen.

Die vorgenannten Regelungen und Folgen beruhen auf der gesetzlichen Möglichkeit zum Verzicht auf die Steuerbefreiung der Vermietungsumsätze (§ 9 Abs. 1 Umsatzsteuergesetz - UStG).

Bei der Vermietung der Grundstücksteile kann der Vermieter nach § 9 Abs. 1 UStG auf die Steuerbefreiung verzichten (Option zur Steuerpflicht), wenn der Mieter ein Unternehmer ist und die Vermietung für dessen Unternehmen erfolgt. Eine Option verhindert, daß der Ausschluß vom Vorsteuerabzug nach § 15 Abs. 2 Nr. 1 UStG eintritt und führt damit zu einem höheren Vorsteuerabzug. Sie ist vor allem dann sinnvoll, wenn der unternehmerische Mieter wegen seiner eigenen Berechtigung zum Vorsteuerabzug bereit ist, die zusätzlich in Rechnung gestellte Steuer zu übernehmen. Aber auch wenn eine Überwälzung der Steuer auf einen unternehmerischen Mieter rechtlich oder tatsächlich nicht möglich ist (z. B. bei Vereinen, die ihre Vorsteuern ab 1990 nach § 23a UStG pauschal ermitteln), kann eine Option von Vorteil sein, wenn der durch die Option zusätzlich erlangte Vorsteuerabzug höher ist als die Umsatzsteuer, die für die steuerpflichtige Vermietungsleistung abzuführen ist.

Ist der Mieter ein Verein, so ist die Option zur Steuerpflicht nur hinsichtlich der Vermietungsumsätze zulässig, die an den unternehmerischen Bereich des Vereins erbracht werden. Die an den nichtunternehmerischen (ideellen) Bereich des Vereins ausgeführten Vermietungen sind nicht optionsfähig und damit zwingend steuerfrei (vgl. hierzu Vfg. der OFD Saarbrücken v. 8. 2. 1979, DB 1980 S. 46).

Ein grundsätzlich optionsfähiger Umsatz kann auch dann vorliegen, wenn das Grundstück oder der Grundstücksteil vom Mieter nicht ausschließlich für unternehmerische, sondern daneben auch für nichtunternehmerische Zwecke genutzt wird. Die Option wird aber nur insoweit wirksam, als die Vermietungsleistung für den unternehmerischen Bereich des Mieters bestimmt ist. Dies gilt auch dann, wenn nach den getroffenen Mietvereinbarungen von einer einheitlichen Vermietung ausgegangen werden soll.

Der optionswillige Vermieter muß in diesen Fällen das Entgelt für die Vermietung des Gebäudes in einen optionsfähigen steuerpflichtigen und einen nicht optionsfähigen steuerfreien Anteil aufteilen.

2.4.4 Renditevorgaben

Für die tägliche Anlagepraxis nehmen institutionelle Anleger zumeist ein Prüfungsschema mit konkreten Vorgaben zur Hilfe, um die Flut von Immobilienangeboten über ein Grobraster laufen zu lassen. Hauptkriterium ist darin die Renditevorgabe unter Berücksichtigung der verschiedenen Nutzungsarten, Standorte und Lagen von Immobilien (vgl. Beispiel für Renditeanforderungen Anlage 10, S. 170), entsprechend der vom Unternehmen geprägten Vorstellung der Rentabilität. Zusammen mit weiteren entscheidungsrelevanten Kriterien (vgl. auch Rendite-Ermittlungsbogen, Anlage 11, S. 171) wie

- Preis für Quadratmeter-Nutzfläche (ohne und mit Grundstück),
- Sollkaufpreis
- Ertragswert und
- Vielfaches der Jahresmiete (der vom Mieter zu zahlenden Kaltmiete)

erhält der Immobilienmanager zur Vorselektion Anhaltspunkte für die Entscheidung, ob die angebotene Immobilie der weiteren Prüfung für Anlagezwecke unterzogen werden soll. Mit diesem Prüfungsraster ist eine Entscheidungshilfe gegeben, die Angebote mit unzureichenden Werten durch die Maschen fallen läßt und damit weitere Einzelprüfungen erspart.

Eine wichtige Kontrollfunktion kann mit der Faustformel

$$\text{Kaufpreis} = \text{x-fache Jahresmiete}$$

ausgeübt werden. Hierzu entwickelt jeder institutionelle Anleger eigene Maximalvorstellungen, die je nach Lage und Substanz des Objektes variieren, wesentlich aber von der Wirtschaftskraft und Marktsituation der umgebenden Region geprägt werden.

2.4.5 Musterbeispiel einer Renditeermittlung
(unter Verwendung des Renditeermittlungsbogens gem. Anlage 11, S. 171)

(Eine Wirtschaftlichkeitsberechnung für Anleger, die steuerliche Aspekte berücksichtigen können, ist als Anlage 12, Seite 172 ff. abgedruckt.)

Wie oben ausgeführt, bedient sich der Immobilien-Fachmann zur Erleichterung seiner Entscheidungen eines Prüfungsrasters, in welchem die wesentlichen Ausgangswerte der Immobilie berücksichtigt werden und über die Renditeberechnungsformel zur Ermittlung der Nettorendite führen.

Ausgangswerte:

Objekt:	Wohnhaus in Dortmund
Aufwand:	4.860.000,— DM
Ertrag:	230.400,— DM

Objektbeschreibung

Objekt/Projekt	: Wohnhaus
Vermittler	: P.
Eigentümer	: B.
Standort/Lage	: Dortmund-Huckarde
Nutzungsart	: Wohnungen
Nutzfläche	: 1.500 qm
Grundstücksgröße	: 800 qm
Grundstückspreis je m^2	: 923,75 DM
Baujahr	: 1990
Restnutzungsdauer	: 90 Jahre
Renditeanforderung	: 6 % netto

Aufwand

1. Kaufpreis/Baukosten	:	4.566.811,— DM
2. Erwerbsnebenkosten 6,42 %	:	293.189,— DM
3. Kalkulatorischer Zinsausfall bei Neubauvorhaben	:	—,— DM
4. MwSt	:	—,— DM
5. Investitionssumme	:	4.860.000,— DM

Ertrag

1. Nettomiete pro Jahr (= vom Mieter zu zahlende Kaltmiete ohne Mehrwertsteuer)		:	230.400,— DM
2. Nicht umlegbare Bewirtschaftungskosten			
— Instandhaltung	6 %		
— Sonst. nicht umlegbare Betriebskosten	6 %		
— Verwaltung	1 %		
— Mietausfallwagnis	2 %		
	15 %	:	34.560,— DM
3. Reinertrag		:	195.840,— DM

Rendite (netto)

$$r = \frac{\text{Reinertrag}}{\text{Investitionssumme}} \times 100$$

r = 4,03 %

Sonstige Werte/Ergebnisse

1. Kaufpreis = 19,82fache Nettomiete			
2. Gebäudewert (Baukosten/qm Nutzfläche			
ohne Grundstück			2.747,— DM
mit Grundstück			3.240,— DM
3. AfA	2 %	=	82.420,— DM
	3,5 %	=	DM
	4 %	=	DM
4. Ertragswert		=	3.005.065,— DM

5. Nettorendite nach 2 % AfA 2,33 %

2.4.6 Ermittlung des Soll-Kaufpreises

Bei den Ausführungen über Wirtschaftlichkeitsberechnung/Renditeermittlung wird der Begriff „Rendite-Anforderung" erwähnt und anhand eines Schemas die denkbare Gliederung und Festlegung der Renditeanforderungen für einen Bestand vorgeführt (siehe Anlage 10, S. 170).

Wenn nun eine attraktive Immoblie der festgelegten Renditeanforderung nicht genügt, gibt es zwei Wege, doch noch zu der gewünschten Rendite zu kommen, und zwar durch Anhebung der Erträge oder Reduzierung des Kaufpreises. Zum ersteren wäre zu prüfen, wo sich noch Mietsteigerungsmöglichkeiten ergeben, zumindest anhand des Mietenspiegels für das Objekt festzustellen, ob und wann die Mietsteigerungsklauseln greifen; auf diese Weise könnte zumindest festgestellt werden, welche Renditeentwicklung sich für die Zukunft ergibt.

Ist dieses Ergebnis nicht befriedigend, bleibt die Möglichkeit, im Verhandlungswege den geforderten Kaufpreis zu reduzieren, d. h. zunächst selbst den Betrag festzustellen, der als Wunschkaufpreis/Sollkaufpreis die eigene Renditeanforderung einstellt.

Hierfür bietet sich folgender Weg an:

Im Rendite-Ermittlungsbogen (vgl. Anlage 11, S. 171) wird die Rendite als unbekannte Größe ermittelt, und zwar nach der Berechnungsformel

$$r = \frac{\text{Reinertrag}}{\text{Investitionssumme}} \times 100$$

die auf die Positionen

- Investitionssumme und
- Reinertrag

zurückgreift.

Soll hingegen die Investitionssumme ermittelt werden, die der Kapitalanleger maximal ausgeben darf, um eine *bestimmte Renditevorstellung* zu verwirklichen beziehungsweise einzuhalten, bedarf es der Umkehrung obiger Grundformel:

$$\text{Investitionssumme} = \frac{\text{Reinertrag} \times 100}{r}$$

Das folgende Ermittlungsbeispiel für den sogenannten Soll-Kaufpreis — aufgrund Anlage 11 (S. 171) — hat die Vorgabedaten:

Geschäftshaus mit Jahresnettomiete (vom Mieter zu zahlende Kaltmieten)	:	790.800,-- DM
Bewirtschaftungskosten	:	110.712,-- DM
Grundstück	:	1.450.000,-- DM
AfA	:	2 % vom Gebäudewert
Renditevorgabe des Anlegers	:	5,5 %
Erwerbsnebenkosten	:	6,42 %

(1) Einsetzen in die Formel:

$$\text{Soll-Rendite} = \frac{\text{Nettomiete ./. Bewirtschaftungskosten ./. AfA}}{\text{Investitionssumme}} \times 100$$

$$\frac{5,5}{100} = \frac{790.800 \text{ ./. } 110.712 \text{ ./. } (1 + \frac{6,42}{100} \times x \text{ ./. } 1.450.000) \times \frac{2}{100}}{(1 + \frac{6,42}{100}) \times x}$$

$$0,055 = \frac{790.800 \text{ ./. } 110.712 \text{ ./. } (1,0642 \; x \text{ ./. } 1.450.000) \times 0,02}{1,0642 \; x}$$

(2) Auflösen des Bruches

$$0,055 \times 1,0642 \; x = 790.800 \text{ ./. } 110.712 \text{ ./. } (1,0642 \; x \text{ ./. } 1.450.000) \times 0,02$$

(3) Zusammenfassung einzelner Gleichungsteile

$$0,0585 \; x = 680.088 \text{ ./. } (0,02128 \; x \text{ ./. } 29.000)$$

(4) Auflösung der Klammer

$$0,0585 \; x = 680.088 \text{ ./. } 0,02128 \; x + 29.000$$

(5) Auflösung nach x

$$0,0585 \; x + 0,02128 \; x = 680.088 + 29.000$$

$$0,07978 \; x = 709.088$$

$$x = \frac{709.888}{0,07978}$$

$$x = \underline{\underline{8.888.042}}$$

Unter Berücksichtigung dieser Fakten und Vorgaben errechnet sich ein Kaufpreis von 8.888.042,-- DM.

Will der Anleger also eine Nettorendite - nach 2 Prozent AfA - von 5,5 Prozent erzielen, darf er nicht mehr als den letztgenannten Betrag als Kaufpreis ausgeben.

Wenn man jetzt die Probe macht, ob unter Berücksichtigung dieses Kaufpreises, d. h. des Sollkaufpreises von 8.888.042 DM die gewünschte Rendite/Renditevorgabe von 5,5 % eingehalten wird, ist folgende Berechnung vorzunehmen:

Sollkaufpreis	8.888.042 DM
zuzüglich Erwerbsnebenksoten 6,42 %	570.613 DM
	9.458.654 DM

Einsetzen in die Formel:

$$r = \frac{\text{Reinertrag}}{\text{Investitionssumme}} \times 100$$

$$r = \frac{519.915}{9.458.654}$$

$$\text{Rendite} = 5{,}49671\,\% = \underline{\underline{5{,}5\,\%}}$$

Mit einem auf 8.888.042 DM reduzierten Kaufpreis ist die Renditevorgabe von 5,5 % einzuhalten.

3. Bestandsmanagement — Pflege des Grundbesitzes

Um weiter zu springen,
muß man einen Schritt zurücktreten.
Rougemont

3.1 Maßnahmen zur Erhaltung der Gebäude

Eine wesentliche Aufgabe der Grundstücksverwaltung ist die Erhaltung der Gebäudesubstanz und die Sicherstellung des bestimmungsgemäßen Gebrauchs. Dies geschieht durch Instandhaltungs- und Modernisierungsmaßnahmen, Umbauten, sowie durch Schönheitsreparaturen und Wartung an

- Baukörper und Fassade,
- Bauteilen und -gruppen,
- Technik/Anlagen,
- Ausstattung,
- Außenanlagen.

Zur *Instandhaltung* gehören die Maßnahmen, die während der Nutzungsdauer zur Erhaltung des bestimmungsgemäßen Gebrauchs ergriffen werden müssen, um die durch Abnutzung, Alterung und Witterungseinwirkung entstehenden baulichen oder sonstigen Mängel ordnungsgemäß zu beseitigen. Hierunter fallen auch Ersatzbeschaffungen.

Davon zu unterscheiden ist die *Modernisierung*. Zu ihr zählen bauliche Maßnahmen, die den Gebrauchswert nachhaltig erhöhen, die allgemeinen Nutzungsverhältnisse auf Dauer verbessern, Lärmbelästigungen vermindern oder nachhaltig Einsparungen von Heizenergie bewirken. Die Aufwendungen für solche Modernisierungsmaßnahmen sind in der Regel zu aktivieren. Sofern es sich um Maßnahmen gemäß § 82a Einkommensteuerdurchführungsverordnung (EStDV) handelt, können erhöhte Abschreibungen geltend gemacht werden. Modernisierungsmaßnahmen können zu Mieterhöhungen berechtigen.

Zur Erzielung einer möglichst hohen Rendite aus einem Gebäude oder für den Eigenbedarf werden unter Umständen auch *Umbaumaßnahmen* erforderlich. Sie fallen in der Regel bei einer Nutzungsänderung oder Mieterwechsel an. Je nach Umfang und Art muß die Aktivierungspflicht geprüft werden.

Von der Instandhaltung, Modernisierung und den Umbauten abzugrenzen sind die *Schönheitsreparaturen,* deren Durchführung zumeist durch Vertrag auf die Mieter übertragen ist. Schönheitsreparaturen umfassen das Tapezieren, Anstreichen der Wände und Decken, die Pflege der Fußböden, der Heizkörper einschließlich der Heizrohre, der Innentüren sowie der Fenster und Außentüren von innen.

Zur Erhaltung der Funktionsfähigkeit von Anlagen und Betriebsteilen sind regelmäßige *Inspektionen und Wartungen* erforderlich. Als Basis hierfür gilt ein Wartungsplan, der auf die spezifischen Belange des jeweiligen Gebäudekomplexes oder der haustechnischen Anlagen abgestellt ist. Hierzu gehört die Festlegung des Umfangs und der Häufigkeit der periodisch wiederkehrenden Wartungstätigkeiten in Arbeitsplänen sowie die Auflistung der Arbeiten, um einen systematischen Vergleich des vorgefundenen Ist-Zustandes mit dem Soll-Zustand zu gewährleisten. Im wesentlichen handelt es sich um die Tätigkeitsbereiche Reinigen, Pflegen, Ölen, Schmieren, Ein- und Nachstellen.

Sich anbahnende Schäden, welche bei der Inspektion erkannt werden, sollten vorbeugend instand gesetzt werden, um Ausfälle zu vermeiden.

Die Instandsetzung erfolgt auf der Basis der Schadensmeldung beziehungsweise des Befundes der Inspektion mit dem Ziel, den Soll-Zustand wieder zu erreichen. Hierzu gehören die abschließende Funktionsprüfung und nicht zuletzt die Auswertung des Schadens im Sinne einer Ursachenermittlung mit dem Ziel, künftig Verbesserungen vorzunehmen.

Während die Kosten für die Instandhaltung zu den laufenden Grundstücksaufwendungen gehören und damit unmittelbar die Grundstücksrendite beeinflussen, wirken sich Aufwendungen zur Modernisierung und für Umbauten in der Regel in Form höherer Abschreibungen auf die Rendite aus. Um bei den Aufwendungen für Instandhaltungs-, Modernisierungs- und Umbaumaßnahmen - im folgenden als Erhaltungsaufwendungen umschrieben - über die Jahre hinweg eine gewisse Kontinuität zu erreichen und damit starke Renditeschwankungen zu vermeiden, ist eine sorgfältige Planung und Kostenvorgabe erforderlich.

Dagegen ist bei den Schönheitsreparaturen lediglich darauf zu achten, daß sie von den Mietern in regelmäßigen Abständen durchgeführt werden. Müssen vom Mieter unterlassene Schönheitsreparaturen nach einem Mieterwechsel vom Grundeigentümer oder Nachmieter durchgeführt werden, sind die Kosten zu Lasten der Kaution abzurechnen, so daß eine Berücksichtigung in der Planung nicht erforderlich ist.

Wartungsarbeiten obliegen primär dem Mieter an den von ihm direkt genutzten Bau- und Anlageteilen; bei allgemeiner Nutzung werden die Kosten regelmäßig vertraglich auf alle Mieter umgelegt.

3.2 Planung der Instandhaltungsaufwendungen

Holzhacken ist deshalb so beliebt,
weil man bei dieser Tätigkeit den Erfolg sofort sieht.
Albert Einstein

Um bei Instandhaltungsmaßnahmen ein Optimum aus Aufwand und Verfügbarkeit zu erreichen, ist eine genaue Planung erforderlich, die mit der Entscheidung für eine Instandhaltungsstrategie (Präventiv-, Ausfall-, Inspektions- und Mischmethode) beginnt.

3.2.1 Strategie

Kosten- und Nutzungsbetrachtungen, bei denen einerseits die Kostenseite, andererseits der quantifizierte Nutzen eingehend analysiert werden, führen zu der optimalen Instandhaltungsstrategie. Allgemein gültige Aussagen können jedoch nicht getroffen werden.

Den Praxisanforderungen im Immobilienbereich trägt am besten eine Mischstrategie Rechnung, die sich an den wirtschaftlichen Gegebenheiten orientiert.

Für die Bestimmung der Instandhaltungsmaßnahmen und für die Festlegung der Zyklen ist nicht nur die technische, sondern auch die wirtschaftliche Lebensdauer der betreffenden Objekte zu berücksichtigen. Ziel ist, die Gesamtkosten, bestehend aus Instandhaltungs-, Schadens- und Schadensfolgekosten bei vorgegebener Verfügbarkeit zu minimieren.

Zur Strategie der Instandhaltungsplanung gehören im wesentlichen:

- Komplettierung und Aktualisierung des Instandhaltungsbestandes,
- Ablauf- und Zeitplanung,
- Materialplanung,
- Personalplanung.

Hierbei sind Arbeitspläne zu erstellen, Kosten, Termine, Anzahl der benötigten Arbeitskräfte zu ermitteln und die termingerechte Bereitstellung von Werkzeugen, Material, Hilfsmitteln und fremden Dienstleistungen einzuplanen.

Die Instandhaltungssteuerung schließlich hat die Aufgabe, die planmäßigen Abläufe der Instandhaltungsarbeiten zu kontrollieren und auf der Basis aktueller Datenerfassung Störungen im Ablauf zu beheben, Spontanausfälle in das Programm einzubeziehen und den hieraus resultierenden Terminverschiebungen durch den Einsatz zusätzlicher Kräfte entgegenzuwirken.

Wer nur Mittel hat, die Fassade zu streichen,
soll nicht gleich ein ganzes Haus bauen.
Günther Bauer

Instandhaltung ist Werterhaltung. Komplexe Gebäudetechnik erfordert ein hohes Maß an Planung in der Instandhaltung. Hierzu sind geeignete Fachkräfte einzusetzen, die nachweislich „ihr Handwerk" beherrschen. Unsystematisches Vorgehen, ohne sich der wirtschaftlichen Konsequenzen bewußt zu sein, ist teuer. Deshalb gehören Planung und Ausführung in die Hand von gutausgebildeten Fachkräften, die über die nötige Erfahrung verfügen.

Bei größeren Gebäudekomplexen stellt sich die Frage, ob die Einschaltung qualifizierter Dienstleistungsfirmen für komplexe Wartung und Instandhaltung eine kostengünstige Alternative zur Hausmeister- und Verwalterbeschäftigung sind.

3.2.2 Finanzieller Rahmen

Wenig brauchen ist besser
als viel haben.
Augustinus

Um die Rendite aus Kapitalanlagen im Grundstücksbereich stabil zu halten, bedarf es einer Planung der voraussichtlichen Erhaltungsaufwendungen für Gebäude über einen längeren Zeitraum. Zweck des Plans ist es gleichzeitig, einen Gesamtüberblick über den finanziellen Mitteleinsatz für Erhaltungsmaßnahmen zu erhalten. Das erfordert die Aufnahme sämtlicher Maßnahmen in den Plan, unabhängig davon, ob die Aufwendungen dafür aktivierungspflichtig sind oder nicht.

Will man vermeiden, daß die Rendite aus Immobilienanlagen von Jahr zu Jahr stark schwankt, sind die Erhaltungsaufwendungen zu budgetieren. In Betracht käme dafür die Festlegung eines Etats in prozentualer Abhängigkeit vom Volumen des Grundbesitzes, und zwar entweder bezogen auf die Anschaffungs- beziehungsweise die Herstellungskosten für die Gebäude oder auf die Einheitswerte zum 1. 1. 1964, aktualisiert mit dem Preisindex für Bauwerke.

Die letztgenannte Alternative hat den Vorteil, daß über den Baukostenindex eine *ständige* Aktualisierung möglich ist, und zwar durch Multiplikation des Einheitswertes mit dem variablen Baukostenindex.

Einen annehmbaren *Prozentsatz* für den Etat gewinnt man aus einer vergleichenden Betrachtung einer Reihe von Vorjahresaufwendungen, zum Beispiel der letzten fünf Jahre, bereinigt um den eventuellen Wert des Nachholbedarfs. Waren beispielsweise während der fünf Vorjahre durchschnittlich 1,5 Prozent der mit dem Bauindex multiplizierten Einheitswerte für Instandhaltungen notwendig, dürfte dieses Erhaltungsvolumen auch für die Folgejahre ansetzbar sein, ausgenommen bei außerordentlichem Aufwand.

Waren die Formelwerte wie folgt festgelegt:

Einheitswert × Baukostenindex (8/85 = 115,3) × 1,7 %
(Prozentsatz der Erhaltungsaufwendungen für Wohngebäude)

Einheitswert × Baukostenindex (8/75 = 115,3) × 1,5 %
(Prozentsatz der Erhaltungsaufwendungen für gewerblich genutzte Grundstücke)

und änderte sich der Baukostenindex im November 1986 auf 117,5, so berechnet sich die Differenz nach folgender Formel:

$$\frac{117,5}{115,3} (\times 100) - 100 = 1,9\,\%.$$

Die im Konzept angesetzten Etats sind somit um 1,9 Prozent zu erhöhen.

Von dem gesamten für die Erhaltung des Grundbesitzes zur Verfügung stehenden Betrag sind etwa 25 Prozent nicht für Einzelmaßnahmen zu verplanen, sondern für unvorhersehbare und damit nicht planbare Reparaturen (Notfälle) und für Kleinreparaturen vorzusehen. Auch Baumaßnahmen im Zusammenhang mit neu abzuschließenden Mietverträgen sind aus diesem Reserveetat zu decken.

Die hier beschriebene Vorgehensweise setzt voraus, daß bei hinzukommenden Gebrauchtimmobilien die zum Erwerbszeitpunkt beziehungsweise in den ersten zwölf Monaten nach Erwerb notwendig werdenden Instandhaltungen, Modernisierungen und Umbauten nicht zu Lasten dieses Etats gehen. Sind diese Aufwendungen im Verhältnis zum Kaufpreis hoch und verändern sie im Vergleich zu dem Zustand des Gebäudes im Anschaffungszeitpunkt das Wesen des Gebäudes, so daß der Nutzungswert erheblich erhöht oder die Nutzungsdauer erheblich verlängert wird, sind sie als Herstellungskosten zu behandeln (anschaffungsnahe Aufwendungen).

3.2.3 Planungszeitraum und Planungszeitpunkt

Die Planung sollte zumindest mittelfristig angelegt werden. Deshalb wäre der Maßnahmen- und Kostenplan für jeweils drei Jahre, besser aber noch für fünf Jahre im voraus aufzustellen, und zwar rechtzeitig im letzten Quartal eines Jahres. Sollte sich gegen Ende eines Jahres herausstellen, daß der zur Verfügung stehende Betrag nicht in voller Höhe benötigt wird, dann können für das Folgejahr vorgesehene Einzelmaßnahmen vorgezogen werden. Umgekehrt müssen aber auch Einzelmaßnahmen - soweit vertretbar - auf das Folgejahr verschoben werden, wenn sich abzeichnet, daß der für Notfälle vorgesehene Reserveetat nicht ausreicht. Ein solcher Plan wäre vierteljährlich fortzuschreiben.

3.2.4 Feststellung des Erhaltungsbedarfs

Voraussetzung für eine genaue und den tatsächlichen Gegebenheiten entsprechende Planung ist die exakte Kenntnis des Gebäudezustandes.

Informationsgrundlagen für die Feststellung des Erhaltungsbedarfs und der darauf aufbauenden Planung sind:

- Halbjahresberichte von Hausmeistern,
- Besichtigungsberichte von Architekten (alle zwei Jahre),
- Berichte über Hausbesichtigungen durch die Verwaltung,
- Berichte über die Begehung der vermieteten Räume (etwa alle drei bis vier Jahre),
- Einzelmitteilung eines Beteiligten,
- Terminierung der Instandhaltungen in einem EDV-gestützten System für Grundstücksverwaltung.

Die zuvor genannten Grundlagen sollten bis Ende Oktober des Jahres der für die Planung zuständigen Stelle vorliegen.

3.2.5 Aufstellung des Maßnahmen- und Kostenplans

Wer zur Quelle will,
muß gegen den Strom schwimmen.
japanisch

Der Maßnahmen- und Kostenplan über einen Zeitraum von drei Jahren wäre jeweils im November um ein weiteres Jahr fortzuschreiben und für das Folgejahr zu präzisieren. Hinsichtlich der Planungstechnik ist wie folgt vorzugehen:

- Je Haus wird nach den auf Seite 98 genannten Planungsgrundlagen manuell eine Mängelkarte geführt (vgl. Inhalt der Mängelkarte Anlage 14, S. 176). Die Mängelkarte gilt als Erfassungsbeleg für das EDV-System.
- Die einzelnen Erhaltungsmaßnahmen müssen von der planenden Stelle den Jahren des Planungszeitraumes zugeordnet werden, das heißt Mängelbehebungen und vorhersehbare Arbeiten je nach Dringlichkeit auf die Planjahre verteilt werden. Dieser Maßnahmenplanung sind jeweils Kosteneinschätzungen zuzuordnen (vgl. Karteikarte Anlage 15, S. 177).
- Eingabe der Plankosten je Gewerk und Auftrag für den Planungszeitraum in das EDV-gestützte System für die Grundstücksverwaltung (Aufwand).
- Maschinelle Listung der Erhaltungsaufwendungen aller Häuser pro Jahr des Planungszeitraums (vgl. Anlage 16, S. 177) aufgrund des Ausdrucks der geplanten Erhaltungsmaßnahmen und -kosten pro Grundstück.

Diese Anlagen beziehungsweise das Dialogbild dienen zur Auftragsüberwachung und ersetzen das Auftragsbuch.

- Prüfung des Gesamtplans auf Einhaltung des Budgets und Durchführung eventuell notwendiger Korrekturen (vgl. Anlage 17, S. 178). Liegen die geplanten Kosten *über* dem Budget, dann müssen entsprechend der Dringlichkeit bestimmte Instandhaltungs- oder Modernisierungsmaßnahmen in das folgende Jahr verlagert werden, soweit das unter Erhaltungs- beziehungsweise Sicherheitsgesichtspunkten vertretbar ist, andernfalls wäre ein Nachtragsetat zu bewilligen.
- Erstellung der jährlichen Übersicht, bestehend aus der Listung über alle Häuser eines Unternehmens und dem Ausdruck je Haus nach Gewerken und Aufträgen einschließlich dazugehöriger Erläuterungen.
- Empfehlenswert ist die Erstellung einer vierteljährlichen Übersicht als Information über die veranlaßten beziehungsweise durchgeführten Erhaltungsmaßnahmen, bestehend aus der Listung über die geplanten, in Auftrag gegebenen und bereits abgerechneten Erhaltungsmaßnahmen.

Solange die beschriebene Planungstechnik mit Hilfe der elektronischen Datenverarbeitung nicht möglich ist, empfiehlt sich die Vorgehensweise gemäß Anlage 18 (S. 179).

3.2.6 Vergabe, Überwachung

Aufgrund des Maßnahmen- und Kostenplans werden die Aufträge für die einzelnen Erhaltungsmaßnahmen (Arbeitsformular für Angebotseinholung vgl. Anlage 19, S. 180/181) erteilt. Die Auftragsvergabe sollte zeitlich so erfolgen, daß eine ordnungsgemäße Durchführung und Überwachung möglich ist und bis zum Ende des Planjahres noch eine gewisse Dispositionsfreiheit im Hinblick auf unvorhergesehene Schäden an Häusern erhalten bleibt.

Bei Modernisierungs- und Umbaumaßnahmen muß geprüft werden, ob eine Aktivierung der Aufwendungen erforderlich ist.

3.3 EDV-gestütztes Instandhaltungsprogramm

Klug fragen können
ist die halbe Weisheit.
Bacon

3.3.1 Allgemeines

Das Management von Immobilien erfolgt zunehmend mit datenbankgestützten Vermögensverwaltungsprogrammen, das heißt im Dialog mit einem Zentral-Rechner, in den die Stammdaten für Grundstücke und Mietverhältnisse, Grundstücksaufwendungen und -erträge sowie alle abrechnungsrelevanten Zahlen und Fakten eingegeben sind.

Für diese Problemstellung bietet sich jedoch eher ein Anwendungspaket mit Hilfe eines Personalcomputers an. Diese Vorgehensweise hat folgende Vorteile:

- Mit einem Personalcomputer und einem Drucker steht dem Sachbearbeiter ein leistungsfähiges System zur Verfügung, mit dessen Hilfe er unabhängig von einem Großrechner arbeiten kann.
- Die Erstellung von Applikationen für Personalcomputer ist weit weniger komplex als die auf Großrechnern und daher preiswerter.
- Die Anwendung läßt sich leicht erlernen und erweitern.
- Da kein permanenter Zugriff auf einen Großrechner notwendig ist, ist man frei in der Wahl des Standortes.

3.3.2 Voraussetzungen

Hardware

Pro Arbeitsplatz wird ein Personalcomputer eingesetzt. Der Rechner ist ggfs. über eine Steckkarte an den vorhandenen Zentralrechner angeschlossen. Die Möglichkeit des Datentransfers in beide Richtungen muß gegeben sein.

Organisatorisches/Software

Alle für das Programm relevanten Daten, die pro Werktag anfallen, insbesondere die Buchungen der Instandhaltungsaufwendungen, werden automatisch in einer Datei gesammelt. Durch die Kontierung und Buchung können diese Informationen über durchgeführte und bezahlte Instandhaltungsmaßnahmen auch dem Instandhaltungsprogramm zur Verfügung gestellt werden. Auf Abfrage des berechtigten Mitarbeits soll das vorgenannte Programm folgende Informationen zur Verfügung stellen können:

- Budget,
- geplante Maßnahmen,
- ausgeführte Maßnahmen,
- Restbudget,
- Planung von Maßnahmen für die Folgejahre,
- Überblick über Modernisierungs- beziehungsweise Bauzustand des Objektes
- sowie aller Objekte einer Gesellschaft.

Aufgrund der Erfassung der Einheitswerte im Grundstücksdialog kann das System diese abfassen und durch Multiplikation von Einheitswert, Baukostenindex und vorgegebenem Prozentsatz für Instandhaltungskosten zum Etat umrechnen. Mit anderen Worten: Dieser Rechenvorgang erlaubt es, für jedes Gebäude einen bestimmten Betrag für die Instandhaltung zu ermitteln. Auf diese Weise dient das Programm der Budgetierung und Überwachung der jährlichen Instandhaltungsaufwendungen. Es werden einmal im Jahr je Objekt die geplanten Maßnahmen mit Plankosten eingegeben, die durchgeführten Maßnahmen automatisch aus dem Programm (Buchungen der Kostenarten 600) übernommen. Dadurch ist ein kontinuierlicher Überblick über den Modernisierungs- und Bauzustand einzelner Objekte möglich.

3.3.3 Funktionen

Der Computer ist die logische Weiterentwicklung des Menschen:
Intelligenz ohne Moral.
John Osborne

Die benötigten Daten werden automatisch von der Großrechneranlage in den Personalcomputer übertragen und in den lokalen Datenbestand eingearbeitet, gleichzeitig werden alle durch die Aktualisierung beeinflußten Berechnungen neu durchgeführt. Dadurch stehen dem Sachbearbeiter die Informationen auf Knopfdruck zur Verfügung. Sämtliche Auswertungen und Berechnungen können sowohl auf dem Bildschirm angezeigt als auch über den Drucker ausgedruckt werden. Für alle Programme wird ein einheitliches Layout von Bildschirmmasken (vgl. Anlage 20, S. 182) und Druckbildern (vgl. Anlage 21, S. 183) festgelegt.

Nachfolgend werden die *einzelnen Funktionen* beschrieben, die zur Anwendung des Instandhaltungsprogramms notwendig sind:

- Eingabe durch den Benutzer
  - Etatindex (einmalig)
  - Etatprozent (einmalig)
  - Eingabe der geplanten Maßnahmen mit Plankosten pro Kostengruppe (zum Beispiel Dach, Fassade, Heizung ...)

- Übernahme
  - Einheitswerte der Objekte
  - Buchungen der Kostenarten (600)
- Auswertungen auf dem Bildschirm pro Haus oder Gesellschaft
  - Budgetberechnung
  - Soll/Ist-Vergleich geplanter/durchgeführter Arbeiten pro Kostengruppe
  - Auflistung durchgeführter Arbeiten pro Kostengruppe
- Druckausgabe
  - jeder Bildschirminhalt
  - Budgetliste
  - Maßnahmenliste

Eine schematische Ablaufdarstellung über Dialogverkehr und Interferenzen zeigt die Übersicht mit Erläuterungen in Anlage 22 (S. 184/185).

Selbstredend sind damit die Möglichkeiten der EDV-Unterstützung im Haus- und Mietverwaltungsbereich längst nicht erschöpfend dargestellt. Zahlreiche Anbieter von Software nehmen sich zum Ziel, monotone, zeitraubende Routinearbeit mit vielen Fehlerquellen durch ausgefeilte Programme zu ersetzen und widmen sich folgenden weiteren Aufgabengebieten im Immobilienverwaltungsbereich:

- Verhältnis Kosten zu Mieterträgen
- Wirtschaftlichkeitsberechnungen
- Stammdatenverwaltung mit Anlage- und Pflegeprogrammen
- Jahresabrechnung nach vielfältigen Umlageschlüsseln und Trennung in umlagefähige und nicht umlegbare Kosten
- Sollstellungen, Soll-Ist-Vergleiche
- Wirtschaftspläne

Per Knopfdruck erstellbar sind auf diese Weise: Kontoauszüge, Verlustfeststellungen, intervallbezogene Schlußabrechnungen je Mieter, monatliche Ein- und Ausgabenübersichten, Ausdrucke von Personen- und Sachkosten, Neuberechnung der Mieten aufgrund von Erhöhung der Kostenpauschale und dergleichen) vgl. spezielles Ablaufprogramm für Hausverwaltung Anlage 23, S. 186).

3.4 Schönheits- und Kleinreparaturen durch Mieter

Schönheitsreparaturen

Nach den Mietverträgen haben die Mieter regelmäßig die Schönheitsreparaturen durchzuführen. Dies wird überwacht durch Begehen der vermieteten Räume bei Mieterwechsel. Zweckmäßigerweise werden auch die Schönheitsreparaturen terminmäßig im EDV-System nachgehalten.

Geräte, wie Warmwasserbereiter, sind regelmäßig auf Veranlassung des Mieters zu warten. Die Einhaltung dieser Auflage sollte listenmäßig vom Hausmeister überwacht und die Termine durch das System nachgehalten werden.

Kleinreparaturen

Für gemäß Mietvertrag zu erledigende Kleinreparaturen empfiehlt es sich, daß der Mieter nach Rücksprache mit dem Hausmeister den Auftrag erteilt und auch die Rechnung bezahlt. Nach Vorlage der bezahlten Rechnung erstattet dann der Vermieter dem Mieter den seine Beteiligung (zum Beispiel 50 oder 80 Mark) übersteigenden Betrag, der zu Lasten des Reserveetats gehen sollte.

3.5 Die gepflegte Immobilie - Imagepflege

Wenn die Reklame keinen Erfolg hat,
muß man die Ware ändern.
Edgar Faure

Die Attraktivität einer Immobilie gewinnt auch durch ihr äußeres Erscheinungsbild; dem gilt die besondere Aufmerksamkeit des Immobilienmanagers. Die Pflege des Grundbesitzes in baulicher und technischer Hinsicht beschränkt sich nicht auf die Substanzerhaltung. Mit Modernisierung allein ist es oft nicht getan, entscheidend ist auch die Ästhetik eines Gebäudes. Von der äußeren Ausstrahlung werden oft Schlußfolgerungen auf Status und Bonität des Mieters wie des Eigentümers gezogen: Das Image einer Immobilie stellt bestimmte Gedankenverbindungen her und führt zu Werturteilen, wie sie in der Tabelle 12 nachzuvollziehen sind:

Tabelle 12: Das Image einer Immobilie

Abstufungen	Erscheinungsbild von Immobilien bei Fassade, Eingangsbereich, Außenanlagen, Ausstattungsmaterialien	Assoziationen zum Eigentümer beispielsweise Versicherungsunternehmen, Warenhäuser
1.	verkommen, ungepflegt, schmutzig; billige Materialien	leistungsschwach, Rückschlüsse auf fehlende Solvenz oder schlampige Verwaltung; nicht empfehlenswert
2.	rein funktional, einfache Gestaltung, qualitativ minderwertige Materialien	positiv: sparsam, bescheiden, nicht verschwenderisch negativ: knauserig, leistungsschwach, primitiv
3.	solide, ansprechende Architektur, ausgesuchte Materialien und Möblierung; durchdachte Detailgestaltung, und gepflegte Außenanlagen, Blumen	solide, leistungsstark, vertrauenserweckend, seriös, gepflegt, einladend, empfehlenswert
4.	aufwendige bis luxeriöse Materialien und Gestaltung, prachtvoll und exklusiv	beeindruckend, verschwenderisch, geschmackvoll, leistungsstärker als Konkurrenz, vertrauenserweckend

Prüfkriterien für das Image einer Immobilie: Ist das Gebäude äußerlich attraktiv? Besitzt es eine ästhetische Ausstrahlung, die den Nutzer zur Identifizierung veranlaßt, den Kunden zu positiven Schlußfolgerungen motiviert oder aber im Verkaufsfall dem Objekt eine optimale Vermarktungschance bietet?

3.6 Zusammenfassung

Zur notwendigen Pflege des Grundbesitzes gehören die folgenden Maßnahmen

- Instandhaltung,
- Modernisierung,
- Umbauten,
- Schönheitsreparaturen,
- Wartungen,
- Funktionsprüfung,
- Schadensauswertung,
- Ursachenermittlung.

Für die Kontinuität der Rendite ist die Planung der Instandhaltungsaufwendungen mit Kostenvorgaben notwendig mit dem Ziel, die Gesamtkosten bei vorgegebener Verfügbarkeit zu minimieren. Das Immobilienmanagement bedarf einer gezielten Strategie der Instandhaltungsplanung, das heißt

- Komplettierung und Aktualisierung des Instandhaltungsbestandes,
- Ablauf und Zeitplanung,
- Materialplanung,
- Personalplanung.

Die Instandhaltungssteuerung hat die Aufgabe, die planmäßigen Abläufe der Instandhaltungsarbeiten zu kontrollieren und auf der Basis aktueller Datenerfassung Störungen im Ablauf zu beheben, Spontanausfälle einzubeziehen und Terminverschiebungen zu vermeiden.

Die Planung der Instandhaltungsaufwendungen hat auch den Zweck, einen Gesamtüberblick über den finanziellen Mitteleinsatz zu gewähren.

Um die Rendite nicht von Jahr zu Jahr schwanken zu lassen, sind Erhaltungsaufwendungen zu budgetieren.

Der Etatansatz kann nach den Einheitswerten, aktualisiert mit dem Baukostenindex und multipliziert mit einem bestimmten Aufwendungsfaktor, erfolgen.

Die erforderlichen Arbeitsschritte sollten wie folgt angelegt werden:

- Kostenplan mit Mängelkarten (Anlage 14, S. 176),
- Maßnahmenplanung und Kosteneinschätzung (Anlage 15, S. 177),
- Listung der Erhaltungsaufwendungen des Gesamtbestandes (Anlage 16, S. 177),
- Kostenplan und Etatabgleichung (Anlage 17, S. 178).

Das Management von Immobilien erfolgt rationell mit datenbank-gestützten Vermögensverwaltungsprogrammen und zusätzlich mit einem speziellen Instandhaltungsprogramm, die Realisierung mit einem Personalcomputer.

Das Instandhaltungsprogramm dient der Mängelerfassung, der Budgetierung und Überwachung der jährlichen Instandhaltungsaufwendungen. Die benötigten Daten werden automatisch vom Zentralrechner übernommen und in den lokalen Datenbestand eingearbeitet, während die Auswertungen über Drucker erfolgen (vgl. Anlagen 20, S. 182, und 21, S. 183).

In Anlage 22 (S. 184/185) ist der schematische Ablauf über Dialogverkehr und Interferenzen mit Erläuterungen dargestellt.

4. Dynamisches Bestandsmanagement

Geh' lieber nach Haus' und mache ein Netz,
als daß du im Teich nach Fischen tauchst.
chinesisch

Bei der Behandlung von und im Umgang mit Immobilien hat ein Umdenken stattgefunden: Mehr und mehr institutionelle Anleger und private Eigentümer von erheblichem Grundbesitz, begnügen sich nicht mit der historisch gewachsenen Immobilienverwaltung, sondern betreiben mit dem investierten Kapital betriebswirtschaftlich-dynamisch ein eigenes Geschäft. Immobilien werden also nicht mehr *nur funktionserhaltend* verwaltet im Sinne von

- Eintragen des Bestandes,
- Einordnen der Verträge,
- Einziehen von Mieten,
- Abrechnen von Nebenkosten,
- Bezahlen von Reparatur-Rechnungen,

sondern vielmehr *aktiv betreut:* Sie unterliegen einem dynamischen Management, wobei Innovation und Kreativität bedeutende Komponenten sein sollten. In diesem Sinne wird die Immobilie in ein systematisches und konzeptionelles Management einbezogen und der markt- und kostengerechten Gestaltung unterzogen.

Zugrunde liegt die Erkenntnis, daß die Immobilie - ihre Attraktivität und Akzeptanz, bestimmt durch ihren Standort, ihr Erscheinungsbild und ihre Einrichtung - auf der einen Seite Erlöse bringt, auf der anderen Seite erhebliche Kosten verursacht, investierte Gelder bindet und dadurch oft die notwendigen Handlungsspielräume für Strategien und Anpassungsprozesse einengt.

Professionelles Management kann sich daher nicht nur mit der einmal getroffenen Objektauswahl zufrieden geben und danach auf eine rein verwalterische Tätigkeit beschränken; auch mit einer ordentlichen Anfangsredite ist die Zukunft der Immobilie nicht gesichert. Sie hat vielmehr ein Eigenleben und ist ständigen Wandlungen des Marktes ausgesetzt. So kann sich beispielsweise der Standort durch planerische oder infrastrukturelle Maßnahmen wesentlich ändern.

Sieht man eine Immobilie als Produktionsfaktor, so ist sie folgerichtig einem *Profit-Center* für Immobilien, das heißt einer Stabsstelle mit Planung, Steuerung und Kontrolle bezogen auf Kosten und Erträge, einzugliedern. Strategische Aufgaben eines solchen Kostenzentrums sind:

- Abbau von Defiziten, also Leerständen,
- Senkung der Kosten,
- Erschließung von Ressourcen,
- Steigerung der Erträge.

Mit diesen Ansatzpunkten befassen sich die Abschnitte „Kostenmanagement" (vgl. Punkt 4.5) und „Renditeverbesserung" (vgl. 4.5.3). Nur wer die Immobilie aktiv betreut, sie laufender Kontrolle unterwirft und die marktgerechten Anpassungs- und Bestandsinvestitionen vornimmt, wird schlummernde Ressourcen, das heißt im eigenen Bestand Marktnischen finden und die Rendite halten oder sogar steigern können.

Die Immobilie ist also nicht nur als eine passive Anlage zu verstehen, sondern als Produktionsfaktor, der im betriebswirtschaftlichen Sinne strategischen Zielen dient, Kosten für Umbau und Neubau, Betrieb, Instandhaltung, Verwaltung verursacht und Erträge aus Mieten und Verpachtung erwirtschaftet.

Es ist deshalb - insbesondere für den Großanleger - wichtig, das investierte Kapital nach betriebswirtschaftlichen Grundsätzen nicht zu verwalten, sondern dynamisch ein eigenes Geschäft zu betreiben und dessen Erträge ständig zu optimieren.

Viele Unternehmen haben daher die Immobilien in die Unternehmensplanung einbezogen und Aufgabenstellungen für ihre Abteilungen etwa folgender Art gesetzt:

- Immobilienbeschaffung, -verwertung und -veräußerung,
- Immobilienentwicklung und -instandhaltung,
- Einrichtung eines Profit-Centers,
- Immobilienverwaltung mit Vertragsgestaltung,
- Immobiliencontrolling.

Für große Gesellschaften stellt sich die Frage, ob das eigene Unternehmen in der Lage ist, selbst dynamisches Immobilienmanagement zu betreiben oder ob die Einschaltung eines professionellen Unternehmens kostengünstiger und effizienter ist.

Die Nutzung externen Know-hows ist beim Immobilienmanagement unentbehrlich, denn das Anforderungsprofil umfaßt so Unterschiedliches wie:

- Untersuchung des Immobilienbestandes auf Substanz und Schwachstellen, Wert, Ertragssituation, Rendite;
- Erarbeitung von Entscheidungsgrundlagen über die Verwendung der Immobilie (Verkauf) oder Erhaltung im Bestand;
- strategische Maßnahmen zur Verbesserung von Substanz, Ertrag, Rendite, zur Pflege und Kontrolle des Grundbesitzes.

In Abbildung 3 werden die Abläufe einer professionellen Immobilien-Wertanalyse verdeutlicht:

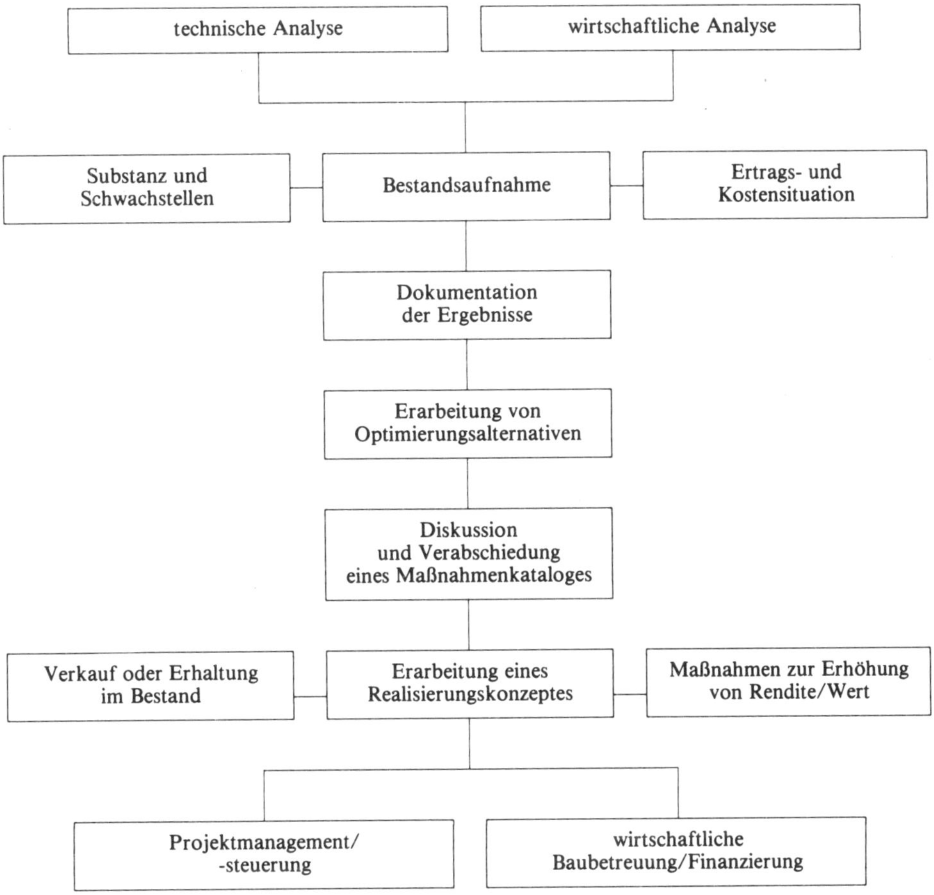

Abb. 3: Ablaufschema für eine professionelle Immobilienwertanalyse

4.1 Objektmanagement

Der Scherz ist oft das Loch,
aus dem die Wahrheit pfeift.
chinesisch

An den Anfang des Objektmanagements gehört die Struktur- und Kostenanalyse mit Substanz- und Schwachstellendarstellung. Der Immobilienbestand wird nach Nutzungsarten baulich/technisch und wirtschaftlich untersucht und daraufhin geprüft, ob durch Renovierungen, Sanierungen oder Umbauten Chancenverbesserungen am Markt erzielt werden, deren Ertrag über die entstehenden Kosten hinausgeht (vgl. Anlage 24, S. 188).

Bei Neubauten und größeren Umbauten empfiehlt sich die Einführung eines Projektmanagement-Verfahrens, um Ziele, Steuerungen und Strategien zu definieren und zu kontrollieren.

Der bautechnische Standard, die architektonischen Gestaltungsmöglichkeiten schreiten fort. Nutzungsanforderungen und Ansprüche der Mieter wandeln sich ständig; dem hat das Objektmanagement Rechnung zu tragen, beispielsweise bei der Bürogestaltung dem Übergang vom Großraumbüro zu Funktionsräumen oder wiederum zu Einzelbüros, ferner bei den gravierenden Umwandlungen im Bereich von Kaufhäusern und Einkaufspassagen.

4.2 Vermietungsmanagement

Das Vermietungsmanagement dient nicht nur der Optimierung des Mieter- und Branchen-Mix, sondern auch der Behandlung und Reorganisation des Vertragswesens durch Entwicklung einer neuen Vertragsgeneration (zum Beispiel Vertragstypologien, -dokumentationen, -richtlinien) und die Neuverhandlung mit Mietern und Vermietern. Oft können die Kosten bei Fremdobjekten durch neu ausgehandelte bessere Verträge oder durch Absetzung schlecht genutzter Flächen gesenkt werden.

Unter Vermietmanagement fallen sämtliche dispositiven Tätigkeiten, die im Rahmen der Erst- oder Nachvermietung sowie der Erweiterung oder Sanierung von Immobilien durchgeführt werden. Allgemeines Ziel ist es, die Erhaltung und Steigerung der Mieterträge zu erreichen, und zwar durch bestmögliche Nutzung der Räumlichkeiten, Vollvermietung und optimale Kombination von Mietern und Branchen. Wichtig sind die Pflege guter Beziehungen zu den Mietern und die Unterstützung der Aktivitäten durch umfangreiche Information und gut gestaltete Unterlagen.

Zu letzteren gehört insbesondere das breite Spektrum der Mietverträge mit spezifischer Gestaltung für die folgenden Nutzungsobjekte im gewerblichen Bereich[9] und Mietwohnungswesen:

- *Einzelhandelsflächen*[10] *in Einkaufszentren/Shopping-Zentren*[11] mit speziellen Vereinbarungen über Sortiment-Festlegungen, Offenhaltungs- und Betreibungspflichten, Pflichtmitgliedschaft in einer Werbegemeinschaft und Fix-/Umsatzmieten[12], ebenso

---

9 Hierzu wird im folgenden auf die jeweiligen Fachgebiete und -ausführungen bei Falk (Hrsg.), Gewerbe-Immobilien, hingewiesen.
10 Falk/Kretschmer, a.a.O., S. 220
11 Falk, a.a.O., S. 306
12 ausgewählte mietvertragliche Regelungen, vgl. Röder bei Falk, a.a.O., S. 425 ff.

- *Selbstbedienungsmärkte*[13], bei denen die Miete im Regelfall mit Hilfe branchenspefischer Prozentsätze festgelegt wird.
- Für den *Wohnungsbereich* ist auf die Musterunterlagen für die Vermietung freifinanzierter preisgebundener und öffentlich gefördert/preisgebundener Wohnungen hinzuweisen, die nach den in der Wohnungswirtschaft im allgemeinen und in der Assekuranz im besonderen verwendeten Vertragsmuster formuliert worden sind[14].

  Dem Mietmanagement wird hier empfohlen, die individuellen Vereinbarungen zwischen Vermieter und Mieter in einem Formularblatt „Wohnungsmietvertrag" zu treffen, das die wesentlichen Elemente des Mietvertrages enthält und auf die Allgemeinen Vertragsvereinbarungen Wohnungsmietvertrag (AVW) sowie auf die Hausordnung als Bestandteile des Wohnungsmietvertrages Bezug nimmt.

  Dabei haben die AVW die Aufgabe, die Rechte und Pflichten der Vertragsparteien des Mietvertrages zu regeln und zu erläutern mit dem Rechtscharakter von Allgemeinen Geschäftsbedingungen, während durch verbindliche Einbeziehung der Hausordnung deren Regelungen zum Schutze und zur Sicherheit des Hauses sowie seiner Bewohner Gegenstand des Mietverhältnisses werden.

4.3 Werbe- und PR-Management

Auch Werbung für ein Gebäude gehört zum Management. Unter dem besonderen Punkt 3.5 „Die gepflegte Immobilie" ist die Image-Pflege angesprochen, die gleichermaßen den Interessen des Eigentümers wie denen der Mieter dient.

Verkaufsförderungsmaßnahmen, zum Beispiel für ein Einkaufszentrum, setzen Aufbau und Leitung einer örtlichen Werbegemeinschaft voraus, welche die Förderung des Gesamtobjektes durch koordinierende Maßnahmen werblich unterstützt. Eine solche Werbegemeinschaft stellt ein wirksames Steuerungselement dar, da das Immobilien-Management bei der Erstellung der Werbepläne und deren Ausführungen Einfluß nehmen kann.

Zu PR-Maßnahmen und zur Kontaktpflege gehören besonders die Zusammenarbeit mit den örtlichen Behörden und Verbänden, sowie Kontakte zur Presse und sonstigen Medien.

---

13 Falk, a.a.O., S. 332

14 Muster-Wohnungsmietvertrag - Vertragsmuster und Erläuterung - Verlag Versicherungswirtschaft e. V., Karlsruhe

4.4 Computerunterstützung der Verwaltung

Die klassiche Verwaltung im Sinne von Registrieren, Buchen, Abrechnen, Inkasso und Auszahlung erfolgt rationell mit Hilfe EDV-gestützter Verarbeitungs- und Informationssysteme.

Dabei ist die Verwaltung gewerblicher Immobilien wegen vielfacher Änderungen vertraglicher Regelungen, Flächenaufteilungen und häufigeren Einzelabsprachen wesentlich komplexer als die des relativ „statischen" Wohnraums und der entsprechenden Mietverträge; außerdem werden bei der Vermietung gewerblicher Immobilien häufig weitere Nebenziele wie Optimierung des Mieter-/Branchenmix und der funktional richtigen Anordnung der Gewerbemieter innerhalb eines Objektes verfolgt. Dementsprechend sind an die EDV-Verwaltungssysteme höhere Anforderungen hinsichtlich Aktualität, Variabilität und Verarbeitung der Informationen zu stellen, wenn sie echte Managementhilfe leisten sollen.

Mit der Entscheidung für den Einsatz datengestützter Verwaltungssysteme sollte die Einsicht einhergehen, daß die hausgemachte Eigenentwicklung von Software für ein integriertes System zur Immobilienverwaltung im Endergebnis meist teurer ist als die Verwendung von Lösungen, die auf dem Markt angeboten werden.

Jedes datengestützte Verwaltungssystem geht von den Stammdateien für Eigentum/Objekt und Mieter aus. Die Stammdateien stehen den Bereichen Vertragsverwaltung, Objektbuchhaltung und Instandhaltung integriert zur Verfügung. Informativ hierzu ist Abbildung 4[15] (S. 113). Die EDV-Verwaltungssysteme sind allerdings keine Selbstläufer; vielmehr wird bei Hinzutreten neuer Informationsbedürfnisse die Entwicklung aktueller Anwendungsprogramme erforderlich. Das gilt insbesondere für das weite Feld der Nebenkostenplanung, -kontrolle und -abrechnungen, wofür zum Beispiel intervallbezogene Aussagen, das heißt Angaben für jeden Mieter, jedes Objekt, zu jedem Zeitpunkt gemacht werden müssen, um gerechte Kostenverteilungen zu erreichen.

15 Datenflußprogramm entwickelt von Firma Computer Wolff, 4600 Dortmund 50

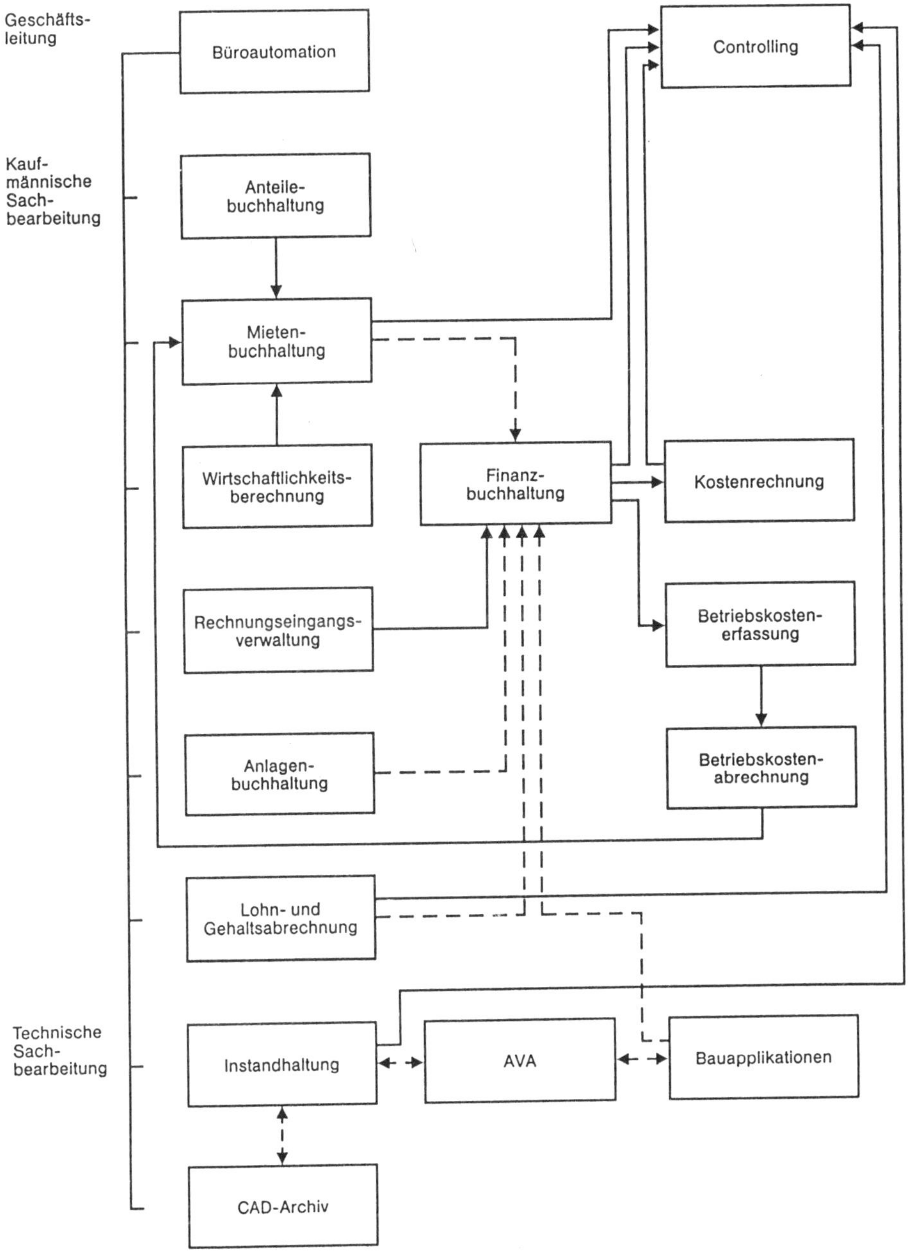

Quelle: CW Computer Wolff, Dortmund

Abb. 4: Beispiel eines Datenflußdiagramms

Instandhaltungs- und Renditeprogramm

Als zusätzliches Hilfsmittel für die Immobilienverwaltung *empfehlen sich spezielle Instandhaltungs- und Renditeprogramme*, die den wirkungsvollen Einsatz einer dynamischen Immobilienverwaltung und die Überwachung der zur Verfügung stehenden Ressourcen gewährleisten.

Generelles Ziel ist dabei eine Maximierung der Information bei gleichzeitiger Minimierung des Verwaltungsaufwandes; spezielle Aufgabe ist es, die gesamten jährlichen Instandhaltungsaufwendungen im Rahmen eines Budgets zu planen und zu überwachen. Gleichzeitig soll ein Überblick über die Wirtschaftlichkeit von Einzelobjekten gegeben werden. Ein Instandhaltungsprogramm ist organisatorisch so auszurichten, daß die Eingabe der durchzuführenden Reparaturen sowie der dafür kalkulierten Kosten die einzige vom Sachbearbeiter durchgeführte manuelle Tätigkeit darstellt.

Instandhaltungsprogramm

Sanierung, Erhaltung, Modernisierung und Kontrolle der Bausubstanz werden von der EDV erfaßt, um die Planung und Ablauforganisation von Instandhaltungsmaßnahmen und die damit verbundene Budgetierung zu optimieren. Die EDV ist insofern als wichtiges Instrument zu sehen, mit dem es möglich ist, zu jedem Zeitpunkt einen Überblick über den Bestand zu erhalten und bestimmte Kontrollmechanismen einzuführen. Die „geplante" Instandhaltung befaßt sich mit regelmäßigen Zeitabschnitten und hierin immer wiederkehrenden Arbeiten sowie mit einmaligen Modernisierungsmaßnahmen. Plötzlich auftretende Schäden fallen dagegen in den Bereich der „ungeplanten" Instandhaltung. Das EDV-gesteuerte Instandhaltungsprogramm basiert auf den Jahresvorgängen und -vorgaben, die in das Planbudget einfließen.

Renditeprogramm

Ziel eines *Renditeprogramms* ist es, die jährlich erstellten Berichte über die Verzinsung des Grundbesitzes zu automatisieren und auf Abruf Aussagen über die Rendite einzelner Objekte bzw. des Gesamtbestandes zu erhalten. Dazu werden lediglich einmal die Bilanzwerte der Objekte und die Abschreibungen vorgegeben sowie bei Zugängen verändert. Dabei müssen die Bilanzwerte zu Beginn des Jahres durch Subtraktion der AfA unter Berücksichtigung von Zu- und Abgängen zum Bilanzwert zum 31.12. automatisch umgerechnet werden. Die notwendigen Nettoerträge entstammen dem Mieterdialog, ebenso die nicht umlagefähigen Aufwendungen und separat die Instandhaltungsaufwendungen dem Grundstücksdialog. Die Berechnung zur Rendite eines einzelnen Objekts sowie die Gesamtrendite eines Globalbestandes werden vom System durchgeführt. In diesem Zusammenhang stehen auch Wirtschaftlichkeitsberechnungen für die einzelnen Objekte oder den gesamten Grundbesitz: Dabei werden nach einmaliger Eingabe der notwendigen Daten (Bilanzwert, Abschreibungen) die laufenden Daten (Erträge, Aufwendungen) übernommen und die Ergebnisse (Reinertrag, Rendite) automatisch errechnet und fortgeschrieben.

Die Einbindung der Fakten aus der Gebäudeinstandhaltung und Rendite- sowie Wirtschaftlichkeitsberechnung in den Datenfluß ist in dem Diagramm der Anlage 23 (S. 186/187) übersichtlich dargestellt.

4.5 Kostenmanagement

Bevor Du dich daran machst,
die Welt zu verändern,
gehe dreimal durch Dein
eigenes Haus.
- chinesische Weisheit -

Die vorbeschriebenen Bereiche des Immobilien-Managements sind wesentliche Bestandteile des Kosten-Managements, dessen Erfolg sich letztlich in der Einhaltung oder Steigerung des wirtschaftlichen Objektnutzens, d. h. der Rendite, darstellt.

Dem aktiven Kosten-Management kommt in der Immobilienbetreuung nach Tragweite und Umfang insofern erhebliche Bedeutung zu, als sich einerseits nicht umlagefähige Kosten auf die Rentabilität auswirken, andererseits umlagefähige Nebenkosten als 2. Miete angesehen werden und die Vermietbarkeit eines Objektes belasten. Jede Mark zusätzliche Kosten kann zu Lasten des Vermieters eine Mark weniger Miete bedeuten, wenn anderenfalls die ortsübliche Höhe von Miete und Nebenkosten überschritten würde. Das Kostenmanagement umfaßt nicht nur die Analyse der Kosten, deren Senkung und Verteilung, sondern im erweiterten Sinne auch die Aktivierung von Ressourcen und Erträgen mit dem Ziel der Steigerung der Rendite.

4.5.1 Analyse der Kostenarten und -entstehung

Bei der Überprüfung der Kostenblöcke stehen Instandhaltungsaufwand und nicht umlegbare Betriebskosten wegen ihrer Größenordnung im Vordergrund; im übrigen sind Verwaltungskosten und Mietausfälle analytisch nicht zu vernachlässigende Faktoren und letztlich wichtige Frühwarnungsindikatoren für die Entwicklung einer Immobilie oder ihres Umfeldes (vgl. S. 121 Controlling).

Die Instandhaltungskosten werden im Zusammenhang mit dem Kapitel „Pflege des Grundbesitzes" behandelt (vgl. S. 93 ff.).

Ob Betriebskosten, deren Arten unter Kostensenkungsanregungen aufgeführt werden, umlegbar sind, richtet sich nach den mietvertraglichen Vereinbarungen, bei Wohnungen nach der Zweiten Berechnungs-Verordnung, soweit nicht andere Regelungen im Mietvertrag getroffen wurden. Einmal vertraglich festgelegte Absprachen über Betriebskosten, die üblicherweise im Verhältnis der angemieteten zur Gesamtmietfläche eines Hauses umgelegt werden, sind nur für das jeweilige Mietverhältnis fix; sie lassen sich jedoch in zukünftigen Verhandlungen mit neuen Mietern anders verlagern. Optimal für den Vermieter wäre die Umlage im Verhältnis zur vermieteten Fläche; bei dieser Regelung werden die auf die Leerflächen, das heißt die zur Zeit nicht vermieteten Mietbereiche entfallenden Nebenkosten auf die tatsächlich vermieteten Mieteinheiten verteilt. Eine entsprechende Vertragsklausel lautete dann:

> *„Die Kosten des Objektes werden von allen Mietern im Verhältnis der jeweiligen Mietfläche zur gesamten vermieteten Fläche des Objektes anteilig getragen."*

Allerdings sei in diesem Zusammenhang auf die Abrechnungsschwierigkeiten hingewiesen, wenn unterschiedliche Umlagevereinbarungen bestehen.

4.5.2 Kostensenkungsanregungen

Ertragsverbessernde Kostensenkungen ergeben sich durch Ermäßigung eventueller Fremdkapitalzinsen, durch möglichst restlose Abwälzung von Betriebskosten, Weitergabe von Instandhaltungs- und Verwaltungskosten und letztlich durch Senkung der Verwaltungskosten.

Es lohnt sich, Grund und Höhe jeder Kostenposition in Frage zu stellen:

Gemeindliche Abgaben lassen mitunter Senkungen oder Präferenzen wegen des Standortes beziehungsweise der Wirtschaftsförderung zu.

Grundsteuerbescheide sind wegen ihrer schematischen Ausführungen Fehlansätzen unterworfen; gesetzlich vorgesehene Ausnahmeregelungen werden nicht erfaßt und sind daher prüfenswert.

Empfindlich ertragsmindernd sind *Fremdkapitalzinsen:* Sie sind Aufwand, wenn die Eigenkapitalrentabilität zu ermitteln ist. Das Zinsänderungsrisiko geht zu Lasten des Eigentümers und ist bei kürzer werdenden Festschreibungsperioden immer schwieriger zu kalkulieren.

Versicherungsprämien bieten ein weites Prüfungsfeld: Struktur und Volumen des Versicherungsschutzes, Prämienhöhe und Vertragsbedingungen sind aufgrund von

Vergleichsangeboten und bei Umdeckungsbemühungen weitgehend gestaltungsfähig.

Energiekosten lassen sich mit Hilfe von Fachberatern durch Einstufung in andere Tarifklassen oder Sondervereinbarungen reduzieren; gleiches gilt beim Energieverbrauch durch Frequenzanpassungen, Installierung von Bedarfsautomaten und Schaltungsänderungen.

Dienstleistungs- und *Wartungsverträge* können nach genereller Neuausschreibung durch Wettbewerbsangebote reduziert werden.

Eigenes *Personal* (Hausmeister, Putzfrauen usw.) werden in manchen Konstellationen kostengünstiger durch spezielle Dienstleistungsfirmen ersetzt.

Verwaltungskosten sind besonders für Rationalisierungsmaßnahmen - zum Beispiel lückenloses Mieteinzugsverfahren - geeignet. In Einzelfällen großer regionaler Distanz empfiehlt es sich, externe Verwaltungsfirmen zu beauftragen. Sämtlicher Materialverbrauch ist der wiederholten Neuausschreibung am Markt zu unterziehen.

Mietausfälle sind erfahrungsgemäß um so größer, je weiter die Miethöhe von der Marktmiete entfernt ist; bei dieser Erkenntnis sollten gut zahlende Mieter besonders gepflegt werden. Im übrigen verringert die sorgfältige Bonitätsprüfung des Mieters (Seriosität, Fachkenntnisse, Eigenkapital) das Mietausfallrisiko wesentlich. Bei Anstieg der im regelmäßigen EDV-Ausdruck festzustellenden Mietausfälle sind bauliche Bestandsverbesserungen, das heißt Weiterentwicklungen des Objektes durch Nachinvestitionen oder Sonderaktionen zur Mieterpflege oder -suche angezeigt.

Nachstehende Kostenblöcke empfehlen sich der monatlichen - EDV-gestützten - Kontrolle und Auswertung, um Ausrutscher oder wesentliche Anstiegstendenzen rechtzeitig zu erkennen:

- Strom,
- Heizung, Gas, Öl,
- Wasser,
- Entwässerung,
- Steuern und Abgaben,
- Müllabfuhr, Container,
- Öffentliche Reinigung,
- Gebäude- und Haftpflichtversicherungen,
- Reinigungsarbeiten,
- Schnee- und Eisbeseitigung,
- Hausmeisterdienste, Aushilfen,
- Prüfungen und Abnahmen,

- Wartungen an Fahrstuhl, fördertechnischen Anlagen, Heizung, Lüftung, Elektroanlagen,
- allgemeiner Materialverbrauch für eigene Wartungen und Hausmeisterei,
- Schönheitsreparaturen, Instandhaltungen und Instandsetzungen durch Fremdfirmen an technischen Einrichtungen, Dach und Fach.

Zu den wesentlichen Aufgaben des Immobilienmanagements gehört es also, Möglichkeiten für Kostenreduzierungen laufend zu prüfen. Hilfsmittel dafür sind ein EDV-gestütztes Kosten-/Budgetprogramm und die Objekt-Kosten-Abweichungsanalyse, die in einem monatlichen Soll-Ist-Vergleich sowohl den kumulierten Wert aller Kosten als auch den Wert der Jahreshochrechnung ermittelt. Zu Beginn eines Rechnungsjahres sind die für das Objekt anfallenden Kosten zu planen, wobei es der engen Zusammenarbeit zwischen den Mitarbeitern des kaufmännischen und des technischen Immobilienmanagements bedarf. Dabei sind Nutzungsart, Alter und Standort der Immobilie zu berücksichtigen, da sie wesentlichen Einfluß auf die künftige Entstehung und Höhe voraussichtlicher Kosten haben. Mit dieser Kostenbudgetierung werden vorausschauend Kosten erfaßt, die im Laufe der Jahres- oder längerer Abrechnungsperioden entstehen können; sie ist gleichzeitig Grundlage für alle weiteren Vergleichszahlen, Hochrechnungen und Trendberechnungen.

Kostenreduzierung kann auch durch Steigerung des Verantwortungsbewußtseins und der Identifizierung des einzelnen Verwalters mit der Zielsetzung erreicht werden. Im Bereich der Auftragsvergabe, der Rechnungsbearbeitung, der Skontoberücksichtigung sind die Mitarbeiter zu Kostenbewußtsein besonders anzuhalten. Bei voller Zuordnung eines Objektes in den Verantwortungsbereich eines Sachbearbeiters für die Rendite werden die Voraussetzungen dafür geschaffen.

Zur Unterstützung aller Kostensenkungsaktivitäten empfiehlt sich ein ausgearbeitetes Renditeprogramm, wie es nachstehend in seinen Grundzügen dargelegt ist, das dem Sachbearbeiter Informationen über die Wirtschaftlichkeit seiner Arbeit liefert und im einzelnen die dynamische Immobilienbestandsverwaltung mit Pflege des Grundbesitzes und Budgetierung, das heißt Kostenplanung, umfaßt.

4.5.3 Aktivierung von Ressourcen und Erträgen

Es gibt Menschen, die Fische fangen,
und solche, die nur das Wasser trüben.
chinesisch

Zur Aktivierung von Ressourcen und Erträgen mit dem Ziel der Renditesteigerung gibt es zahlreiche Ansatzpunkte und Möglichkeiten, wie sie hier beispielhaft dargestellt sind:

- Mieterhöhungen
  Im öffentlich geförderten Wohnungsbau sind Mieterhöhungen nur aufgrund gesetzlicher Änderung, beispielsweise des Ansatzes für Verwaltungskosten, Instandhaltung und des Zinssatzes für die Eigenkapitalverzinsung, möglich.

  Im frei finanzierten Wohnungsbau sind Mieterhöhungen bei bestehenden Mietverhältnissen auf die Anpassung an die Vergleichsmiete gemäß Mieterhöhungsgesetz begrenzt.

  Bei gewerblicher Vermietung können Mieterhöhungen - außer bei fester Indexierung - nur aufgrund von Verhandlungen sowie bei Neu- und Anschlußvermietungen vorgenommen werden.
- Vereinbarung einer Verwaltungskostenumlage aus der Bruttomiete
- Umstellung der Nettomietfläche auf Bruttofläche
- Kombinationsvereinbarung von index- und umsatzgebundener Miete
- Ausnutzung aller vorhandenen Gebäudeflächen und -teile wie Hauseingang, Vitrinen, Schaufensterflächen, Werbeflächen, Keller und Boden
- Umverteilung der Mietflächen zwischen den Mietern mit Steigerung der Mieten
- kurzfristige Laufzeiten zwecks besserer Steigerungsmöglichkeiten bei Neuvermietung
- Prüfung und Beobachtung der Vertragsklauseln auf Indexsteigerungen und Weiterberechnung aller umlagefähigen Kosten
- Teilhabe an Untervermietungsgewinnen
- Änderung des Mietermixes und Vereinbarung von Umsatzmieten
- Bestandsinvestitionen, Umbauten, Anpassungen und Modernisierungen, darauf Umlage der Investitionskostenverzinsung.

In der praktischen Handhabung empfiehlt sich ein Prüfschema, wie es in der Anlage 24 (S. 188) dargestellt ist.

4.5.4 Renditeprogramm

Ziel eines Renditeprogramms ist es, die jährlich erstellten Berichte über die Verzinsung des Grundbesitzes zu automatisieren und auf Abruf Aussagen über die Rendite einzelner Objekte beziehungsweise des Gesamtbestandes einer Gesellschaft zu erhalten.

Dazu werden lediglich einmal die Bilanzwerte der Objekte und die Abschreibungen vorgegeben sowie bei Zugängen verändert (vgl. Anlage 25, S. 199).

Die Bilanzwerte zu Beginn des Jahres müssen durch Subtraktion der AfA und unter Berücksichtigung von Zu- und Abgängen zum Bilanzwert zum 31. 12. automatisch umgerechnet werden.

Die notwendigen Nettoerträge entstammen dem Mieterdialog, ebenso die nicht umlagefähigen Aufwendungen und separat die Instandhaltungsaufwendungen dem Grundstücksdialog.

Die Berechnungen zur Rendite eines einzelnen Objektes sowie der Gesamtrendite aller Objekte einer Gesellschaft werden vom System durchgeführt, wobei wie in den jährlichen Berichten nur Renditen größer als Null erfaßt werden.

Allgemeine Funktionen

Erstellung der Wirtschaftlichkeitsberechnungen für die einzelnen Objekte oder den gesamten Grundbesitz einer Gesellschaft: Dabei werden nach einmaliger Eingabe der notwendigen Daten (Bilanzwert, Abschreibungen) die laufenden Daten (Erträge, Aufwendungen) übernommen und die Ergebnisse (Reinertrag, Rendite) automatisch errechnet und fortgeschrieben.

Einzelne Funktionen

Eingaben durch den Benutzer
- Bilanzwert (einmalig)
- AfA (einmalig)
- aktivierungspflichtige Zugänge (bei Bedarf)
- AfA-Änderungen (bei Bedarf)

Übernahme aus Mieter- und Grundstücksdialog (automatisch)
- Erträge
- nichtumlagefähige Kosten
- Kosten für Instandsetzungen

Automatische Berechnungen
- Bilanzwert 31. 12. (Bilanzwert 1. 1. + Zugang ./. AfA (+ AfA ./. Änderung)
- Ø Bilanzwert (Bilanzwert 1. 1. + Bilanzwert 31. 12.) : 2
- Reinertrag (Erträge ./. Aufwand ./. Instandhaltung ./. AfA)
- Rendite $\frac{(\text{Reinertrag} \times 100}{\varnothing \text{ Bilanzwert}}$

Anzeigen auf dem Bildschirm
- Wirtschaftlichkeitsauswertung für ein Objekt
- Wirtschaftlichkeitsauswertung für eine Gesellschaft

Druck auf dem Drucker
- Druck des jeweiligen Bildschirminhaltes
- Druck einer Liste aller Objekte einer Gesellschaft

4.5.5 Kostenbudgetierung

Die Kostenentwicklung bei Immobilien bedarf der ständigen Kontrolle und Steuerung; dazu gehören EDV-gestützte Kostenplanung und -budgetierung sowie die Jahreshochrechnung der Kosten

- des Objekts (Instandhaltung),
- des Betriebs,
- des Kapitals und
- der Verwaltung.

Ebenso wie für die Instandhaltung ist ein Kostenplan zu erstellen, der monatlich beobachtet, fortgeschrieben und hochgerechnet, am Ende des Jahres hinsichtlich seiner eingetretenen Abweichungen zwischen Soll und Ist analysiert und für die Zukunft ausgewertet wird.

Bei sinkenden Bilanzwerten sind die nicht umlegbaren Instandhaltungs- und Bewirtschaftungskosten die Haupteinflußgrößen auf die Rendite. Sie bedürfen daher des Controlling, um dem Immobilienmanager Erkenntnismöglichkeiten für Kostenreduzierungen und Lösungen zu geben, die den wirtschaftlichen Notwendigkeiten der Objekte Rechnung tragen und das Verhältnis von Kosten und Nutzen optimieren. Nützlicher Nebeneffekt aus der monatlichen Übersicht über die Bewirtschaftungskosten ist die Möglichkeit der intervallbezogenen Nebenkostenabrechnung für unterjährig endende Mietverhältnisse.

4.6 Controlling

Krisen meistert man am besten,
indem man ihnen zuvorkommt.
Walt Whitman Rostow

Bis heute wird Controlling sehr unterschiedlich verstanden. Das Interpretations-Spektrum reicht von Controlling als fortschrittlicher Kostenrechnung bis zu moderner Führungskonzeption. Im Immobilienbereich liegen die Anfänge des Controlling in der Baukostenkontrolle und -abrechnung. Spätestens auf gravierende Differenzen zwischen geplanten und tatsächlichen Baukosten folgte der Wunsch nach Informationsverbesserung und Entwicklung von Kontroll- und Steuerungsmöglichkeiten, um ergebnisorientierte Ziele zu erreichen, das heißt nach operativem Controlling. Der Controller ist also kein „Kontrolleur mehr“, sondern als „Steuermann“ im Unternehmen zu verstehen.

Über die anfängliche Absicht, die Unternehmensleitung besser mit Informationen zu versorgen – dies wiederum um ergebnisorientierte Ziele zu erreichen (operatives

Controlling) –, hat sich eine Fortentwicklung zum strategischen Controlling ergeben, worunter das Steuern im Wirkungsnetz der Umwelt, das heißt Erfassung und Verarbeitung von Änderungen zwischen Unternehmen und Umwelt, mit der Absicht langfristiger Existenzsicherung zu verstehen ist.

4.6.1 Controlling im operativen Sinne

Im Bereich des dynamischen Bestands-Managements bedeutet Controlling die taktische und operative Planung der Substanzpflege und -instandhaltung, Budgetierung von Aufwand und Ertrag, Planung und Steuerung von Anpassungen und Modernisierungen mit dem Ziel der Optimierung des Nutzens.

Da vom Immobilien-Management nicht nur bestehende Liegenschaften erfaßt, sondern auch Neubauvorhaben, Um- und Anbauten betreut werden, bietet sich hierbei die Lösung bauspezifischer Probleme durch *Baucontrolling* an.

Die Verwirklichung eines Bauprojektes – in Planung, Vorbereitung und Ausführung – stellt sich bekanntlich als sehr komplexes Vorhaben dar:

- Unterschiedliche Rechtsvorschriften sind zu beachten, immer mehr Fachingenieure wie Statiker, Akustiker, Stark- und Schwachstrom-Ingenieure, Fachingenieure für Heizungs- und Klimaanlagen usw. müssen in allen Phasen der Realisierung mitwirken und koordiniert werden,
- Termine, Investitions- und Betriebskosten sind sorgfältig zu planen und zu verfolgen,
- technische Innovationen sind zu berücksichtigen, ebenso Probleme der Energiebewirtschaftung und des Umwelt- sowie Datenschutzes.
- Nicht zuletzt kommt es auf die sichere Vertragsgestaltung aus Gründen der Leistungsabgrenzung und Kostenabsicherung, der Haftung und Gewährleistung an. Das Baucontrolling (Baucontroller = Spezialist für Baukosten-, Qualitäts- und Termineinhaltung) hat sich seit Anfang der 70er Jahre als Spezialdisziplin entwickelt und hat durch nachweisbare Erfolge inzwischen einen festen Platz im Planungs- und Managementgeschehen des Bauwesens.
- Nicht verwechselt werden darf die Tätigkeit des Baucontrollers mit der des „Projektsteuerers" gemäß § 31 HOAI. Das Baucontrolling enthält zwar die Projektsteuerungstätigkeiten, geht aber im Leistungsumfang, der Verflechtung mit den planerischen Tätigkeiten und im Maß der Verantwortung weit über die Projektsteuerung hinaus.
  Sinn und Zweck der Einschaltung eines solchen weiteren Sonderfachmannes in den Kreis der Baubeteiligten ist es, eine verläßliche Kostenkontrolle im Baube-

reich zu erhalten, wie sie etwa im Bereich der Konsum- bzw. Investitionsgüterindustrie längst Selbstverständlichkeit ist.

Diese Kostenkontrolle, d. h. das Kostenmanagement im Baubereich umfaßt die Kostenplanung und Kostensteuerung während aller Planungsphasen eines Projektes, die Kostenverfolgung während der Durchführung und die Kostenfeststellung nach Abrechnung des Projektes. Wichtig ist, daß die Kostenplanung planungsbegleitend abläuft, damit ggfs. durch Einbringung alternativer Lösungsmöglichkeiten eine Steuerung der Kosten ermöglicht wird. Zum Kostenmanagement gehört außerdem die kostenrelevante Überprüfung der Ausschreibungsunterlagen; Grundlage dafür ist die Anwendung des Standardleistungsbuches in Kombination mit einem edv-gestützten Ausschreibungs-, Vergabe- und Abrechnungssystem (AVA-System); diese Methode ermöglicht jedenfalls den ständigen Soll-Ist-Vergleich der geplanten mit den erreichten Kosten auch während der Vergabephase und der Bauausführung.

Mit der Einschaltung von namhaften Baucontrolling-Unternehmen werden beste Erfahrungen gemacht; nicht nur, daß während der gesamten Projektierungs- und Ausführungsphase stets eine aktuelle genaue Übersicht über angefallene und weiter zu erwartende Kosten zur Verfügung steht, sondern auch jede Planungsvariante kurzfristig mit dem Kostenbild versehen werden kann.

Zum Projektmanagement gehören Projektorganisation und Dokumentation:

Projektorganisation

- Planungsmanagement, d. h. Planung und Koordination der Planungsphasen
- Termin, d. h. Ablauf- und Terminplanung, -überwachung und -steuerung
- Kosten, d. h. Kostenplanung und -steuerung, Kostenverfolgung
- Durchführungsmanagement, d. h. Planung und Koordination der Baudurchführung

Dokumentation

- Raumbuch
- CAD-Bestandsdokumentation

Die Bestandsdokumentation erfolgt einerseits durch Übergabe eines Bestandsraumbuchs, andererseits durch Digitalisierung der Bestandspläne mit einem CAD-System; dieses eröffnet die Möglichkeit, graphische Informationen, d. h. Pläne, mit alphanumerischen Informationen, d. h. Beschreibungen in einer Datenbank zu verknüpfen. Damit sind für die künftige Betreuung und Verwaltung wirkungsvolle Mittel für das dynamische Immobilien-Management an die Hand gegeben.

4.6.2 Strategisches Controlling

Dieses geht über das operative Controlling hinaus und hat als Inhalt die Orientierung an der Umwelt und ihren Veränderungen, wie Wettbewerbssituation und wirtschaftliche Rahmenbedingungen, Marktsituation und etwaige restriktive staatliche Maßnahmen. Dazu gehören auch - zum Beispiel für den Wohnungsbau - Änderungen von Geschmacksrichtungen und Mode, Verbrauchergewohnheiten oder -ansprüchen und Stilrichtungen. Die Adaption solcher Umwelt- und Marktänderungen sowie Nutzergewohnheiten dient entscheidend der Sicherung von Existenz- und Erfolgspotentialen. Um alle Änderungen und Anpassungserfordernisse in Erfahrung zu bringen, bedarf es eines breit angelegten, das ganze Unternehmen vernetzenden Informations-, Planungs- und Steuerungs- sowie Kontrollsystems, das allen Verantwortlichen jederzeit zur Entscheidungsfindung die notwendigen Informationen zur Verfügung stellt.

Oft reicht es jedoch nicht aus, nur auf Veränderungen zu *reagieren,* um im Wettbewerb und bei der technischen Entwicklung mitzuhalten. Die Dynamik der Märkte und eine wachsende Informationsflut stellen die Unternehmen vor neuartige, bisher nicht bekannte Entscheidungs- und Planungsprobleme, die mit konventionellen Methoden der Unternehmensführung kaum zu bewältigen sind. Gerade im finanzwirtschaftlichen Bereich bestehen insoweit erhebliche Defizite. Die damit verbundenen Unsicherheiten zwingen den Unternehmer zu einem systematischen, frühzeitigen Aufspüren von Veränderungen in der Umwelt. Mit Hilfe eines finanzwirtschaftlich orientierten Früherkennungssystem kann der Unternehmer auf diese veränderten Bedingungen flexibel reagieren und damit aktiv in finanzwirtschaftliche Prozesse eingreifen.

4.6.3 Strategisches Radar

Das von Krause und Vorsteher[16] zitierte Früherkennungssystem als eine Art „strategisches Radar“ signalisiert über zahlreiche Indikatoren die Unternehmensinternen und -externen Veränderungen und reflektiert so die individuelle Situation des Unternehmens beziehungsweise macht den Handlungsbedarf und die -möglichkeiten sichtbar. Diese Methode ist im Prinzip auch für das Immobilienmanagement sinnvoll, um für eine zukunftsorientierte Steuerung Warnsignale zu entwickeln und zu setzen, wobei als Entscheidungsgrundlage Informationen mit Früherkennungseigenschaften heranzuziehen sind. Wichtige Indikatoren in der Immobilienverwaltung sind zum Beispiel häufige Fluktuation oder Leerstände innerhalb eines Gebäu-

16 Krause/Vorsteher, FES-Früherkennungssystem mit finanzwirtschaftlicher Orientierung auf dem IBM PC, Gabler Verlag, Wiesbaden 1987

des, was auf Verschlechterungen der Substanz oder der Lage (größerer Verkehr oder Verslumung) hindeutet und letztlich zum Renditeverfall führt. Städte und Ballungsräume verändern sich durch Verkehrsbauten, Bau oder Wegfall öffentlicher Verkehrsmittel. Neue Schwerpunkte bilden sich in Trabantenstädten durch Einkaufszentren, andere verlieren an Anziehungskraft.

Mit Hilfe solcher Indikatoren ist nicht nur ein Reagieren auf Veränderungen, sondern auch eigenes Agieren und Mitgestalten zukünftiger Entwicklungen möglich.

Weit vor der Feststellung des Renditerückganges sind also „Warnlampen" zu installieren und zu beobachten, die einen bestimmten Entwicklungstrend signalisieren. Konkrete Empfehlungen hierfür lassen sich allgemein nicht geben. Sie sind empirisch zu entwickeln und hauptsächlich durch die Merkmale der Zukunftsorientierung, den Charakter der Informationen und die Zielorientierung gekennzeichnet.

5. Gesetzliche Bestimmungen des geltenden Baurechts

Die erste Zusammenfassung des öffentlichen Baurechtes mit Bauleitplanung und Bodenordnung erfolgte im Bundesbaugesetz in der Fassung vom 23.6.1960.

Das Städtebauförderungsgesetz vom 27.7.1971 wurde gegenüber dem Bundesbaugesetz als räumlich und sachlich begrenztes Sonderrecht eingeführt.

5.1 Entwicklung und Inhalt des Baugesetzbuches

Bundesbaugesetz und Städtebauförderungsgesetz wurden mehrfach novelliert, die beiden Inhalte dann im Baugesetzbuch vom 8.12.1986 zusammengefaßt, welches am 1.7.1987 in Kraft getreten ist. Es besitzt den Charakter einer umfassenden Gesamtnovellierung; im Interesse der Rechtsvereinfachung sind das Bundesbaugesetz und das Städteförderungsgesetz in einem einheitlichen Gesetz in übersichtlicher und gestraffter Form kodifiziert.

Als Folge des Bundesbaugesetzes wurden die

- Wertermittlungsverordnung und
- Baunutzungsverordnung

einer Gesamtnovellierung unterzogen; die Anpassung der Wertermittlungsrichtlinien 1976 folgt.

Zusätzliche Maßnahmen und Regelungen finden sich in dem Maßnahmengesetz zum Baugesetzbuch ab 1.6.1990 zur Erleichterung des Wohnungsbaus im Planungs- und Baurecht sowie zur Änderung mietrechtlicher Vorschriften.

Um aufgrund einer entsprechenden Verpflichtung im Staatsvertrag vom 18.5.1990 zwecks Planungs- und Investitionssicherheit für bauliche Vorhaben baldmöglichst Rechtsgrundlagen zu schaffen, wurde in der ehemaligen DDR am 31.7.1990 die Verordnung zur Sicherung einer geordneten städtebaulichen Entwicklung und der Investitionen in den Gemeinden erlassen, und zwar als

- Bauplanungs- und Zulassungsverordnung.

Diese Verordnung führte in einem ersten Schritt wesentliche Teile des Baugesetzbuches in der ehemaligen DDR ein. Mit bestimmten, aufgrund der rechtlichen und tatsächlichen Verhältnisse in der ehemaligen DDR erforderlichen Überleitungsvorschriften wurden eingeführt:

Die Vorschriften über die Aufstellung und Sicherung der Bauleitpläne (nur für Änderungssperre; im wesentlichen entsprechend §§ 1 und 18 Baugesetzbuch); die Vorschriften über die Zulässigkeit von Vorhaben mit geringen Änderungen (entsprechend §§ 29—38 Baugesetzbuch); Vorschriften über die städtebaulichen Sanierungsmaßnahmen - weitgehend entsprechend den §§ 136—164 Baugesetzbuch - u. a. unter Verzicht auf bestimmte bodenrechtliche Instrumente, wie z. B. das Ausgleichungsbetragsrecht, Erhaltungssatzung sowie Modernierungs- und Instandsetzungsbebot.

Es folgt nun ein Überblick über die wichtigsten Regelungen des Baugesetzbuches.

5.1.1 Allgemeines Städtebaurecht

§ 1 Abs. 1 bestimmt als Aufgabe der *Bauleitplanung*, die bauliche und - sofern ein Sachbezug zum Städtebau besteht - die sonstige Nutzung der Grundstücke in der Gemeinde nach Maßgabe des Baugesetzbuches vorzubereiten und zu leiten, d. h. also die Vorbereitung und Leitung der gesamten Bebauung in Stadt und Land. Die Bauleitplanung ist maßgebliches Planungsinstrument des Städtebaurechts, d. h. die städtebauliche Planung kann nur durch Bauleitplanung nach dem Baugesetzbuch erfolgen. Die Bauleitplanung ist Pflichtaufgabe der Gemeinden; Bauleitpläne sind der Flächennutzungsplan als vorbereitender Bauleitplan mit den Festsetzungen für die städtebauliche Ordnung als Grundlage für weitere zum Vollzug des Baugesetzbuches erforderliche Maßnahmen.

Regelungsmöglichkeiten der Bauleitpläne nach dem Baugesetzbuch werden wesentlich ergänzt durch die Baunutzungsverordnung und die Planzeichenverordnung, welche die in Bauleitplänen zu verwendenden Planzeichen umfaßt. Das Baugesetzbuch enthält das aus dem Rechtsstaatsprinzip abgeleitete Abwägungsgebot und zahlreiche verfahrensrechtliche Anforderungen, u. a. beschränkte Bürgerbeteiligungen usw.

Zur Sicherung der in Aufstellung befindlichen sowie verbindlichen Bauleitplanung enthält das Baugesetzbuch drei Instrumente: Veränderungssperre, Teilungsgenehmigung und gemeindliche Vorkaufsrechte.

5.1.2 Zum besonderen Städtebaurecht

Städtebauliche Sanierungsmaßnahmen sind auf die Lösung komplexer städtebaulicher Probleme im Rahmen einer Gesamtmaßnahme ausgerichtet, deren einheitliche Vorbereitung und zügige Durchführung im öffentlichen Interesse liegt. Sie dienen der Behebung städtebaulicher Mißstände, gegebenenfalls von Funktionsstörungen. Verfahrensmäßige Merkmale der städtebaulichen Sanierung sind: vorbereitende Untersuchung, förmliche Festlegung des Sanierungsgebietes durch Gemeindesatzung, Bestimmung der Ziele und Zwecke der Sanierung.

5.2 Baunutzungsverordnung

Die Baunutzungsverordnung (BauNVO) steht im Zusammenhang mit der Novellierung des Städtebaurechts, welches zusammen mit dem früheren Bundesbaugesetz Eingang in das Baugesetzbuch gefunden hat und am 1. 7. 1987 in Kraft getreten ist. Als Folge des Baugesetzbuches wurden auch die Wertermittlungsverordnung und die Baunutzungsverordnung einer Gesamtnovellierung unterzogen.

Die Baunutzungsverordnung ist zwar trockene Gesetzesmaterie, für die Immobilienwirtschaft aber stellt die BauNVO, wie sie in der seit dem 27. Januar 1990 gültigen Neufassung abgekürzt wird, eine der wichtigsten Arbeitsgrundlagen dar. Ihre Vorschriften sind von unmittelbarem Einfluß auf den Wert von Grundstücken.

Unter Beibehaltung der elf Baugebietstypen sind die Vorschriften über die Art der baulichen Nutzung an aktuelle und voraussehbare künftige Erfordernisse angepaßt worden. Geändert wurden insbesodere: Einbeziehung von Infrastruktureinrichtungen in reine Wohngebiete, strukturelle Änderung der Dorfgebietsvorschrift, Anpassung von Kleinsiedlungs- und Kerngebieten usw.

Soweit es für einen Bebauungsplan auf die Baunutzungsverordnung ankommt, ist jeweils die Fassung zu beachten, die zum Zeitpunkt der Offenlegung des Bebauungsplans maßgeblich war. Änderungen hat es zum 26. 6. 1962, 26. 11. 1968, 15. 9. 1977 und 19. 12. 1986 gegeben.

Die in fünf Abschnitte gegliederte BauNVO ist im wesentlichen Bauplanungsrecht; sie konkretisiert nämlich die Vorschriften des Baugesetzbuches (BauGB) über die Bauleitplanung und über die Möglichkeit der baulichen und sonstigen Nutzung von Grundstücken. Ihre Bedeutung reicht jedoch weiter: Die BauNVO bestimmt auch das Verhältnis der Grundstücksnachbarn zueinander, indem sie Rechte und Abwehrrechte öffentlich-rechtlicher Natur gewährt; sie wirkt sogar in die zivilrechtlichen Verhältnisse von Grundstückseigentümern hinein.

Art der baulichen Nutzung

Paragraph 1 BauNVO legt fest, wie im Flächennutzungsplan und im Bebauungsplan die Bauflächen und Baugebiete zu bezeichnen sind. Mehr Flexibilität ermöglicht jetzt Absatz 3 für Sondergebiete: Für die Festsetzung der Art der Nutzung besteht keine starre Bindung mehr, Gemeinden haben mehr Gestaltungsmöglichkeiten.

Im übrigen wird Paragraph 1 um einen Absatz 10 erweitert. Er gilt für überwiegend bereits bebaute Gebiete mit unterschiedlichen Nutzungen, die an sich unverträglich sind. Beispiel: Wohnnutzung unmittelbar neben einer Industrienutzung. Für diese sogenannte Gemengelagen galt bisher nur Bestandsschutz, der die Nutzung der vorhandenen Gebäude ermöglichte, nicht aber wesentliche Veränderungen. Jetzt kann dagegen festgesetzt werden, daß Erweiterungen, Änderungen, Nutzungsänderungen und Erneuerungen allgemein oder ausnahmsweise zulässig sind. Allerdings muß die allgemeine Zweckbestimmung des Baugebietes in seinen übrigen Teilen gewahrt bleiben.

Eine solche Regelung kann auch bei der Änderung und Ergänzung von Bebauungsplänen getroffen werden. Unternehmen, die mit der Nachbarschaft oder dem Gewerbeaufsichtsamt wegen der Gemengelage Schwierigkeiten haben, werden dieser Möglichkeit besondere Aufmerksamkeit schenken.

Die BauNVO unterscheidet zwischen zehn Nutzungsarten. An erster Stelle nennt sie das *Kleinsiedlungsgebiet* (§§ 2 bis 11), das nunmehr großzügiger definiert wird.

In Kleinsiedlungsgebieten können wie bisher Kleinsiedlungen und landwirtschaftliche Nebenerwerbsstellen untergebracht werden, mit der Neuordnung aber auch Wohngebäude mit Nutzgärten. Dadurch werden zusätzliche Wohnmöglichkeiten eröffnet.

Bisher dienten *reine Wohngebiete* (§ 3) ausschließlich dem Wohnen, auf diese Ausschließlichkeit wird künftig verzichtet. Der Katalog der ausnahmsweise in einem reinen Wohngebiet zulässigen baulichen Anlagen ist erweitert worden. Neben Läden, nicht störenden Handwerksbetrieben und kleinen Beherbergungsbetrieben kommen jetzt Anlagen für soziale Zwecke sowie den Bedürfnissen der Bewohner dienende Anlagen für kirchliche, kulturelle, gesundheitliche und sportliche Zwecke sowie Wohngebäude, die ganz oder teilweise der Betreuung und Pflege ihrer Bewohner dienen. Dies gilt auch für allgemeine Wohngebiete, besondere Wohngebiete, Dorfgebiete, Mischgebiete und Kerngebiete. Die Ergänzung bedeutet u. a., daß Altenpflegeheime erlaubt sind, aber auch der „Sportplatz um die Ecke", gleichgültig, ob er gewerblich, vereinsmäßig oder öffentlich betrieben wird.

Allgemeine Wohngebiete (§ 4) dienen vorwiegend dem Wohnen. Neuerdings sind dort Anlagen für sportliche Zwecke - nicht nur ausnahmsweise, sondern generell - zulässig. Die bisher gegebene ausnahmsweise Zulässigkeit von Kleintierställen richtet sich jetzt nach § 14 im Rahmen von Nebenanlagen.

In *besonderen Wohngebieten* (§ 4a) können Vergnügungsstätten, die wegen ihrer Zweckbestimmung oder ihres Umfanges in Kerngebiete gehören, nicht mehr zugelassen werden. Ausnahmsweise zulässig in besonderen Wohngebieten sind nur sogenannte „kleine Vergnügungsstätten", wie das Vorstadtkino oder das kleine Tanzcafé, also Einrichtungen, die der Entspannung und Freizeitbetätigung nur in einem begrenzten Stadtteil dienen. Wie bisher dienen *Dorfgebiete* (§ 5) zunächst der Unterbringung land- oder forstwirtschaftlicher Betriebe, neuerdings aber auch generell dem Wohnen. Außerdem sind nicht wesentlich störende Gewerbebetriebe und der Versorgung der Bewohner des Gebietes dienende Handwerksbetriebe - unabhängig vom Störgrad -, z. B. Tischlereien, Schlossereien, Schmieden, kleine Kfz-Betriebe und Landmaschinenwerkstätten zulässig.

Die Änderung des § 5 führt zu einer Art von Mischgebieten mit landwirtschaftlicher Prägung. Zulässig sind deshalb neuerdings dort auch Betriebe zur Be- und Verarbeitung und Sammlung land- und forstwirtschaftlicher Erzeugnisse. Ausnahmsweise kommen kleinere Vergnügungsstätten in Frage.

Mischgebiete (§ 6) dienen - wie bisher - verschiedenen Zwecken. Als zulässig bezeichnet werden dort aber auch kleinere Vergnügungsstätten, allerdings nicht unbedingt im gesamten Mischgebiet, sondern nur dort, wo überwiegend eine gewerbliche Nutzung vorhanden ist. Sonst kommt eine ausnahmsweise Zulassung in Frage.

Bisher waren *Kerngebiete* (§ 7) für Handwerksbetriebe, zentrale Einrichtungen der Wirtschaft und der Verwaltung vorgesehen. Hinzu kommen jetzt auch kulturelle Einrichtungen und zusätzlich auch unbedeutend störende Gewerbegebiete, sportliche Anlagen sowie Wohnungen nach den Festsetzungen des Bebauungsplanes.

Unverändert dienen *Gewerbegebiete* (§ 8) vorwiegend der Unterbringung von nicht erheblich belästigenden Gewerbebetrieben. Neu zulässig sind auch Anlagen für sportliche Zwecke. Ausnahmsweise können Wohnungen für Aufsichts- und Bereitschaftspersonen sowie für Betriebsinhaber und Betriebsleiter, die dem Gewerbegebiet zugeordnet und ihm gegenüber in Grundfläche und Baumasse untergeordnet sind, zugelassen werden, außerdem Vergnügungsstätten. Hier sind schlechthin alle Vergnügungsstätten gemeint, wie z. B. Großdiskotheken, die mit erheblichen Störungen verbunden sind.

Industriegebiete (§ 9) dienen ausschließlich der Unterbringung von Gewerbegebieten, die in anderen Baugebieten unzulässig sind. Wohnungen für Aufsichts- und Bereitschaftspersonen sowie für Betriebsinhaber und Betriebsleiter können künftig nur noch zugelassen werden, wenn sie dem Betrieb zugeordnet und in Grundfläche und Baumasse untergeordnet sind.

Die BauNVO kennt *Sondergebiete*, die der Erholung dienen (§ 10) und *sonstige Sondergebiete* (§ 11), d. h. solche, die sich von allen anderen wesentlich unterscheiden. Dafür kommen künftig auch Gebiete für den Fremdenverkehr in Frage sowie Gebiete für Anlagen, die der Erforschung, Entwicklung oder Nutzung erneuerbarer Energien wie Wind- und Sonnenenergie dienen, für die es in der Vergangenheit immer wieder baurechtliche Schwierigkeiten gegeben hat. Regelungen über Stellplätze und Garagen finden sich in § 12 und Regelungen über Gebäude und Räume für freie Berufe in § 13.

Gemäß § 14 sind auch untergeordnete Nebenanlagen und Einrichtungen in den von §§ 2—13 genannten Anlagen zulässig, die dem Nutzungszweck der in dem Baugebiet gelegenen Grundstücke selbst dienen. Zu diesen untergeordneten Nebenanlagen gehören auch Einrichtungen für die Kleintierhaltung und für die Versorgung der Baugebiete mit Elektrizität, Gas, Wärme und Wasser.

In § 15 ist dann eine allgemeine Beschränkung für bauliche Anlagen der §§ 2—14 vorgesehen, nämlich dann, wenn sie im Einzelfall nach Anzahl, Lage, Umfang oder Zweckbestimmung der Eigenart des Baugebiets widersprechen, ferner auch dann, wenn von ihnen Belästigungen oder Störungen ausgehen, die nach der Eigenart des Baugebietes unzumutbar sind.

§ 16 widmet sich dann dem Maß der baulichen Nutzung, welches im Flächennutzungsplan oder im Bebauungsplan bestimmt werden kann durch Festsetzung der Grundflächenzahl oder der Größe der Grundfläche, der Geschoßflächenzahl, Zahl der Vollgeschosse, Höhe der baulichen Anlagen; zwingend sind stets die Festsetzung der Grundflächenzahl, die Größe der Grundfläche der baulichen Anlagen und die Zahl der Vollgeschosse bzw. Höhe der baulichen Anlagen. Auch Mindestmaße können gemäß Abs. 4 zwingend festgesetzt werden.

Wie bisher kommt es in Frage, das Maß der baulichen Nutzung für Teile des Baugebietes, für einzelne Grundstücke oder Grundstücksteile für Teile baulicher Anlagen unterschiedlich festzulegen. Dies gilt sowohl für Bereiche oberhalb und unterhalb der Gebäudeoberfläche (Abs. 5).

Schließlich können im Bebauungsplan nach Art und Umfang bestimmte Ausnahmen von dem festgesetzten Maß der baulichen Nutzung vorgesehen werden (Abs. 6). Aber auch dann sind die in § 17 BauNVO erwähnten Obergrenzen verbindlich.

Paragraph 17 legt für die Bestimmung des Maßes der baulichen Nutzung je nach Baugebieten *Obergrenzen* fest, die den jeweiligen Gebietscharakter gewährleisten sollen. Die Obergrenzen für verschiedene Baugebiete sind erhöht worden. Eine Differenzierung nach Vollgeschossen findet nicht mehr statt.

Die Obergrenzen gelten nur für die Bauleitplanung, also bei der Aufstellung, Änderung oder Ergänzung von Flächennutzungs- und Bebauungsplänen, nicht aber im *Baugenehmigungsverfahren.* Dies folgt aus einem Vergleich des Einleitungssatzes zu Abs. 1 alter und neuer Fassung. Danach ist Paragraph 17 künftig im Rahmen des § 16 beachtlich, und zwar auch für den Anwendungsfall des § 16 Abs. 6, wo der Bebauungsplan Ausnahmen vorsieht, d. h. auch für zugelassene Ausnahmen gelten die Obergrenzen des § 17.

Die sich grundsätzlich aus § 17 Abs. 1 ergebenen Obergrenzen können gemäß Abs. 2 überschritten werden, nämlich wenn besonders städtebauliche Gründe dies erfordern oder durch Umstände ausgeglichen werden, die sicherstellen, daß die allgemeinen Anforderungen an gesunde Wohn- und Arbeitsverhältnisse nicht beeinträchtigt, nachteilige Auswirkungen auf die Umwelt vermieden und die Bedürfnisse des Verkehrs befriedigt werden und wenn sonstige öffentliche Belange nicht entgegenstehen.

Die Ausnahmeregelung gilt jedoch nicht für Wochenendhausgebiete und Ferienhausgebiete.

Eine etwas weniger enge Regelung gilt dagegen für die Überplanung von Gebieten, die am 1. August 1962 bereits überwiegend bebaut waren. Hier können die Obergrenzen des Absatzes 1 überschritten werden, wenn städtebauliche Gründe dies erfordern; dafür müssen also nicht „besondere" städtebauliche Gründe vorliegen. Im übrigen gelten die Einschränkungen, die für die Überschreitung der Obergrenzen bei der Neuplanung gelten.

Die mehrfache Erwähnung der *Höhe baulicher Anlagen* (§ 18) als Inhalt einer Festsetzung macht eine Konkretisierung notwendig. So sind bei der Festsetzung der Höhe baulicher Anlagen auch die erforderlichen Bezugspunkte zu bestimmen. Soweit die Höhe baulicher Anlagen als zwingend festgesetzt ist, können allerdings geringfügige Abweichungen zugelassen werden.

Paragraph 19 BauNVO bestimmt, was unter *Grundflächenzahl* und zulässiger Grundfläche zu verstehen ist.

Die *Grundflächenzahl* gibt an, wieviel Quadratmeter im Sinne des Baurechts bebaubare Grundstücksfläche baulich genutzt werden kann; *zulässige Grundfläche* ist dann der errechnete Anteil des Baugrundstücks, der von baulichen Anlagen überdeckt werden darf, z. B. 0,4 = 40 %.

Die Grundflächenzahl (GRZ) errechnet sich also nach der Formel

$$\text{GRZ} = \frac{\text{Grundflächenzahl in m}^2}{\text{Baugrundstücksfläche in m}^2}$$

Geändert worden ist jetzt Abs. 4, der die Nichtanrechnung bestimmter Nebenanlagen auf die Grundfläche bestimmt. Zu den Nebenanlagen in diesem Sinne gehören: Garagen und Stellplätze mit ihren Zufahrten, untergeordnete Nebenanlagen und Einrichtungen, die dem Nutzungszweck der in dem Baugebiete gelegenen Grundstücke oder des Baugebietes selbst dienen und die seiner Eigenart nicht widersprechen sowie bauliche Anlagen unterhalb der Geländeoberfläche, durch die das Baugrundstück lediglich unterbaut wird. Bei diesen Nebenanlagen handelt es um solche, die nicht der Hauptanlage zuzurechnen sind und für die § 29 BauGB gilt.

Grundsätzlich rechnen sie bei der Ermittlung der Grundfläche künftig mit. Jedoch darf die zulässige Grundfläche durch die Nebenanlage bis zu 50 Prozent überschritten werden, höchstens jedoch bis zu einer Grundflächenzahl von 0,8. Beispiel: Im Bebauungsplan wird für ein Wohngebiet eine Grundflächenzahl von 0,4 festgesetzt. Durch die Nebenanlage kann also eine weitere Grundflächenzahl von 0,2 hinzukommen.

Ein Bebauungsplan kann aber auch andere Regelungen nach oben und unten treffen, z. B. zur Berücksichtigung bestimmter Bauausführung, flächensparender Bauweisen, unterschiedlicher Nutzungen und Ansprüche an Baugrundstücke, gesonderte Festsetzungen wie für Garagen.

Paragraph 20 definiert die für das Baurecht wichtigen Begriffe *Vollgeschoß, Geschoßflächenzahl*[17] und *Geschoßfläche*. Dabei gilt - wie bisher - für die Geschoßfläche, daß sie nach den Außenmaßen der Gebäude in allen Vollgeschossen zu ermitteln ist. Neu ist, daß die Flächen von Aufenthaltsräumen ind Geschossen, die nicht Vollgeschosse sind, nicht mitzurechnen sind. Wenn im Bebauungsplan keine andere Regelung getroffen wird, können also in vorhandenen Gebäuden Dachgeschosse und Souterrain-Räume zu Wohnungen umgebaut werden, auch wenn dadurch die festgesetzte Geschoßflächenzahl überschritten wird. Schließlich legt Abs. 4 noch fest, daß bei der Ermittlung der Geschoßfläche die aufgeführten Nebenanlagen, Balkone, Loggien sowie bauliche Anlagen, die in den Abstandsflächen zulässig sind, unberücksichtigt bleiben.

Bauweise und überbaubare Grundstücksflächen

Im Bebauungsplan kann eine offene oder geschlossene Bauweise festgesetzt werden. In der offenen Bauweise werden die Gebäude mit seitlichem Grenzabstand als Einzelhäuser, Doppelhäuser oder Hausgruppen errichtet; dabei darf die Länge aber jeweils höchstens 50 m betragen, was nur durch Bebauungsplan anders geregelt werden kann.

Die in § 23 BauNVO geregelte überbaubare Grundstücksfläche ist nur den anderen Regelungen ohne inhaltliche Änderungen angepaßt worden.

Für Bebauungspläne, die vor dem Inkrafttreten der neugefaßten BauNVO bereits öffentlich ausgelegt worden waren, ist die BauNVO in ihrer früheren Fassung anzuwenden. Jedoch kann die Gemeinde die Bauleitplanung neu beginnen, wenn sie zur Anwendung der neugefaßten BauNVO kommen will.

Außerdem kann die neue Regelung über die Nichtanrechnung von Aufenthaltsräumen außerhalb von Vollgeschossen im Wege des Ermessens auch auf ältere

---

17 GFZ = Angabe, wieviel Quadratmeter Geschoßfläche je m^2 Grundstück zulässig.

Bebauungspläne angewendet werden, um den Ausbau von Dachgeschoß- und Souterrain-Räumen auch im Bereich älterer Bebauungspläne zu ermöglichen.

Schließlich sieht die Übergangsregelung vor, daß die in der neugefaßten BauNVO enthaltenen Vorschriften über Vergnügungsstätten auch auf ältere Bebauungspläne unter Bestandschutz für vorhandene genehmigte Vergnügungsstätten Anwendung finden.

5.3 Wertermittlungsverordnung 1988 - WertV 1988

5.3.1 Grundlagen

Die Methoden zur Wertermittlung von Immobilien finden sich in der Wertermittlungsverordnung von 1988 (Wertermittlungsverordnung - WertV 1988) vom 6. 12. 1988 (BGBl. I S. 2209), mit der die bisherige, im Jahre 1972 zuletzt novellierte Wertermittlungsverordnung abgelöst wurde. Sie enthält Grundsätze für die Verkehrswertermittlung von unbebauten und bebauten Grundstücken, die sich als allgemein anerkannte Wertermittlungslehre im Rechts- und Wirtschaftsleben bewährt haben.

Wichtigstes Anliegen der Neufassung war die Verbesserung der Grundlagen der Wertermittlung; dazu sind erstmals Regelungen für die Ableitung der für die Wertermittlung erforderlichen Daten getroffen und Begriffsbestimmungen vorgenommen worden. Die bewährten Verfahren der Wertermittlung (Vergleichs-, Ertrags- und Sachwertverfahren) sind beibehalten und insbesondere im Bereich der Vergleichswertverfahren fortentwickelt worden. Vorbereitet wird die Anpassung der Wertermittlungsrichtlinien (WertR 1976).

Die WertV 1988 beruht auf der Ermächtigung des § 199 Abs. 1 Baugesetzbuch[18] (BauGB) und ist spätestens am 1. Januar 1990 in Kraft getreten.

Der Verkehrswert einer Immobilie wird in § 194 Baugesetzbuch definiert als

> der Preis, der zum Zeitpunkt der Wertermittlung im gewöhnlichen Geschäftsverkehr nach den rechtlichen Gegebenheiten und tatsächlichen Eigenschaften, der sonstigen Beschaffenheit und der Lage des Grundstücks ohne Rücksicht auf ungewöhnliche oder persönliche Verhältnisse zu erzielen wäre.

5.3.2 Inhaltliche Regelung

Die WertV 1988 ist in fünf Teile gegliedert. Eingefügt gegenüber der Verordnung über die Grundsätze für die Ermittlung des Verkehrswertes von Grundstücken - Wert-

18 in der Fassung der Bekanntmachung vom 8. 12. 1986 (BGBl. I S. 2253)

ermittlungsverordnung WertV - wurde ein neuer 2. Teil mit Bestimmungen über die Ableitung erforderlicher Daten.

Anwendungsbereich, allgemeine Verfahrensgrundsätze und Begriffsbestimmungen

Der Anwendungsbereich erfaßt nicht nur Grundstück und Gebäude, daneben Außenanlagen und sonstige Anlagen, sondern vor allem Rechte, die mit dem Eigentum an einem Grundstück verbunden sind, als Bestandteile des Grundstücks. Sämtliche in Satz 1 des § 2 WertV 1988 genannten Objekte können auch für sich allein Gegenstand der Wertermittlung sein, wofür es maßgeblich auf den Inhalt des Wertermittlungsantrages ankommt.

In § 3 Abs. 1 WertV 1988 ist deutlich herausgestellt, daß zwischen dem in der Wertermittlung zugrunde liegenden Zustand des Grundstückes und den maßgeblichen allgemeinen Wertverhältnissen auf dem Grundstücksmarkt zu unterscheiden ist. Dabei ist zwar in der Regel vom gleichen Zeitpunkt auszugehen, nämlich dem Wertermitlungsstichtag. Letzterer kann jedoch für den Zustand eines Gebäude auch in der Vergangenheit liegen.

In den Absätzen 2 und 3 des § 3 WertV 1988 finden sich detaillierte Definitionen über den Begriff des Zustandes eines Grundstücks und die Bestimmung der allgemeinen Wertverhältnisse auf dem Grundstücksmarkt.

Die Vorschrift des § 4 WertV 1988 nimmt die verschiedenen Stufenfolgen der üblichen Entwicklung des Bodens von der land- und forstwirtschaftlichen Fläche zum baureifen Land auf. Von wesentlicher Bedeutung für die bauliche Nutzbarkeit sind die Definitionen für

- Bauerwartungsland, das sind Flächen, die nach ihrer Eigenschaft, ihrer sonstigen Beschaffenheit und ihrer Lage eine bauliche Nutzung in absehhbarer Zeit tatsächlich erwarten lassen,
- Rohbauland, das sind Flächen, die nach den §§ 30, 33 und 34 des Baugesetzbuches für eine bauliche Nutzung bestimmt sind, deren Erschließung aber noch nicht gesichert ist,
- baureifes Land, das sind Flächen, die bereits erschlossen sind, so daß für ein Bauvorhaben ein Anspruch auf Erteilung der Baugenehmigung besteht.

Weitere Zustandsmerkmale, d. h. Art und Maß der baulichen Nutzung, ergeben sich in der Regel aus den für die städtebauliche Zulässigkeit von Vorhaben maßgeblichen §§ 30, 33 und 34 des Baugesetzbuches, vgl. Regelung in § 5 WertV 1988.

Nach § 6 WertV 1988 sind ungewöhnliche oder persönliche Verhältnisse bei der Wertermittlung und zur Ableitung erforderlicher Daten für die Wertermittlung nicht zu berücksichtigen, falls sie die Kaufpreise beeinflussen.

Die Gliederung in § 7 WertV 1988 gibt Hinweis und Schlüssel für das im 3. Teil geregelte Wertermittlungsverfahren, nämlich die Unterteilung in Vergleichswertverfahren, Ertragswertverfahren und Sachwertverfahren. Von Bedeutung ist dabei die Festlegung, daß der Verkehrswert aus dem Ergebnis des herangezogenen Verfahrens unter Berücksichtigung der Lage auf dem Grundstücksmarkt zu bemessen ist, vgl. auch § 3 Abs. 3 WertV 1988.

Ableitung erforderlicher Daten

Im Rahmen einer marktorientierten Verkehrswertermittlung sind die sich aus der ausgewerteten Kaufpreissammlung ergebenden Erkenntnisse zu berücksichtigen: Auch dort, wo bislang noch keine Bodenpreisindexreihen, Liegenschaftszinssätze, Umrechnungskoeffizienten und dergleichen abgeleitet sind, wird bei der Wertermittlung nach ähnlichen Grundsätzen verfahren. Die Ableitung der erforderlichen Daten bedeutet für die Wertermittlung letztlich eine wesentliche verfahrenstechnische Vereinfachung, und ihre Veröffentlichung trägt zu einer vergleichbaren Wertermittlung der Gutachterausschüsse und der freien Sachverständigen ein.

§ 8 WertV 1988 verweist - keinesfalls abschließend - hinsichtlich der abzuleitenden Daten auf Indexreihen in § 9, Umrechnungskoeffizienten in § 10, Liegenschaftszinssätze in § 11 und Vergleichsfaktoren für bebaute Grundstücke in § 12, sämtlich WertV 1988.

Der Liegenschaftszinssatz in § 11 ist von wesentlicher Bedeutung für die Verkehrswertermittlung nach dem Ertragswertverfahren. Abs. 2 des § 11 bestimmt hierzu, daß der Liegenschaftszins auf der Grundlage von Kaufpreisen und Reinerträgen gleichartig genutzter Grundstücke ermittelt werden soll, wobei die Restnutzungsdauer der auf den Grundstücken befindlichen Gebäude zu berücksichtigen ist. Der Liegenschaftszins ergibt sich nach der Zinsformel, nämlich Reinertrag geteilt durch Kaufpreis, multipliziert mit 100. In § 16 Abs. 2 WertV 1988 wird der Verzinsung des Bodenwertes der für die Kapitalisierung maßgebende Liegenschaftszinssatz zugrunde gelegt, vgl. auch Ausführungen zum Ertragswertverfahren Seite 61.

Wertermittlungsverfahren

In den §§ 13—25 WertV 1988 sind die drei Arten der Wertermittlung im einzelnen geregelt, vgl. hierzu erläuternde Ausführung Seiten 58—68.

Die Anlage zur WertV 1988 bezieht sich auf § 16 Abs. 3 der WertV 88 und enthält die sogenannte Vervielfältigertabelle, aus der sich der anzuwendende Multiplikator aus der Restnutzungsdauer und dem zugrunde zu legenden Zinssatz ergibt.

6. Aufsichtsbestimmungen für Grundstücksanlagen bei Versicherungsunternehmen

Wer gut verdient, strengt sich nicht an.
Wer sich anstrengt, verdient nicht gut.
Chinesisches Sprichwort

6.1 Zuführung zum gebundenen Vermögen

Bei Versicherungsunternehmen ist das Immobilien-Management besonderen Vorschriften für Vermögensanlagen, die in §§ 54 f. Versicherungsaufsichtsgesetz (VAG) festgelegt sind, unterworfen. Davon ist nicht so sehr der Erwerb, das heißt die Eigentumsübertragung, sondern vielmehr die *Zuführung* in das gebundene Vermögen (Deckungsstock- und übriges gebundenes Vermögen) betroffen.

Zweck der gesamten Vermögensanlagetätigkeit von Versicherungsunternehmen ist, durch Art, Umfang und Qualität der Deckungsmittel die Erfüllbarkeit der Versicherungsverträge nachhaltig sicherzustellen. Nach § 54 Abs. 1 VAG ist das gesamte Vermögen unter Berücksichtigung der Art der betrieblichen Versicherungsgeschäfte sowie der Unternehmensstruktur so anzulegen, daß möglichst große Sicherheit und Rentabilität bei jederzeitiger Liquidität der Versicherungsunternehmen unter Wahrung angemessener Mischung und Streuung erreicht wird (siehe Verlautbarung des Bundesaufsichtsamtes für das Versicherungswesen in VerBAV 12/87, S. 528).

Die maßgeblichen Bestimmungen des VAG – § 54 a Abs. 2 Ziff 10 – behandeln nur die *Zuführung* zum gebundenen Vermögen; der Erwerb, also die Übertragung des Eigentums, ist frei zulässig und bedarf keiner aufsichtsbehördlichen Genehmigung, er ist jedoch anzeigepflichtig (§ 54 Abs. 2 VAG).

Aufgrund der Novellierung des VAG durch Gesetz vom 17. Dezember 1990 (Bundesgesetzblatt I, 1990, S. 2864) hat das Versicherungsunternehmen gem. § 54 a Abs. 2 Nr. 10 VAG für die Zuführung von Immobilien in den Deckungsstock die Angemessenheit des Kaufpreises der Immobilie auf der Grundlage des Gutachtens eines vereidigten Sachverständigen oder in vergleichbarer Weise zu prüfen. Um den Versicherungsunternehmen die Zuordnung von Kapitalanlagen zum gebundenen Vermögen zu erleichtern, hat die Aufsichtsbehörde in Abänderung ihrer bisherigen Praxis im Jahre 1987 (vgl. VerBAV 12/87 S. 528, rechte Spalte) darauf verzichtet, die Anlage von Grundstücken und sonstigen zulässigen Vermögenswerten davon abhängig zu machen, daß jede einzelne Anlage eine bestimmte Mindestrendite erbringt. Frühere Verlautbarungen des Bundesaufsichtsamtes, in denen eine Mindestrendite verlangt wurde, sind seither gegenstandslos.

6.2 Funktionsausgliederungen

Aus Gründen der Rationalisierung und Kosteneinsparung werden bei Versicherungsunternehmen häufig bestimmte Betriebsteile ausgegliedert und auf verbundene Unternehmen übertragen. In Betracht kommen neben dem Vertrieb, der Bestandsverwaltung, der Leistungsabteilung auch die *Vermögensanlage* oder die *Vermögensverwaltung* eines Versicherungsunternehmens, § 5 Abs. 3 Ziff. 4 Versicherungsaufsichtsgesetz (VAG). Gesetzlich geregelt (§ 53d VAG) ist dabei die Entgeltbemessung für Funktionsausgliederungen: Als Entgelt ist der Betrag zu vereinbaren, den ein ordentlicher und gewissenhafter Geschäftsleiter auch mit einem nicht verbundenen Unternehmen vereinbaren würde. Damit sollen vorbeugend Gewinnverlagerungen mittels überhöhter Entgelte aufgrund betriebsfremder Erwägungen auf Nicht-Versicherungsunternehmen verhindert werden, um die wahre Ertragslage des übertragenden Unternehmens nicht zu verfälschen.

Die Entgeltvereinbarung (Grundsatz des Fremdverhaltens) hat sich in erster Linie an den Markt- beziehungsweise Drittveräußerungpreisen zu orientieren. Gibt es solche nicht, so gilt als anderer Anknüpfungspunkt die sogenannte Kostenaufschlagsmethode. Diese legt die Selbstkosten zuzüglich eines Gewinnaufschlags in Höhe der der jeweiligen Dienstleistungsbranche eigenen Gewinnspanne zugrunde.

Funktionsausgliederungen sind als Bestandteil des Geschäftsplanes eines Versicherungsunternehmens darzustellen (§ 5 Abs. 3 Ziff 4. VAG). Das Bundesaufsichtsamt für Versicherungswesen hat über § 83 Abs. 2 und 3 VAG Prüfungs- und Auskunftsrechte gegenüber denjenigen Unternehmen, die für Versicherungsunternehmen Tätigkeiten wahrnehmen, welche Gegenstand eines Vertrages über Funktionsausgliederungen sind oder Leistungen aufgrund von Verträgen nach § 53d VAG erbringen.

6.3 Umsatzsteuerfragen bei Immobilienveräußerungen

Maß ziemt überall.
Sophokles

6.3.1 Allgemeine Leitsätze

Gemäß § 9 Umsatzsteuergesetz (UStG) kann auf die Steuerbefreiung für Umsätze aus Vermietung und Verpachtung nach § 4 Nr. 12 UStG verzichtet werden. Das ist die Option zur Mehrwertsteuer.

Der Unternehmer kann also einen steuerfreien Umsatz als steuerpflichtig behandeln, wenn dieser an einen anderen Unternehmer für dessen Unternehmen ausgeführt wird. Dies gilt seit 1. Januar 1985 bei der Vermietung eines Grundstücks allerdings nur noch, soweit der Unternehmer nachweist, daß das Grundstück nicht Wohnzwecken dient oder zu dienen bestimmt ist.

Der Verzicht auf die Steuerbefreiung hat zur Folge, daß die Mieteinnahmen der Umsatzsteuer zu unterwerfen sind. Andererseits hat diese Steuerbelastung gemäß § 15 UStG den Vorteil, daß die in Rechnungen gesondert ausgewiesene Mehrwertsteuer auf Lieferungen oder sonstige Leistungen, die von anderen Unternehmern ausgeführt worden sind, als Vorsteuer abgezogen werden kann.

Es ist dabei zwingend zu beachten, daß die Verhältnisse, die im Kalenderjahr der erstmaligen Verwendung für den Vorsteuerabzug maßgebend waren, bei Grundstücken innerhalb von zehn Jahren nicht verändert werden dürfen, andernfalls ist der Vorsteuerabzug für jedes Kalenderjahr der Änderung zu berichtigen (vgl. § 15a UStG).

Eine derart benachteiligte Änderung würde zum Beispiel dann vorliegen, wenn zunächst fremdvermietete Flächen innerhalb der Zehnjahresfrist eigengenutzt werden. Die Eigennutzung stellt keinen steuerpflichtigen Umsatz für ein anderes Unternehmen zu dessen Unternehmenszwecken dar.

Zusammenfassend kann festgehalten werden, daß die Option zur Umsatzsteuer auf Vermietungserträge zum Abzug der Vorsteuern aus Bauhandwerkerrechnungen berechtigt. Die Optionsmöglichkeit beschränkt sich auf Umsätze aus gewerblicher Vermietung (nicht Wohnungen) und steht unter einer zehnjährigen Veränderungssperre hinsichtlich der ursprünglichen Verhältnisse.

6.3.2 Wirtschaftliche Vorteile und Folgen

In der Regel macht die Vorsteuer - bezogen auf die Gesamtherstellungskosten inklusive Grundstück - einen Betrag von circa 9 Prozent aus. Bezogen auf die Baukosten - ohne Grundstück - ergibt sich ein Betrag von 11 bis 11,5 Prozent.

Verzicht auf Steuerbefreiung ist immer dann vorteilhaft, wenn sich hieraus ein nicht unerheblicher Vorsteuerbetrag aus den Herstellungskosten für ein Gebäude ergeben würde oder wenn bei einem bestehenden Gebäude sehr hohe Erhaltungsaufwendungen anfallen.

Um zu einer möglichst hohen Vorsteuererstattung zu gelangen, ist es sinnvoll zu analysieren, welche Bereiche tatsächlich als Wohnraum gelten und wo eine Zuordnung als Gewerbefläche noch vertretbar erscheint.

In der Kalklulation ist zu beachten, daß bei einer Mehrwertsteueroption die Vorsteuern nicht mehr zu den Herstellungskosten zählen, diese Beträge also auch langfristig nicht abgeschrieben werden können. Der AfA-Bezug setzt sich somit aus den Gesamtbaukosten abzüglich erstatteter Vorsteuer zusammen. Wenn die AfA nur 2 Prozent beträgt und eine Wiederanlage des Geldes zu einem höheren Prozentsatz möglich ist, ist die Mehrwertsteueroption insoweit auf jeden Fall wirtschaftlicher.

Zusammenfassend sind die Vorteile der Mehrwertsteueroption

- Erhöhung der Liquidität,
- Verringerung des Investitionsaufkommens sowie
- Vorsteuerabzug für Instandhaltungs- und Reparaturkosten des Gebäudes.

6.3.3 Modelle

Im folgenden sollen die wirtschaftlichen Aspekte und Auswirkungen einer „Option zur Mehrwertsteuer" dargelegt werden. Als Beispiel werden das Neubauvorhaben einer Stadtsparkasse und die anstehenden Vermietungen gewählt. Von besonderem Interesse ist die Optimierung der Vorsteuerabzugsmöglichkeiten.

Die Auswirkungen, Effizienz und Risiken möglicher gesellschaftsrechtlicher beziehungsweise steuerrechtlicher Konstruktionen sollen an folgenden Modellen aufgezeigt werden:

Das *Modell 1* – grafisch dargestellt in Abbildung 5 (S. 144) – geht von der derzeitigen Organisationsform der Stadtsparkasse aus:

Bauherr: Stadtsparkasse

Fremdvermietung: der Bauteile A und C Wohnungen
A und C Gewerbe
Parken anteilig

Eigennutzung: Bauteil B, Parken anteilig.

Da die Option zur Mehrwertsteuer auch für einzelne Mietverhältnisse ausgesprochen werden kann (Teiloption § 15 Abs. 4 UStG), ist auch der Vorsteuerabzug in dem Umfang möglich, in welchem von der Stadtsparkasse für die Mietverhältnisse zur Umsatzsteuer optiert wird.

Vom Vorsteuerabzug ausgeschlossen ist die Steuer für Lieferungen und Leistungen, die der Unternehmer zur Ausführung steuerfreier Umsätze verwendet. Die Selbstnutzung des Gebäudes durch den Bauherrn und Eigentümer stellt keinen Umsatz dar; ein Vorsteuerabzug kommt insoweit nicht in Betracht, als die Stadtsparkasse die Räume zur Bewirkung steuerfreier Umsätze verwendet.

BERECHNUNGEN FÜR MODELL 1

Bauteil A

Wohnen	1.139,10 m² ×	3.500,00 DM/m²	=	3.986.850,00 DM
Gewerbe	960,85 m² ×	5.114,38 DM/m²	=	4.914,152,03 DM
Gesamtkosten				8.901.002,03 DM

Bauteil C

Wohnen	2.047,15 m² ×	3.500,00 DM/m²	=	7.165.025,00 DM
Gewerbe	1.577,68 m² ×	4.128,83 DM/m²	=	6.513.972,52 DM
Gesamtkosten				13.678.997,52 DM

Bauteil B

Gewerbe	14.715,13 m² ×	3.437,69 DM/m²	=	50.586.055,25 DM
Gesamtkosten				50.586.055,25 DM

Garagen

Gesamtkosten	10.315.000,00 DM

Steuerersparnis durch Option

Bauteil A	4.914.150,00 DM ×	11,5 %	=	565.127,25 DM
Bauteil C	6.513.975,00 DM ×	11,5 %	=	749.107,12 DM
Garage	10.315.000,00 DM ×	11,5 %	=	1.186.225,00 DM
Gesamt				2.500.459,37 DM

Mieteinnahme der einzelnen Bauteile

Bauteil A

EG + 1. OG	889,08 m² × 20,00 DM/m² × 12 Monate =	213.379,20 DM
1. UG	72,00 m² × 6,00 DM/m² × 12 Monate =	5.184,00 DM
		218.563,20 DM

Bauteil C

EG + 1. OG	1.577,68 m² × 20,00 DM/m² × 12 Monate =	378.643,20 DM

Garage (öffentliche Garage)

409 Plätze × 120,00 DM/m² × 12 Monate	=	588.960,00 DM
Gesamtmieteinnahme/Jahr		1.186.166,40 DM

Berechnung der Mehrwertsteuer auf 10 Jahre

1.186.166,40 DM × 12,28 % = 145.661,24 DM/Jahr	
145.661,24 DM × 10 Jahre	1.456.612,40 DM

Gegenüberstellung der verbleibenden Kostenersparnis

(Ohne Berechnung der Wiederanlagemöglichkeiten der Steuerersparnis, der Abschreibungsmöglichkeiten AfA sowie der verminderten Einnahmen.)

Steuerersparnis	2.500.459,37 DM
./. Mehrwertsteuer auf 10 Jahre	1.456.612,40 DM
	1.043.846,97 DM

Unter Berücksichtigung eines Zehnjahreszeitraums ergibt sich aus der Gegenüberstellung von Steuerersparnis durch Option mit der anfallenden Mehrwertsteuer eine Kosteneinsparung von 1.043.846,97 DM.

Hierbei wurden nicht berücksichtigt die finanziellen Vorteile aus der Wiederanlagemöglichkeit der Steuerersparnis sowie der verbesserten Abschreibungsmöglichkeiten für Wirtschaftsgebäude jüngster Steuergesetzgebung.

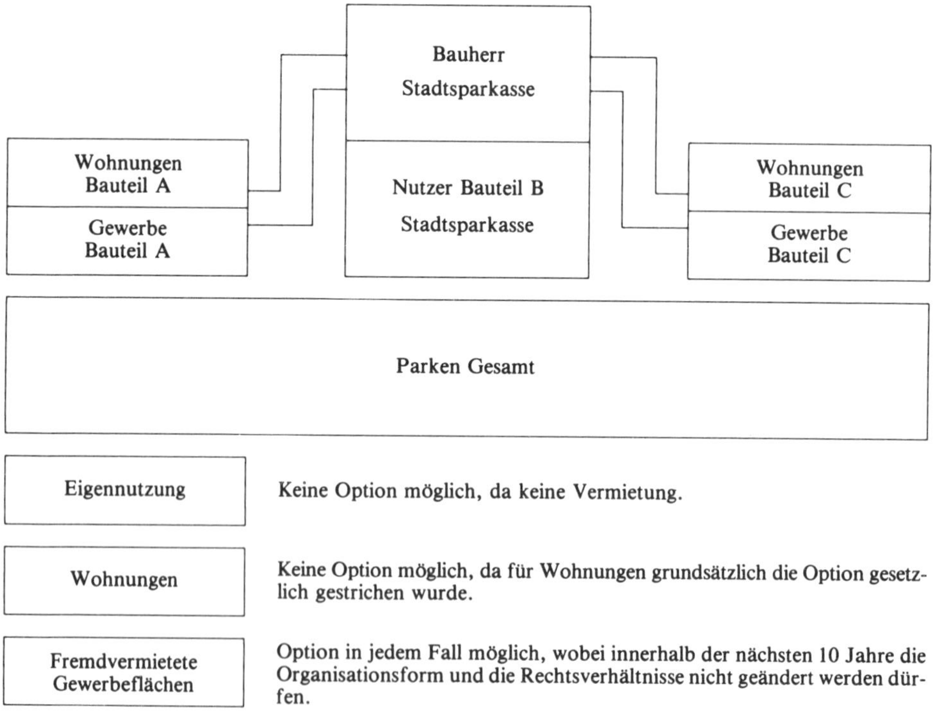

Abb. 5: Derzeitige Organisationsform bei einer Erstellung und Vermietung durch die Stadtsparkasse

Um den Vorsteuerabzug möglichst auf die gesamten Baukosten zu erstrecken, sind *anderweitige Organisationsformen* in Betracht zu ziehen:

Das *Modell 2* – grafisch dargestellt in Abbildung 6 – ist eine Variation von Modell 1. Es geht ebenfalls von der Bauherrschaft der Stadtsparkasse aus und setzt die Gründung einer sparkasseneigenen Gesellschaft - zum Beispiel die Gesellschaft für Vermögen und Verwaltung (GVV) - voraus.

Bauherr: Stadtsparkasse

Fremdvermietung: durch die Stadtsparkasse: alle Bauteile einschließlich der Parkflächen insgesamt an GVV

Weitervermietung: durch GVV aller Bauteile, unter anderem an die Stadt

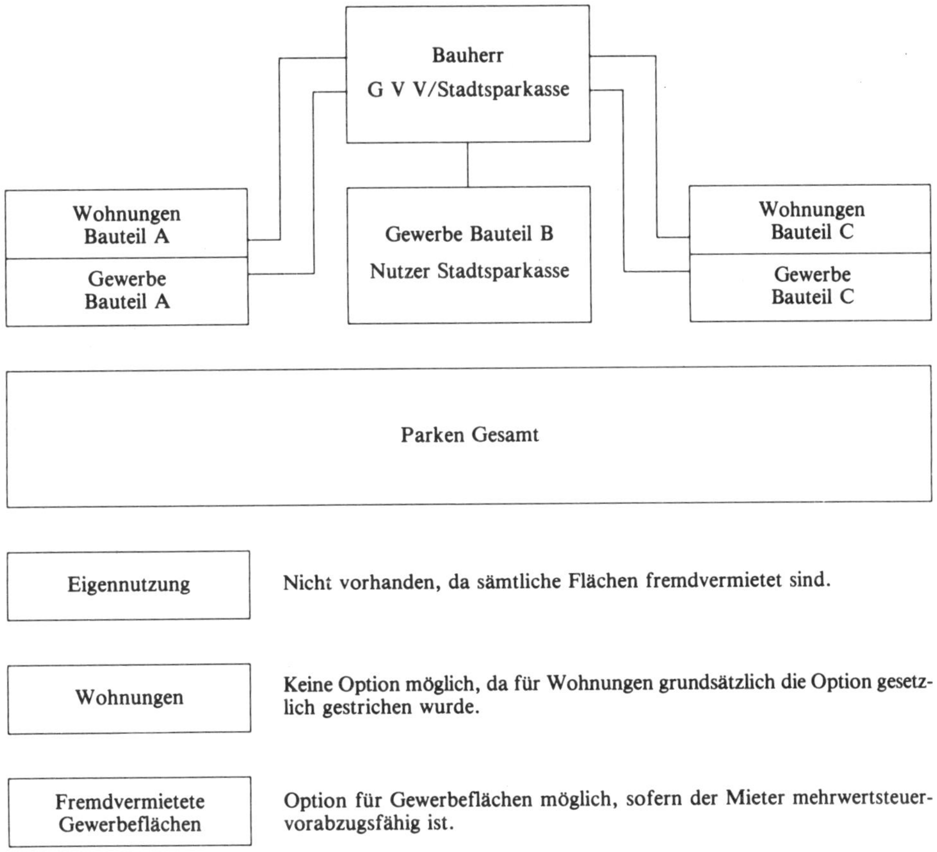

Abb. 6: Organisationsform bei einer Erstellung und Vermietung durch eine zu gründende Grundstücks- und Vermögensgesellschaft der Stadtsparkasse

Durch Option zur Umsatzsteuer für die gewerblichen Bauteile A, B, C und Parken kann in bezug auf die hierfür abgeschlossenen Mietverhältnisse ein Vorsteuerabzug erreicht werden, dessen Höhe 8.432.849,25 DM beträgt (siehe Berechnung unten diese Seite).

Im Ergebnis würde sich die Steuerersparnis von zehn Jahren auf 2.639.431,80 DM summieren (siehe S. 147).

BERECHNUNGEN FÜR MODELL 2

Bauteil A

Wohnen	1.139,10 m² ×	3.500,00 DM/m²	=	3.986.850,00 DM
Gewerbe	960,85 m² ×	5.114,38 DM/m²	=	4.914,152,03 DM
Gesamtkosten				8.901.002,03 DM

Bauteil C

Wohnen	2.047,15 m² ×	3.500,00 DM/m²	=	7.165.025,00 DM
Gewerbe	1.577,68 m² ×	4.128,83 DM/m²	=	6.513.972,52 DM
Gesamtkosten				13.678.997,52 DM

Bauteil B

Gewerbe	14.715,13 m² ×	3.437,69 DM/m²	=	50.586.055,25 DM
Gesamtkosten				50.586.055,25 DM

Garagen

Gesamtkosten	10.315.000,00 DM

Steuerersparnis durch Option

Bauteil A	4.914.150,00 DM ×	11,5 %	=	565.127,25 DM
Bauteil B	50.586.000,00 DM ×	11,5 %	=	5.817.390,00 DM
Bauteil C	6.513.975,00 DM ×	11,5 %	=	749.107,00 DM
Garage	10.315.000,00 DM ×	11,5 %	=	1.186.225,00 DM
Gesamt				8.432.849,25 DM

Mieteinnahme der einzelnen Bauteile

Bauteil A

EG + 1. OG	889,08 m² × 20,00 DM/m² × 12 Monate =	213.379,20 DM
1. UG	72,00 m² × 6,00 DM/m² × 12 Monate =	5.184,00 DM
		218.563,20 DM

Bauteil B

	14.715,00 m² × 20,00 DM/m² × 12 Monate =	3.531.600,00 DM

Bauteil C

EG + 1. OG	1.577,68 m² × 20,00 DM/m² × 12 Monate =	378.643,20 DM

Garage (öffentliche Garage)

409 Plätze × 120,00 DM/m² × 12 Monate	=	588.960,00 DM
Gesamtmieteinnahme/Jahr		4.717.766,40 DM

Berechnung der Mehrwertsteuer auf 10 Jahre

4.717.766,40 DM × 12,28 % = 579.341,72 DM/Jahr	
579.341,72 DM × 10 Jahre	5.793.417,20 DM

Gegenüberstellung der verbleibenden Kostenersparnis

(Ohne Berechnung der Wiederanlagemöglichkeiten der Steuerersparnis, der Abschreibungsmöglichkeiten AfA sowie der verminderten Einnahmen, da die Vorsteuer nicht zu den Einnahmen zählt. Des weiteren sind Leerstände nicht berechnet.)

Steuerersparnis	8.432.849,00 DM
./. Mehrwertsteuer auf 10 Jahre	5.793.417,20 DM
	2.639.431,80 DM

Diese Überlegungen führen zu dem steuerrechtlichen Problem der *Zwischenvermietung*. In einer Serie von Urteilen hat der Bundesfinanzhof seit 1983 im wesentlichen die Kriterien zu der Fragestellung herausgearbeitet, ob die Einschaltung eines Zwischenmieters mißbräuchlich im Sinne von § 42 Abgabenordnung (vor dem 1. 1. 1977: § 6 Steueranpassungsgesetz) ist, das heißt ob aufgrund unangemessener Gestaltung des Zwischenverhältnisses die Berechtigung zum Vorsteuerabzug entfällt. Aufgrund dieser Rechtsprechung bedarf die vorgenannte Konstruktion einer Gesellschaftsgründung - mit Globalvermietung an diese und Weitervermietung durch diese - noch steuerrechtlicher Prüfung mit dem Ziel der Feststellung, daß kein Gestaltungsmißbrauch vorliegt. Im Kernpunkt müßte - gegebenenfalls unter Abstimmung mit den Finanzbehörden - festgestellt werden, daß dem Prinzip der wirtschaftlichen Zuordnung der Leistungsbezüge zugunsten der GVV genüge getan ist. Zur Frage von organschaftlichen Regelungen sei im übrigen noch auf das Urteil des Finanzgerichts Münster vom 29. 9. 1983 hingewiesen, welches ausführt, zwar gelte im Umsatzsteuerrecht und im Gewerbesteuerrecht die Organgesellschaft als *unselbständiger* Teil des Organträgers, doch handele es sich hierbei um Spezialregelungen, die nicht allgemein im Steuerrecht anzuwenden seien (rechtskräftig infolge Verwerfung der Revision, jedoch ohne Aussage zur Sachfrage).

Ein Pachtvertrag zwischen Eigentümer/Bauherr und selbständiger Betreibergesellschaft kann steuerlich nur anerkannt werden, wenn er ernsthaft vereinbart ist (kein Scheinvertrag) und auch tatsächlich wie vereinbart durchgeführt wird. Ein Pachtvertrag kann insbesondere dann steuerlich nicht anerkannt werden, wenn die das Objekt nutzenden Endmieter nicht in Rechtsbeziehungen zu der Betreibergesellschaft, sondern unmittelbar zum Eigentümer treten. Tritt die Betreibergesellschaft gegenüber den Endmietern nicht als Vermieter sondern lediglich als Vermittler, Treuhänder oder Verwalter auf, so spricht dies regelmäßig gegen ein Pachtverhältnis. Beispielsweise wäre die ernsthaft vereinbarte und tatsächlich durchgeführte Verpachtung von Stadthallen, Bürgerhäusern usw. an städtische Betreibergesellschaften rechtsmißbräuchlich im Sinne des § 42 Abgabeordnung, wenn

- die Einschaltung einer Betreibergesellschaft eine unangemessene und ungewöhnliche Gestaltung ist,
- für die Einschaltung wirtschaftliche oder sonst beachtliche Gründe fehlen und
- die Einschaltung nur mit der Absicht der Steuerersparnis zu erklären ist.

Das *Modell 2* bietet somit optimierte Vorteile aus der Option zur Mehrwertsteuer, bedingt jedoch die vertiefte Prüfung auf die Vereinbarkeit mit der Steuerrechtsprechung bezüglich Zwischenvermietungen.

Mit dem *Modell 3* soll ein vollständiger Austausch der Trägerschaften insoweit erörtert werden, als die Gebäude von der sparkasseneigenen Vermögens- und Verwaltungsgesellschaft errichtet und von der Stadtsparkasse bezüglich Bauteil B zuzüglich anteiligem Parken angemietet werden.

Bauherr:	GVV
Fremdvermietung:	seitens GVV: alle Bauteile, außer Bauteil B und anteiliges Parken an die Stadtsparkasse

Mit der Option zur Umsatzsteuer bezüglich aller Gewerbeflächen wird das auf Seite 146 dargestellte Ergebnis – deckungsgleich mit dem Ergebnis bei Modell 2 – erzielt.

Auch die rechtlichen Konstruktionen des Modells 3 sind unter dem Gesichtspunkt zu prüfen, ob sie dem Vorwurf des Mißbrauchs von Gestaltungsmöglichkeiten des Bürgerlichen Rechts im Sinne von § 42 Abgabenordnung standhalten. Für die Abgrenzung einer zulässigen gegen eine mißbilligte Gestaltung ist maßgeblich, ob die Reglung von verständigen Parteien in Anbetracht des wirtschaftlichen Sachverhalts und der wirtschaftlichen Zielsetzung gewählt wurde oder nicht. In Zweifelsfällen muß deshalb für rechtliche Gestaltungsformen, die vom Normalbild abweichen, dargelegt werden, daß sie auf vernünftigen Erwägungen beruhen.

In seiner Entscheidung vom 29. 11. 1984 hat der Bundesfinanzhof (BFH) - bezugnehmend auf das Urteil vom 15. 12. 1983 - das Prinzip der wirtschaftlichen Zuordnung der Leistungsbezüge und der mit ihrer Hilfe ausgeführten Umsätze hervorgehoben. Dieses Zuordnungsprinzip ist auch dann anzuwenden, wenn der Unternehmer den über den Vorsteuerabzug entscheidenden Umsatz nicht selbst ausführt, sondern durch eine andere Person (Mittelsperson) mit Hilfe der ihr zur Verfügung gestellten Leistungsbezüge ausführen läßt und ihm das wirtschaftliche Ergebnis des auf diese Weise auf die Mittelsperson verlagerten Umsatzes zufließt.

Andererseits können laut BFH durchaus entsprechende gewichtige und plausible wirtschaftliche Gründe gegen den Vorwurf der unangemessenen Gestaltung sprechen, die als wirtschaftliche Motivation für eine Gesellschaftsgründung (GVV) anzuführen wären.

Die Option zur Umsatzsteuer auf Vermietungserträge berechtigt zum Abzug der Vorsteuern aus Bauhandwerkerrechnungen. Bezogen auf die reinen Baukosten ergibt sich ein Betrag von 11 bis 11,5 Prozent.

Mit der dadurch bedingten Verringerung des Investitionsaufkommens erhöht sich die Liquidität; auch nach Herstellung des Gebäudes gilt der Vorteil des Vorsteuerabzugs für Instandhaltungs- und Reparaturkosten der Gebäude.

Die Konstruktion gemäß Modell 1 führt zu einer Kosteneinsparung von 1.043.846,97 DM.

Bei Zugrundelegung der Modelle 2 oder 3 in Verbindung mit der Gründung einer sparkasseneigenen Gesellschaft für Vermögen und Verwaltung ergibt sich laut Berechnung die Möglichkeit zur Steuerersparnis von 2.639.431,80 DM.

6.3.4 Umsatzsteuer beim Immobilienverkauf aus der Sicht von Verkäufer und Käufer

Der *Verkauf* einer Immobilie unterliegt allein der 2prozentigen Grunderwerbsteuer; Mehrwertsteuer fällt für den Verkaufsvorgang grundsätzlich nicht an, ebensowenig wie die Einnahmen des Grundeigentümers aus gewerblicher Vermietung und Verpachtung der Umsatzsteuer unterliegen.

Von diesen steuerlichen Grundsätzen sind aus der Interessenlage des Eigentümers Abweichungen möglich. In seiner Eigenschaft als Bauherr kann er bezüglich der gewerblichen Mieteinnahmen auf die genannte Steuerbefreiung verzichten, das heißt zur Mehrwertsteuer optieren und eine Verrechnung/Erstattung aller Vorsteuern aus Bauhandwerkerrechnungen und sonstigen erhaltenen Lieferungen und Leistungen für das Bauvorhaben beanspruchen.

Dieser Vorteil bleibt dem Bauherrn erhalten, wenn er die Immobilie für die Dauer von zehn Jahren nach der erstmaligen Verwendung für den obigen Steuervorabzug nicht verkauft, anderenfalls ist der Vorsteuerabzug nachträglich wieder zu berichtigen, allerdings nur anteilig für jedes Jahr der Änderung. Auch diese Folge kann durch eine gesonderte Option, das heißt Verzicht auf die Umsatzsteuerbefreiung bezüglich des Grundstücksverkaufs vermieden werden, der dann also neben der Grunderwerbsteuer auch umsatzsteuerpflichtig wird.

Beim *Ankauf* geht eine Option des Eigentümers zur Mehrwertsteuer für die Einnahmen aus Vermietung und Verpachtung nicht per Gesetz auf den Käufer über; dieser kann vielmehr selbst entscheiden, ob er auf die Umsatzsteuerbefreiung im Zusammenhang mit einer fortgesetzten oder neu begründeten gewerblichen Vermietung verzichten will oder nicht. Ein Verzicht durch Option bewirkt auch für den Käufer die Möglichkeit zur Verrechnung der dann auf die Miete anfallenden Umsatzsteuer mit der Mehrwertsteuer für erhaltene Lieferungen und Leistungen (Vorsteuerabzug). Der Befreiungsverzicht kann für jedes einzelne Mietverhältnis erfolgen (Einzeloption), der Vorsteuerabzug ist dann aber auch nur in dem Umfang möglich, in welchem für die Mietverhältnisse zur Umsatzsteuer optiert wird.

Anlagen

Anlage 1: PRÜFLISTE IMMOBILIENERWERB

Baubeschreibung (vgl. Anlagen 2a, 3, 5)

Berechnung des umbauten Raumes

Wohn- und Nutzflächenberechnung

Statische Berechnungen

Fotos

Grundbuchauszüge, letzter Stand

Grundstückswert lt. Gutachterausschuß

Auszug aus dem Baulastenverzeichnis

Katasterunterlagen

- Flurkarte
- Auszug aus dem Liegenschaftsbuch

Mietaufstellung

Mieterstrukturanalyse

Mietverträge

- Mieterhöhungsschreiben
- Nebenkostenabrechnungen

Pläne

- Grundrisse
- Ansichten
- Schnitte
- Lageplan
- Fotos

Sonstige Unterlagen

- Einheitswertbescheid / Steuerbescheide
- Versicherungswerte und -policen
- Brandkassenwerte

Wertgutachten

Boden

Gebäude

Anlage 2 a: CHECKLISTE GRUNDSTÜCKS-/HAUSERWERB

Objekt: ....
(Ort/Straße)

Nutzungsart:

gewerblich genutzt .... / Wohnobjekt .... / Sonstiges...................
öffentlich geförderter Wohnungsbau / frei finanziert ....
vgl. Merkblatt Anlage 2b und Vordruck für eine Anfrage 2c.
Kaufpreisforderung: ....

---

1. Lage des Objektes

Region ....

Stadtteil, Charakter ....
Einwohnerzahl ....

Verkehranbindung ....
Situation ....

Infrastruktur ....

Umgebung/Nachbarschaft ....

Altlasten

Erschließung (Kommunal-Abgabengesetz, Bundesbaugesetz)
Straße ....
Be-/Entwässerung ....
Baurecht (Bebauungsplan; § 34 Bundesbaugesetz), Gewerbeaufsichts-Vorschriften

Örtliche Vermietungssituation ....

gewerblich - Läden ....

- Büro ....
....
....

Baulasten ....

Wohnungen ....

Garagen ....

Reklameflächen ....

2. Allgemeine Fragen zum Objekt

Erbbaurecht - ja/nein ....

Werterhöhende Umstände ....
....
....
....

Anlage 2 a, Fortsetzung - CHECKLISTE GRUNDSTÜCKS-/HAUSERWERB

Wertmindernde Umstände ....
(z. B. erforderliche Reparaturen) ....
....

Nutzflächen ....

Nutzungsbeschränkungen ....
(allgemein/Mieterkreis) ....

Erlaß Grunderwerbsteuer ....

Investitionszulage / ....
Förderungsprogramme ....

Sonderabschreibungs-
möglichkeiten ....

Grundstücksbelastung

Abt. II (Sonstige Belastung) ....
Abt. III (Hypothek/Grundschuld) ....

Hausmeister vorhanden ja/nein ....

hauptberuflich ....
nebenberuflich ....
Hausmeisterwohnung ....
....

3. Ausstattung

Baujahr: ....
.... Aufzug / Aufzüge für .... Personen, Marke ....
.... WC-Anlage / Anlagen ....
.... Teeküche mit ....
Türen und Fenster / Verglasung: ....
....
Eingangshalle ....
Telefon- und Fernschreibanschluß: ....
Deckenbeleuchtung: ....
Einbauschränke: ....
Dekoration: ....
Schallschluckdecken: ....
....

Renovierung:
....
....
....

Sonstiges:

Tankstellen-Service: ....
Telefonzentrale: ....
Gleisanschluß: ....
Laufkatzen: ....
Hausmeister/Pförtner: ....
Lastenaufzug mit ...... kg/m² ....
....
....
....

4. Ertragssituation

Mieterstruktur
(Gastarbeiter/Art der Mieter) ....
....

Dauer der Mietverhätnisse ....

Häufigkeit der
Mieterwechsel
Fluktuation ....

Mietbindung durch
Mieterdarlehen/Firmen-
bzw. Behördendarlehen ....

Bindung an Berufsgruppen ....

freifinanzierter Wohnungsbau ....

öffentlich geförderter
Wohnungsbau ....

örtlicher Mietspiegel ....
....

Mietkonditionen

....	qm Keller/Lager	....	DM/qm	monatlich
....	qm Läden	....	DM/qm	monatlich
....	qm Büro	....	DM/qm	monatlich
....	qm Freiflächen	....	DM/qm	monatlich
....	Garagenplätze PKW	....	DM	monatlich
....	Hofplätze PKW	....	DM	monatlich

Mietertragssteigerungspotential ....
Indexklausel, Festmiete ....
Staffelmiete ....

5. Netto-Mieterträge, aufgeteilt in

Wohneinheiten	....
gewerbliche Nutzung	....
PKW-Plätze	....
sonstige Erträge	....
Mehrwertsteuer-Zahlungen	....
Allgemeine Objekt- und Betriebskosten bzw. Neben- und Heizungskosten sowie Hausmeister, Reparaturen etc.:	....
Information, ob die Grundsteuer- und Gebäudeschutzversicherung auf die Mieter umgelegt bzw. welche Nebenkosten auf die Mieter nicht umgelegt werden:	....
Sind Kautionen oder Bankbürgschaften vereinbart:	....
Sind Wertsicherungsklauseln bei den gewerblichen Mietverträgen vereinbart?	....
Bei gewerblichen Verträgen die Angabe der Laufzeit und Optionsvereinbarungen:	....

Anlage 2 b: MERKBLATT FÜR ERWERBER VON ÖFFENTLICH GEFÖRDERTEN WOHNUNGEN

I. Wer Wohnraum (z. B. eine Eigentumswohnung, ein Miethaus, ein Eigenheim usw.) erwerben will, sollte sich vor Abschluß des Kaufvertrages **unbedingt vergewissern,** ob der Wohnraum „öffentlich gefördert" ist. Dies ist in der Regel der Fall, wenn für den Bau der Wohnung öffentliche Mittel als Darlehen oder Zuschüsse gewährt worden sind.

Öffentlich geförderte Wohnungen unterliegen hinsichtlich der Benutzung durch den Erwerber und bei Vermietung den Beschränkungen des Wohnungsbindungsgesetzes. An diese **Beschränkung** ist der Eigentümer öffentlich geförderten Wohnraums gebunden, auch wenn er bei dem Erwerb von dem Bestehen der Wohnungsbindung **keine Kenntnis** hatte.

II. Das Wohnungsbindungsgesetz (zuletzt geändert durch das Gesetz vom 11, Juli 1985, Bundesgesetzblatt Teil I, Seiten 1277 ff.), bietet für den juristischen Laien - insbesonderer wegen der Verweisung auf andere Gesetze - erhebliche Schwierigkeiten. Es ist daher angebracht, daß sich jeder Kaufinteressent bei der zuständigen Behörde sorgfältig informiert.

Zur Verdeutlichung wird auf einige Folgen der Wohnungsbindung beispielhaft hingewiesen:

a) **Bei Vermietung**

- Eine öffentlich geförderte Mietwohnung darf nur an den Inhaber einer behördlichen „Wohnberechtigungsbescheinigung" vermietet werden.
- Als Miete darf grundsätzlich nur die gesetzliche Kostenmiete verlangt werden.
- Ist eine öffentlich geförderte Wohnung in Wohnungseigentum umgewandelt und an einen Dritten veräußert worden, so stehen dem Mieter für die Dauer der Wohnungsbindung ein besonderer Kündigungsschutz und ein Vorkaufsrecht zu.

b) **Bei Benutzung durch den Erwerber**

- Will der Erwerber einer öffentlich geförderten Wohnung diese selbst beziehen, bedarf er einer behördlichen Benutzungsgenehmigung; diese wird nur unter bestimmten gesetzlichen Voraussetzungen, u.a. bei Einhaltung einer Einkommensgrenze, erteilt.

c) **Verstöße gegen die Wohnungsbindung**

- Der Erwerber einer öffentlich geförderten Wohnung, der in diese ohne eine Benutzungsgenehmigung gezogen ist, hat die Wohnung auf behördliche Anordnung zu räumen und einem Wohnberechtigten zur Verfügung zu stellen.
- Die als Darlehen bewilligten Mittel können fristlos gekündigt bzw. es kann die Bewilligung widerrufen werden.
- Bei einem Verstoß gegen die Wohnungsbindung kann eine monatliche Geldleistung von bis zu 6,-- DM je qm erhoben werden.
- Wegen bestimmungswidriger Wohnungsbenutzung kann eine Geldbuße bis zu 20.000,-- DM verhängt werden.

d) **Dauer der Wohnungsbindung**

- Die Wohnungsbindung dauert allgemein bis zur planmäßigen Tilgung der öffentlichen Mittel an.
- Bei freiwilliger vorzeitiger Rückzahlung endet die Wohnungsbindung grundsätzlich erst mit dem Ablauf des 8. Kalenderjahres nach dem Jahr der Rückzahlung. Die Frist kann unter bestimmten Voraussetzungen abgekürzt werden. Eigenheime, Eigensiedlungen und eigengenutzte Eigentumswohnungen werden jedoch bereits in dem Zeitpunkt von der Wohnungsbindung frei, zu dem die öffentlichen Mittel zurückgezahlt werden. Bei Eigentumswohnungen, die durch Umwandlung einer öffentlich geförderten Mietwohnung entstanden sind, gilt dies jedoch nur dann, wenn die Wohnung vom Eigentümer selbst oder seinen Angehörigen genutzt wird **und** der Eigentümer oder seine Angehörigen hierzu nach dem Wohnungsbindungsgesetz berechtigt sind (s.o. II a und b).

  Nähere Auskünfte erteilt die zuständige Stelle für den Vollzug des Wohnungsbindungsgesetzes (siehe III).

III. **Was sollte getan werden?**

Für den Vollzug des Wohnungsbindungsgesetzes ist die Stadtverwaltung zuständig, in deren Gebiet die fragliche Wohnung liegt. Ist die Wohnung in einer Gemeinde mit weniger als 25.000 Einwohner gelegen, ist - anstelle der Gemeinde - die Kreisverwaltung zuständig.

Die Stadt- oder Kreisverwaltung ist nach dem Gesetz verpflichtet, dem Interessenten von Wohnraum auf Anfrage schriftlich Auskunft zu erteilen, ob die Wohnung mit öffentlichen Mitteln gefördert worden ist und wie lange die Wohnungsbindung besteht. Für diese Auskunft kann eine Gebühr erhoben werden.

Die Einholung dieser Auskunft ist nicht erforderlich, wenn

- die Wohnungsbindung bekannt ist, insbesondere der Erwerber die öffentlichen Mittel als Schuldner übernehmen will, und hinsichtlich der Übertragung der öffentlichen Mittel wegen der besonderen Förderungs- und Schuldübernahmevoraussetzungen keine Bedenken bestehen,
- die Wohnungsbindung zweifelsfrei nicht besteht, z.B. bei den vor dem 20. Juni 1948 errichteten Altbauwohnungen.

Wer also Wohnraum erwerben will, sollte Auskunft über das Bestehen der Wohnungsbindung einholen, und zwar insbesondere dann, wenn eine Mietwohnung in eine Eigentumswohnung umgewandelt worden ist. Für die Anfrage an die Gemeinde- oder Kreisverwaltung kann der beigeheftete Vordruck verwendet werden.

Wer sich nicht rechtzeitig informiert, nimmt das **Risiko** erheblicher wirtschaftlicher und rechtlicher Nachteile auf sich, denn

Unkenntnis schützt vor Wohnungsbindung nicht!

Anlage 2 c: VORDRUCK FÜR EINE ANFRAGE AN DIE GEMEINDE- ODER KREISVERWALTUNG

Datum: ....

Straße: ....

Ort: ....

Telefon: ....

An die
Stadt- / Kreisverwaltung
Amt für Wohnungswesen

....

Betrifft: Wohnungsbindung;
hier: Anfrage nach § 18 Abs. 2 Wohnungsbindungsgesetz

Ich beabsichtige, das Objekt
(genaue Bezeichnung des Hauses / bzw. der Wohnung nach Straße, Ort und Lage)

....

....

....

zu erwerben und zu beziehen. Derzeitiger Eigentümer ist:

Name: ....

Straße: ....

Ort: ....

Ich bitte um Angabe, ob und ggf. wie lange das vorbezeichnete Objekt der Wohnungsbindung unterliegt.

....
(Unterschrift)

Anlage 3a: TECHNISCHE BEURTEILUNG DES OBJEKTES (Prüfschema mit Einzelpunkten)

1. Objektbeurteilung
   - Bildliche Darstellung
   - Funktionale Objektbeschreibung
   - Konstruktive Baubeschreibung
     Nutzungsdarstellung
     Flächenermittlung
     Bauteil-Analyse (vgl. Anlage 3 a)
2. Bautechnische Gesamtbeurteilung
3. Schwachstellenanalyse und sich daraus ergebende Konsequenzen
4. Nutzungsmöglichkeiten
   - Unterteilung der Geschosse
   - Zusammenschluß von Geschossen

Anlage 3b: BESCHREIBUNG DER GEBÄUDE

	Hauptgebäude Wohn- (und) Geschäftshaus	Nebengebäude Garage
Bauart und Baustoffe:		
freistehend oder eingebaut, massiv oder Fachwerk, wieviel unterkellert?		
Anzahl der Geschosse		
Wände: Keller		
aufgehendes Mauerwerk		
Decken, Bedachung, Innenwände, Außenputz,		
Fußböden, Fenster, Türen, Treppen usw.		
Ausstattung:		
Wasser, Gas, elektrisches Licht, Kraftleitungen,		
Kanalanschluß, Heizung (welche Art und in		
welchen Räumen), Warmwasser, Bad		
Nutzung:		
Zahl und Art der Wohnungen		
gewerblich genutzte Räume		
Bauzustand:		
Baujahr		
Welche Reparaturen sind erforderlich?		
Höhe der Kosten		
Wertmindernde Umstände:		
Feuchtigkeit, Schwamm, Bergschäden usw.,		
schlechte Vermietbarkeit		
Außenanlagen:		

Anlage 4: PRÜFLISTE BAUTEIL-ANALYSE/EINZELGEWERKE

I. Projektaufbereitung
- Standortwahl und Umfeldanalyse
- Entwicklung eines wirtschaftlichen Nutzungskonzeptes nach Marktanalysen
- Entwicklung einer baulichen Konzeption
- Baugrunduntersuchung und Altlastenprüfung
- Vermessung

II. Projektentwicklung
- Planungsentwurf
- Projektierung der Einzelgewerke

III. Einzelgewerke, Bauteile
- Rohbauarbeiten; Grundwasserspiegel und Isolierarbeiten
- Kaminbau
- Dachausbildung
- Isolierung und Kiesschüttungen bei Warmdach besonders beachten
- Wärmedämmarbeiten
- Schalldämmung - gemäß DIN 4109 (Schallschutz im Hochbau). Trittschallschutz zu beachten, bei Unterteilung einer Gechoßfläche an mehrere Mieter ist die Qualität der Trennwände, abgehängten Decken, Türen, Bodenbeläge mit größter Sorgfalt auszuwählen
- Spenglerarbeiten - Beachtung der Mauerwerksanschlüsse und -abdeckungen in Verbindung mit der Fassade wichtig
- Gerüstbauarbeiten
- Fassaden- und Putzarbeiten
- Fassadengestaltung - Konstruktion und Hinterlüftung der vorgehängten Fassade besonders beachten, insbesondere Fragen des Wärmeschutzes und der Schalldämmwerte in thermisch getrennten 2-Scheiben-Verbundglasausführungen

IV. Ausbauarbeiten
- Türen - auf Ausführung der Türblätter und Zargen achten
- Sanitäre Installation
- Aufzugsanlagen
- Lüftungsanlagen
- Heizungsanlage nebst Regelung und Steuerung
- Kanalnetz
- Spenglerarbeiten und Schlosser
- Elektroinstallation und -einrichtungen nebst Blitzschutzanlagen und Diebstahlsicherungen
- Estricharbeiten
- Eloxal- und Feineisenarbeiten
- Glasbausteinarbeiten
- Deckenabhängungen
- Fliesenarbeiten
- Akustik- und Gipskartonarbeiten
- Schreinerarbeiten
- Malerarbeiten
- Wandverkleidungen
- Baugrundreinigung
- Bodenbelagsarbeiten
- Beleuchtungskörper
- Telefonanlagen
- Außenanlagen, Tiefgarage

V. Bestandszeichnungen über sämtliche Einzelgewerke, insbesondere Haustechnik und Rohr- sowie Kabelsysteme sind unerläßlich

Anlage 5: VERFAHREN ZUR BAUWERTERMITTLUNG (Blanko-Muster)

Baujahr Lebens- und Restlebensdauer Bautyp	
Rohbau	
Ausbau	
Außenanlagen Ver- und Entsorgung	
Bauzustand Mängel /Schäden	
Technische Wertminderung durch Alter und Abnutzung in Prozent	

Anlage 5, Fortsetzung - VERFAHREN ZUR BAUWERTERMITTLUNG
(Blanko-Muster)

BAUWERT (1)

Bauteil	Länge m	Breite m	Fläche m²	Höhe Geschoß	Umbauter Raum m²	Bauwert 1913 M/m³	Neuwert 1913 M	Wert-minderung %	Zeitwert 1913 M
Besonders zu berechnende Bauteile:									
					Reine Baukosten: Übertrag:				

BAUWERT (2)

Reine Baukosten: Übertrag		
Außenanlagen gemäß DIN 276 (Garten, Plattierung, Hausanschluß, Erdtanks ...)		
Betriebseinrichtungen (Aufzug, Müllschlucker ...)		
Innenausstattung Einbauten		
Abschläge (Nachholreparaturen)		
Baunebenkosten ____ % von ____________		
Bauwert 1913 = 100	________ M	________ M
Bauwert 19... =	________ DM	________ DM

Anlage 6: VERFAHREN ZUR BAUWERTERMITTLUNG (Musterbeispiel)

Baujahr Lebens- und Restlebensdauer Bautyp	1977 Lebensdauer 100 Jahre - 10 Jahre = 90 Jahre Doppelhaushälfte mit Satteldach, vollunterkellert, Nutzung als Souterrain
Rohbau	Keller: Kalksandsteinmauerwerk Erdgeschoß: Poroton- und KSV-Mauerwerk Pfettendachstuhl mit Deckung aus Frankfurter Pfanne Außenputz: Reibputz Decken: Stahlbeton
Ausbau	Innenputz: Kalkzementputz, teilweise mit Reibeputz Boden: Schwimmender Estrich, teilweise Marmor, teilweise Textil Fenster: PVC- und Iso-Verglasung Türen:Holz Haustür: Metall mit Drahtornament-Verglasung Installation: Standard-Elektroinstallation Heizung: Gas mit Radiatoren
Außenanlagen Ver- und Entsorgung	Wiesenfläche - Beete mit Bepflanzung Zuwege und Garageneinfahrt mit Waschbetonplatten Auf dem Grundstück ist die Ver- und Entsorgung vorhanden
Bauzustand Mängel / Schäden	Der Zustand des Objektes ist als gut zu betrachten Größere Mängel sind nicht festzustellen Leichte Feuchtigkeitsmängel durch fehlende waagerechte Wand- isolierung in zwei Wänden
Technische Wertminderung durch Alter und Abnutzung in Prozent	Im Mittel 7 %, aufgrund der ständigen Instandsetzungsarbeiten und wertverbessernden Maßnahmen

Anlage 6, Fortsetzung - VERFAHREN ZUR BAUWERTERMITTLUNG
(Musterbeispiel))

BAUWERT (1)

Bauteil	Länge m	Breite m	Fläche m²	Höhe Geschoß	Umbauter Raum m²	Bauwert 1913 M/m³	Neuwert 1913 M	Wert minder %	Zeitwert 1913 M
Berechnung gemäß Gutachten vom 15. 06. 1977 Inklusive Garage, die komplett ins Gebäude integriert ist					736,02	19,00	13.981,38	7 %	13.005,17
Besonders zu berechnende Bauteile:									
- Offener Kamin									260,93
- Ausbau mit Glaswänden									599,44
- Reibeputz im Wohnraum							211,67	7 %	196,76
- Marmor im Dielenbereich							155,15	7 %	177,29
Reine Baukosten: Übertrag:									14.206,89

BAUWERT (2)

Reine Baukosten: Übertrag		14.206,89
Außenanlagen gemäß DIN 276 (Garten, Plattierung, Hausanschluß, Erdtanks ...)		874,47
Betriebseinrichtungen (Aufzug, Müllschlucker ...)		
Innenausstattung Einbauten	Zwischensumme	15.081,36
Abschläge (Nachholreparaturen)	Kellerwandsanierung Dachrinnen und Dichtungen	./. 162,20 ./. 253,88 14.665,28
Baunebenkosten 14 % von 14.665,28		+ 2.053,14
Bauwert 1930 = 100	M	16.712,42 M
Bauwert 1987 = 1.418,--	DM	237.067,18 DM

Anlage 7: BODENWERTERMITTLUNG

Beschreibung des Grundstücks:

1. **Wohn- und Verkehrslage:**
   Stadtteil, Charakter der Ortsgegend, Verkehrsverbindung
   Einwohnerzahl des Ortes

2. **Beschaffenheit:**
   der Straße (Ausbau, Befestigung, Entwässerung)
   des Baugrunds (Straßenfrontlänge, Grundstückstiefe, Kulturzustand)
   Wer ist Eigentümer des Straßenlandes:

3. **Nutzung:**
   Art der Nutzung

4. **Werterhöhende oder wertmindernde Umstände:**
   Höhe der Straßenbaukosten (bezahlt oder rückständig?), wenn rückständig, wieviel DM ______
   Baubeschränkung, Lichtrecht etc. – Besteht direkter Zugang zur öffentlichen Straße oder nur über ein angrenzendes Grundstück?

5. **Sonstiges:**
   Nicht beleihbare Grundstücke gemäß den Beleihungsgrundsätzen; Wert derselben (nicht unter Bodenwert aufnehmen)

Bodenwert:

Lfd. Nr.	Bezeichnung	Nutzungsart: Bauland, Acker, Hinterland, Garten	Größe m^2	Preis in DM pro m^2	Gesamtpreis in DM

zuzüglich Kosten für Vermessung, Auflassung, Erschließung und Baureifmachung ______

Bodenwert: ______

Frontlänge ______ m, Tiefe ______ m, Gesamtflächeninhalt ______ m^2

im Jahre ______ erzielter Preis bzw. Kaufpreis DM ______ pro m^2

im Jahre ______ für gleichartige örtliche Grundstücke erzielte Preise DM ______ pro m^2

Anlage 8: BEI DER ERMITTLUNG DES REINERTRAGES ZU BERÜCKSICHTIGENDE AUFWENDUNGEN

1. *Betriebskosten*

Instandhaltungskosten

bei gewerblich oder gemischt genutzten Gebäuden

6 % auf Nettomiete für das 1. - 10. Jahr
9 % auf Nettomiete ab 11. Jahr,

bei Wohngebäuden

9 % auf Nettomiete für das 1. - 10. Jahr
12 % auf Nettomiete ab 11. Jahr.

Gelten bei Neubauten Gewährleistungsfristen nach VOB (2 Jahre) oder BGB (5 Jahre), dann reduziert sich für diese Jahre der Instandhaltungskostensatz auf 2 %.

Sonstige nicht umlegbare Betriebskosten

6 % auf Nettomiete ab 1. Jahr bei gewerblich oder gemischt genutzten Gebäuden
14 % auf Nettomiete ab 1. Jahr bei Wohngebäuden.

2. *Verwaltungskosten*

4 % auf Nettomiete ab 1. Jahr bei gewerblich oder gemischt genutzten Gebäuden
8 % auf Nettomiete ab 1. Jahr bei Wohngebäuden.

Sofern ein Generalmieter vorhanden ist, reduziert sich der Verwaltungskostensatz je nach übernommenen Aufgaben. Dies gilt auch für Gewerbeobjekte mit nur wenigen Mietern und für selbstgenutzte Gebäude.

3. *Mietausfallwagnis*

2 % auf Nettomiete ab 1. Jahr.

Soweit langfristige Mietverträge bestehen bzw. Mietgarantie oder ein Generalmieter vorhanden sind, reduziert sich bzw. entfällt für diesen Zeitraum der Ansatz für das Mietausfallwagnis.

Anlage 9: ERTRAGSWERTERMITTLUNG

Bodenwert (im Vergleichsverfahren)

Richtwert bzw. Vergleichswert ______________ DM/qm

Zuschlag Abschlag wegen ______________

____ ______________ DM/qm

Maßgeblicher Bodenwert bei ______________ qm ______________ DM

Ertragswert

Nachhaltig erzielbare Mieterträge aus

______ qm Lagerfläche zu ______ DM/mtl. ______________ DM

______ qm Ladenfläche zu ______ DM/mtl. ______________ DM

______ qm Bürofläche zu ______ DM/mtl. ______________ DM

______ qm Wohnfläche zu ______ DM/mtl. ______________ DM

______ Garagenplätze zu ______ DM/mtl. ______________ Dm

______ Abstellplätze zu ______ DM/mtl. ______________ DM

Sonstige Erträge ______________________________ ______________ DM

Monatliche Bruttomiete (Rohertrag) ______________ DM

Jährliche Bruttomiete ______________ DM

Bewirtschaftungskosten (ohne AfA) ______ ______ % ./. ______________ DM

Jährlicher Reinertrag ______________ DM

Bodenwertverzinzung (______ %) ./. ______________ DM

Gebäudereinertrag ______________ DM

Restnutzungsdauer ______ Jahre

Zinssatz ______ %

Vervielfältigter (Anlage zu WertV 1988) ______

Gebäudeertragswert ______________ DM

(Reinertragsanteil = Gebäudereinertrag × Vervielfältiger)

Bodenwert ______________ DM

ERTRAGSWERT INSGESAMT ______________ DM

Anlage 10: RENDITEANFORDERUNG BEIM IMMOBILIENERWERB

Nutzungsart	Standort/Lage	Ia-Lagen		Ib-Lagen	
	Renditen	Anfangsrendite lt. G + V	interner Zinsfuß	Anfangsrendite lt. G + V	interner Zinsfuß
voll eigengenutzte Objekte		2,5	7,25	2,75	7,50
Wohnungsbau freifinanziert		3	7,50	3,5	7,75
gemischt genutzte Objekte		4	8,00	4,25	8,25
Gewerbliche Objekte (Büroflächen)		4,5	8,75	5	9,25
Gewerbliche Objekte (Büros und Läden)		5	9,25	5,5	9,75
Wohnungsbau (öffentlich gefördert)		5,5	9,25	6	9,75
Gewerbliche Objekte (Einzelhandel)		5,5	10,25	6	10,75
Spezielle gewerbliche Nutzung		7	11,25	8	11,75

Anlage 11: RENDITE-ERMITTLUNGSBOGEN FÜR IMMOBILIEN

1. *Objektbeschreibung*

Objekt/Projekt:	....
Vermittler:	....
Eigentümer:	....
Standort/Lage:	....
Nutzungsart:	....
Nutzfläche:	....
Grundstücksgröße:	....
Grundstückspreis je m²:	....
Baujahr:	....
Restnutzungsdauer:	....
Renditeanforderung:	....

2. *Aufwand*

Kaufpreis/Baukosten:	.... DM
Erwerbsnebenkosten in Prozent:	.... DM
Kalkulatorischer Zinsausfall bei Neubauvorhaben:	.... DM
Mehrwertsteuer:	.... DM
Investitionssumme:	.... DM

3. *Ertrag*

Nettomiete pro Jahr (= vom Mieter zu zahlende Kaltmiete ohne Mehrwertsteuer):		.... DM
Nicht umlegbare Bewirtschaftungskosten		
- Instandhaltung	.... %	
- Sonstige nicht umlegbare Betriebskosten	.... %	
- Verwaltung	.... %	
- Mietausfallwagnis	.... %	
	.... % = :	.... DM
Reinertrag:		.... DM

4. *Rendite (netto)*

$$r = \frac{\text{Reinertrag}}{\text{Investitionssumme}} \times 100$$

r = ... %

5. *Sonstige Werte/Ergebnisse*

Kaufpreis = ...-fache Nettomiete

Gebäudewert (Baukosten/qm Nutzfläche)		
ohne Grundstück		.... DM
mit Grundstück		.... DM
AfA 2 %	=	.... DM
3,5 %	=	.... DM
4 %	=	.... DM
Ertragswert	=	.... DM

Anlage 12: WIRTSCHAFTLICHKEITSBERECHNUNG FÜR ANLEGER, DIE STEUERLICHE ASPEKTE BERÜCKSICHTIGEN KÖNNEN

I. Objektbeschreibung				
1. Objekt/Projekt	:			
2. Vermittler	:			
3. Eigentümer	:			
4. Standort/Lage	:			
5. Nutzungsart	:			
6. Nutzfläche	:	0.000,00 qm		
7. Grundstücksgröße	:	0.000,00 qm		
8. Grundstückspreis/qm	:	DM	insgesamt	DM 000.000,00
9. Baujahr	:			
II. Aufwand				
1. *Objekt* Kaufpreis inclusive Grundstück	:			DM 0.000.000,00
2. *Projekt* Grundstückkaufpreis	:			DM 0.000.000,00
3. *Bau-Investition*				
a) Baukosten/Neubau	:			DM 0.000.000,00
b) Baukosten/Sanierung	:			DM 0.000.000,00
c) Baunebenkosten	:			DM 0.000.000,00
d) Bauzeitzinsen	:			DM 0.000.000,00
e) Mehrwertsteuer	:			DM 0.000.000,00
f) Sonstige	:			DM 0.000.000,00
Zwischensumme				DM 0.000.000,00
4. *Erwerbsnebenkosten*				
a) Notargebühren	:	0,00 % von DM		DM 000.000,00
b) Grunderwerbsteuer	:	0,00 % von DM		DM 000.000,00
c) Maklerprovision	:	0,00 % von DM		DM 000.000,00
d) Projektierungsgebühr	:	0,00 % von DM		DM 000.000,00
Investitionssumme	:	netto/brutto	gesamt:	DM 0.000.000,00
III. Ertrag				
1. Nettomiete (ohne Neben- und Heizungskostenvorauszahlungen) per anno	:			
2. Nicht umlegbare Bewirtschaftungskosten	:			
a) Instandhaltung	:	0,00 %		
b) Sonstige nicht umlegbare Betriebskosten	:	0,00 %		
c) Verwaltung	:	0,00 %		
d) Mietausfallwagnis	:	0,00 %		
		0,00 %	./.	DM 000.000,00
3. Reinertrag				DM 000.000,00

Anlage 12, Fortsetzung – WIRTSCHAFTLICHKEITSBERECHNUNG FÜR ANLEGER, DIE STEUERLICHE ASPEKTE BERÜCKSICHTIGEN KÖNNEN

IV. Rendite ohne steuerliche Aspekte

$$\frac{\text{Reinertrag x 100}}{\text{Investitionssumme}} = 0{,}00\,\%\ \text{Rendite}$$

V. Finanzierung

Finanzierungsvorschlag

a) Netto-Hypothek der Investitionssumme gem. II	= ca. 00,00 %	DM 0.000.000,00
b) Brutto-Hypothek bei einer Auszahlung von 00,00 %	= DM 000.000,00	
c) Eigenkapital der Investitionssumme gem. II	= ca. 00,00 %	DM 0.000.000,00
		DM 0.000.000,00

Die Finanzierungsrelation Eigenkapital / Fremdkapital kann natürlich individuell verändert werden. Entsprechend der Finanzierungsrelation verändern sich die Höhe des Steuervorteils, der effektive Eigenkapitaleinsatz und auch die nachfolgende Wirtschaftlichkeitsberechnung.

VI. Steuervorteile

1. *Sofort abzugsfähige Werbungskosten*

a) Damnum		DM 000.000,00
b) Bauzeitzinsen		DM 000.000,00
c) Afa		DM 000.000,00
d) Sonstige sofort abzugsfähige Werbungskosten		DM 000.000,00
		DM 000.000,00

2. *Steuerersparnis*
Aus den Werbungskosten gem. VI./1. ergibt sich bei 00 % Einkommensteuerbelastung folgende Steuersparnis — DM 000.000,00

3. *Effektiver Eigenkapitaleinsatz nach Steuern*

a) Eigenkapital		DM 000.000,00
b) Steuererspanis	./.	DM 000.000,00
Effektives Eigenkapital		DM 000.000,00

Die Werbungskosten während der Investitionsphase betragen - bezogen auf das Eigenkapital — ca. 00,00 %

VII. Liquiditätsrechnung für das erste volle Vermietungsjahr (ohne steuerliche Betrachtung)

1. *Nettomieteinnahmen per anno* ohne Mehrwertsteuer gem. III./1.			DM 000.000,00
2. *Ausgaben per anno ohne Mehrwertsteuer*			
a) Zinsen (00,00 % von V b)	DM 000.000,00 0-00 Jahre fest)		
b) Tilgung (00,00 % von V b)	DM 000.000,00		
c) nicht umlegbare Bewirtschaftungskosten gem. III./2.	DM 000.000,00		
	DM 000.000,00	./.	DM 000.000,00
3. *Liquiditätsüberschuß p.a.*		+	DM 000.000,00
4. *Liquiditätsunterdeckung p.a.*		./.	DM 000.000,00

VIII. Steuerliche Betrachtung für das 1. volle Vermietungsjahr

1. *Nettomiete p.a. ohne MWSt*			DM 000.000,00
2. *Werbungskosten*	DM 000.000,00		
a) Zinsen	DM 000.000,00		
b) Afa			
c) Nicht umlegbare Bewirtschaftungskosten gem. III./2.	DM 000.000,00		
	DM 000.000,00	./.	DM 000.000,00
3. *Einkünfte aus Vermietung und Verpachtung*		+/–	DM 000.000,00
4. *Einkommensteuerersparnis* bei einer Steuerprogression von 00,00 % ESt-Satz		+	DM 000.000,00
5. *Einkommensteuerschuld* bei einer Steuerprogression von 00,00 % ESt-Satz		./.	DM 000.000,00

IX. Liquiditätsberechnung für das 1. volle Vermietungsjahr
(unter Einbeziehung der steuerlichen Betrachtung und Finanzierung)

1. *Einnahmen*	
a) Nettomiete p.a. gem. III./1.	DM 000.000,00
b) Einkommensteuersparnis gem. VIII./4.	DM 000.000,00

2. *Ausgaben*
   a) Einkommensteuerschuld gem. VIII./5. — DM 000.000,00
   b) Zinsen gem. VII./2.a) — DM 000.000,00
   c) Nicht umlegbare Bewirtschaftungskosten gem. III./2. — DM 000.000,00

3. *Ergebnis vor Tilgung* — DM 000.000,00
   in bezug auf das einzusetzende Eigenkapital von DM 000.000,00 — = 00,00 % Rendite

4. *Ergebnis* vor Tilgung — DM 000.000,00
   in bezug auf das effektiv einzusetzende Eigenkapital von DM 000.000,00 — = 00,00 % Rendite
   (unter Berücksichtigung der sofort abzugsfähigen Werbungskosten bei einer Steuerprogression von 00,00 %)

5. *Liquidität nach Steuern*
   a) Ergebnis vor Tilgung gem. IX./3. — DM 000.000,00
   b) Tilgung — ./. DM 000.000,00

   Ergebnis nach Steuern und Tilgung — DM 000.000,00

6. *Ergebnis nach Tilgung* in bezug auf das einzusetzende Eigenkapital von DM 000.000,00 — = 00,00 % Rendite

7. *Ergebnis nach Tilgung* in bezug auf das effektiv einzusetzende Eigenkapital von DM 000.000,00 — = 00,00 %Rendite
   (unter Berücksichtigung der sofort abzugsfähigen Werbungskosten bei einer Steuerprogression von 00,00 %)

X. Zusammenfassung diverser Objektdaten

1. *Kaufpreis / Projektaufwand gem. II.* — ..... fache der Jahres-Nettomiete
2. *Grundstückspreis je qm* — DM 0.000.000,00/qm
3. *Grundstückskaufpreis bezogen auf die zu erstellende Nutzfläche*
   (GKN = Grundstückskostenanteil pro qm) — DM 0.000.000,00/GKN
4. *Kaufpreis / Projektaufwand gem. II., bezogen auf die vermietbare Nutzfläche (I. Ziff. 6)* — DM 0.000.000,00/qm
5. *Rendite nach Steuern vor Tilgung, bezogen auf das effektive Eigenkapital* — 00,00 %

Anlage 13: KAUFPREISERMITTLUNG BEI EINER BESTIMMTEN RENDITEVORGABE

Grundformel für Renditeermittlung:

$$r = \frac{\text{Nettomiete ./. Bewirtschaftungskosten ./. AfA}}{\text{Investitionssumme}} \times 100$$

Einsetzen in die Grundformel zur Ermittlung des Kaufpreises:

$$\frac{\text{Sollrendite}}{100} = \frac{\text{Nettomiete ./. Bewirtschaftungskosten ./. } \left(\frac{1 + \text{ErwerbsNK}}{100} \text{ x ./. Grundst.}\right) \frac{2}{100}}{\left(1 + \frac{\text{ErwerbsNK}}{100}\right) \times \text{x}}$$

Umkehrung der Grundformel:

$$\text{Investitionssumme} = \frac{\text{Nettomiete ./. Bewirtschaftungskosten ./. AFA}}{\text{Sollrendite}} \times 100$$

1. Ausgegangen wird von der ursprünglichen Fomel zur Renditeermittlung.
2. Da jedoch der Kaufpreis unbekannt ist, muß dieser als x eingesetzt werden.
3. Die Investitionskosten stellen sich dann wie folgt dar:

   x + ... % Erwerbsnebenkosten   o d e r

   $$\left(1 + \frac{\text{ErwerbsNK}}{100}\right) \times \text{x}$$

4. Dadurch, daß die AfA vom Gebäudewert ermittelt wird, dieser aufgrund des unbekannten Kaufpreises jedoch nicht feststeht, muß wie folgt gerechnet werden:

   (Investitionskosten ./. Grundstück) × 2 %   o d e r

   $$\left(1 + \frac{\text{ErwerbsNK}}{100} \times \text{x ./. Grundstück}\right) \times \frac{2}{100}$$

5. Nach diesen Umstellungen kann die ursprüngliche Formel zusammengestellt und nach x aufgelöst werden.

Anlage 14: MÄNGELKARTE (pro Haus)

Gebäude-Nummer: ....

Gebäude-Bezeichnung: ....

Mängel	Instand-haltungsart Nr.	lfd. Nr.	Ausführung		voraussichtliche Kosten in DM	Art der Instand-haltung	Bezug	Bemerkung
			Quartal	Jahr				

Anlage 15: MASSNAHMENPLANUNG MIT KOSTENSCHÄTZUNG (pro Haus)

Gebäude-Nummer: .... Gebäude-Bezeichnung: .... Mängelbehebung Voraussehbare Arbeiten im Rahmen der Instandhaltung			
	1989	1990	
Art der Arbeiten Reparaturen Schlüssel Nr. Kostenschätzung DM			
Summe der Kosten	Summe	Summe	

Anlage 16: INSTANDHALTUNGSKOSTEN FÜR DEN GESAMTEN GRUNDBESITZ

Stand: ....

Instandhaltungskosten Grundstück	Plan 1990 DM	Plan 1991 DM	Plan 1992 DM	Auftrag lfd. Jahr DM	Ist lfd. Jahr DM
Reserveetat					

Anlage 17: KOSTENPLANUNG UND ETAT-ABGLEICHUNG

Etat für den gesamten Grundbesitz DM ....

davon 75 % DM ....

Aufteilung des Etats auf die Gebäude (Schlüssel: EW × Bauindex × Etatprozentsatz)

Gebäude Nr.: Gebäude Bez.:	Planjahr 1990		Planjahr 1991		Planjahr 1992	
	Etat 75 %	Kosten DM	Etat 75 %	Kosten DM	Etat 75 %	Kosten DM
	Summe	Summe	Summe	Summe	Summe	Summe

Anlage 18: VORLÄUFIGE PLANUNGSTECHNIK

Vorgehensweise bei der Erstellung des Maßnahmen- und Kostenplans zur Pflege des Grundbesitzes bis zur maschinellen Verarbeitung im EDV-gestützen System. Die Planungstechnik ist in folgende Schritte aufzuteilen:

1. Je Haus wird nach den Planungsgrundlagen manuell eine Mängelkarte geführt. Inhalte der Mängelkarte (Anlage 12).
2. Maßnahmenplanung für die Mängelbehebung und vorhersehbaren Arbeiten mit jeweiliger Kostenschätzung; Verteilung der geplanten Maßnahmen auf die Planjahre in einer weiteren Karteikarte gemäß Anlage 13.
3. Übernahme der Kostenschätzung in eine Zusammenstellung der Kosten für Erhaltungsmaßnahmen aller Häuser pro Jahr des Planungszeitraums (Anlage 14).
4. Prüfung des Gesamtplans auf Einhaltung des Budgets und Durchführung eventuell notwendig werdender Korrekturen (Anlage 15).
5. Erstellung einer jährlichen Übersicht, bestehend aus der Zusammenstellung aller Häuser eines Unternehmens.
6. Erstellung einer vierteljährlichen Vorlage als Information über die veranlaßten beziehungsweise durchgeführten Instandhaltungsmaßnahmen, bestehend aus der Zusammenstellung der geplanten, in Auftrag gegebenen und bereits abgerechneten Erhaltungsmaßnahmen über alle Häuser.

Anlage 19, linke Seite des Formulars - ANGEBOTSZUSAMMENSTELLUNG / LISTE DER ANGEFRAGTEN FIRMEN

Ausschreibung .... **arbeiten/Lieferungen**

☐ öffentlich ☐ beschränkt Aktenzeichen .... Los ....

Firmenanschrift	**Voranfrage abgesandt** Datum und Unterschrift des Sachbearbeiters	**Antwort der angeforderten Firma.** Nichtzutreffendes streichen	**Unterlagen zugesandt bzw. ausgegeben.** Datum und Unterschrift des Sachbearbeiters	**Angebot entgegengenommen** Datum, Uhrzeit. Verdingungsverhandlung umseitig	**abgesagt am**
		zusenden			
		wird abgeholt			
		zusenden			
		wird abgeholt			
		zusenden			
		wird abgeholt			
		zusenden			
		wird abgeholt			
		zusenden			
		wird abgeholt			
		zusenden			
		wird abgeholt			
		zusenden			
		wird abgeholt			
		zusenden			
		wird abgeholt			
		zusenden			
		wird abgeholt			
		zusenden			
		wird abgeholt			
		zusenden			
		wird abgeholt			

sachlich und fachtechnisch geprüft:	rechnerisch richtig:
....	....
Datum Unterschrift	Datum Unterschrift

Anlage 19, rechte Seite des Formulars - ANGEBOTSZUSAMMENSTELLUNG / LISTE DER ANGEFRAGTEN FIRMEN

Bauherr, Bauvorhaben und Bauort ▽ **Entwurf** ▽ **Bauüberwachung** ▽

Angebotssumme ungeprüft (ohne MwSt.) DM	Pf	**Angebotssumme geprüft** (ohne MwSt.) DM	Pf	**Reihenfolge der Firmen nach geprüften Angebots-summen**	**Mehrpreis gegenüber niedrigstem Angebot** DM	Pf	**Mehr-preis in %**	**Bemerkungen: Abgabe, Nachabgabe, Nebenangebot, Abän-derungsvorschlag, Arbeitsgemeinschaft**

sachlich fachtechnische und rechnerische Richtigkeit festgestellt:

....

Datum, Unterschrift des Architekten

Anlage 20a: MASKENAUFBAU „BUDGET“

Objekt-Nr.	....
Objekt	....
Einheitswert	....
Index	....
Prozent	....
Budget	....

Anlage 20b: MASKENAUFBAU „MASSNAHME“

Objekt-Nr. ....

Objekt ....

Gruppe .... Soll .... Ist ....

Maßnahme	Summe
....	....
....	....
....	....
....	....
....	....

Anlage 20c: MASKENAUFBAU „SOLL/IST“

Objekt-Nr. ....

Objekt ....

Budget ....

Gruppe	Soll	Ist	Deckung
Dach	....	....	....
Fassade	....	....	....
Fenster	....	....	....
Garage	....	....	....
Heizung	....	....	....
Sanitär	....	....	....
Elektro	....	....	....
Außenanlagen	....	....	....
Sonstiges	....	....	....
Summe	....	....	....

Anlage 21: DRUCKLISTE/KOSTENAUFSTELLUNG

Kostenaufstellung

Aufbau der Druckliste (verkleinerte Darstellung)

Kostenaufstellung 〈Datum〉				
Objekt-Nr.	Objekt	Klasse	Sollkosten	Istkosten
Summe				

Besonderheiten

Die Verbindung zwischen den einzelnen Buchungen der Kostenklasse 600 und den Maßnahmen zu den Objekten wird über die Kontonummern hergestellt. Eventuell müssen die 14stelligen Textfelder der Buchung benutzt werden.

Budgetauswertung 〈Datum〉						
Objekt-Nr.	Objekt	Einheitswert	Budget	Sollkosten	Istkosten	Deckung
Summe						

Anlage 22, linke Seite des Schaubildes - DIALOGVERKEHR INSTANDHALTUNGSPROGRAMM

Ziele: - Budgetierung und Überwachung der jährlichen Instandhaltungsaufwendungen
- Kontrolle der Wirtschaftlichkeit von Einzelobjekten
- Überblick über den Modernisierungs-/Bauzustand von Einzelobjekten
- Minimierung des Verwaltungsaufwands

PROGRAMME:

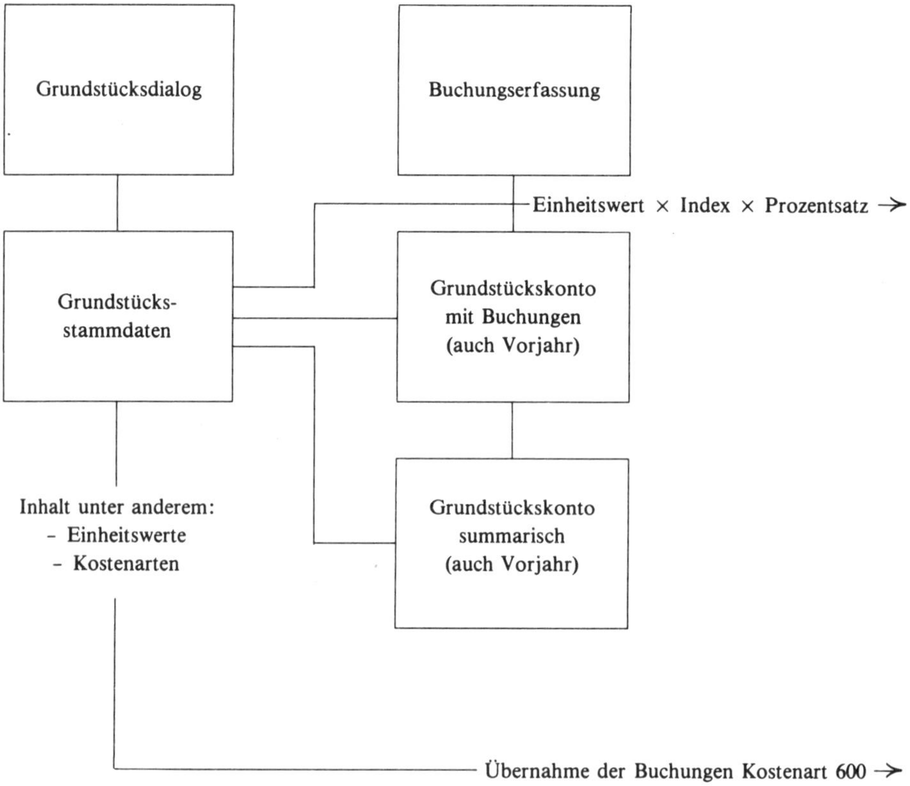

Instandhaltungsprogramm

1. Regelmäßige Auflistung der Mängel im Hausmeisterbericht.
2. Jährliche Begehung durch Architekt und Erstellung von Mängelkarten als Basis für das Datensystem.
3. *Eingabe* der geplanten Maßnahmen mit Plankosten.
4. Automatische Berechnung des Etats pro Haus. Dazu wird der Einheitswert aus den Grundstücksstammdaten automatisch entnommen und nach folgender Formel zum Etat umgerechnet: EW × Index × Prozent.
5. Auflistung der Maßnahmen durch Schritt 3.

Anlage 22, rechte Seite des Schaubildes - DIALOGVERKEHR INSTANDHALTUNGSPROGRAMM

Instandhaltungsprogramm

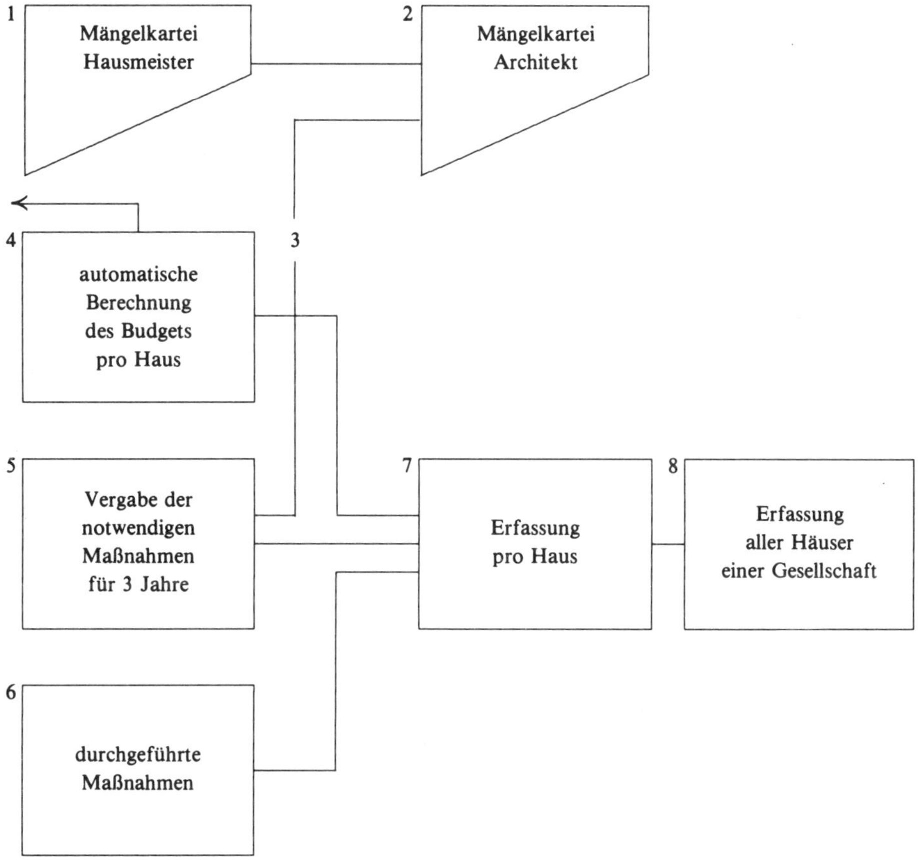

6. Automatische Übernahme der Kostenart 600 (Instandhaltung) aufgrund der regelmäßig durch den Verwalter im Rahmen der Bewirtschaftung des Objektes durchgeführten Buchungen (dadurch keine Doppelbelastung). Im Instandhaltungsprogramm werden so die durchgeführten Maßnahmen und Kosten gespeichert. Es erfolgt auch gleichzeitig eine Trennung in Erhaltungs- und Modernisierungsaufwand (aktivierungspflichtig).
7. = Schritte 2 - 6.
8. Zusammenfassung aller Häuser einer Gesellschaft.

Anlage 23: WOHNUNGSWIRTSCHAFTLICHES DIALOG-INFORMATIONS-SYSTEM

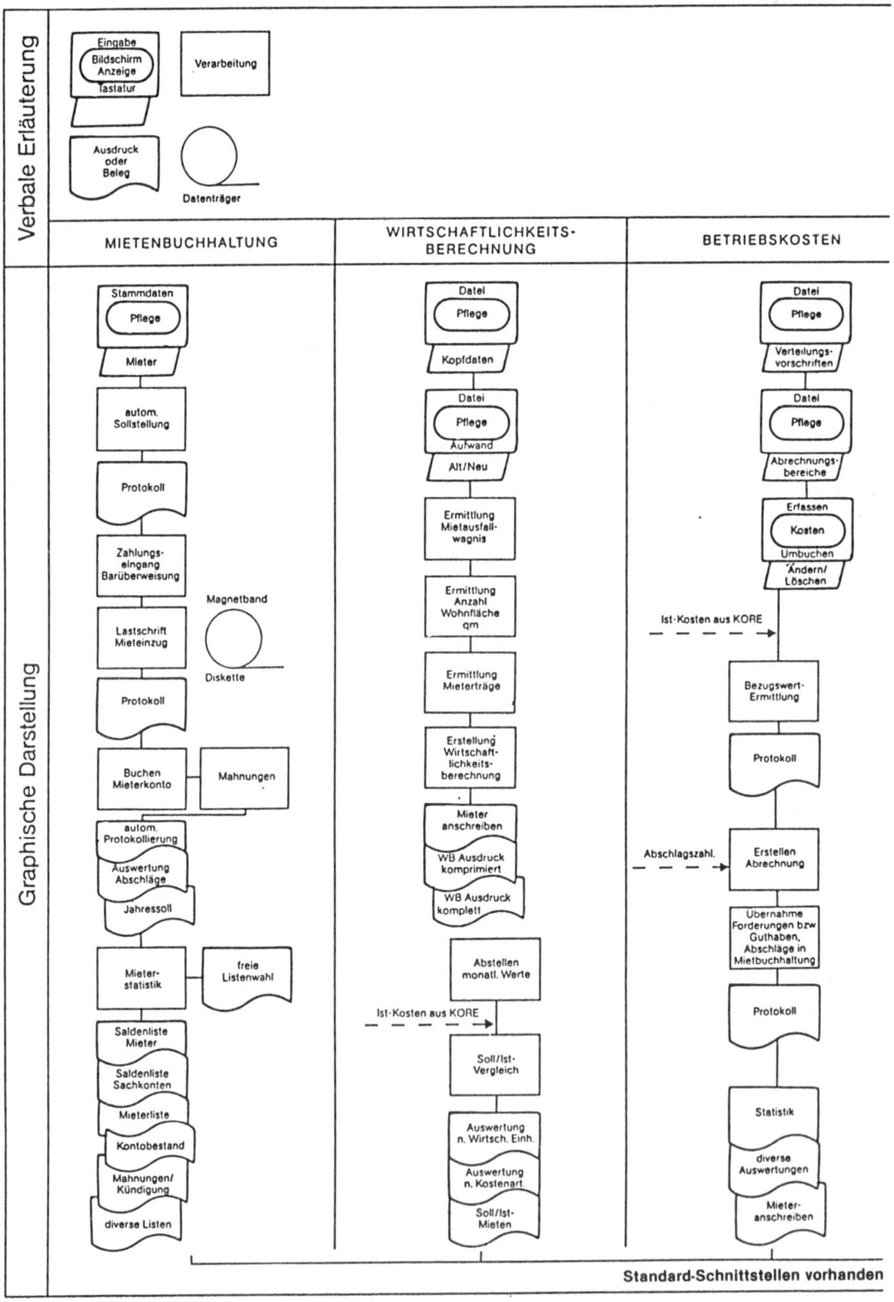

Entwickelt und angeboten von Fa. Computer Wolff, Dortmund

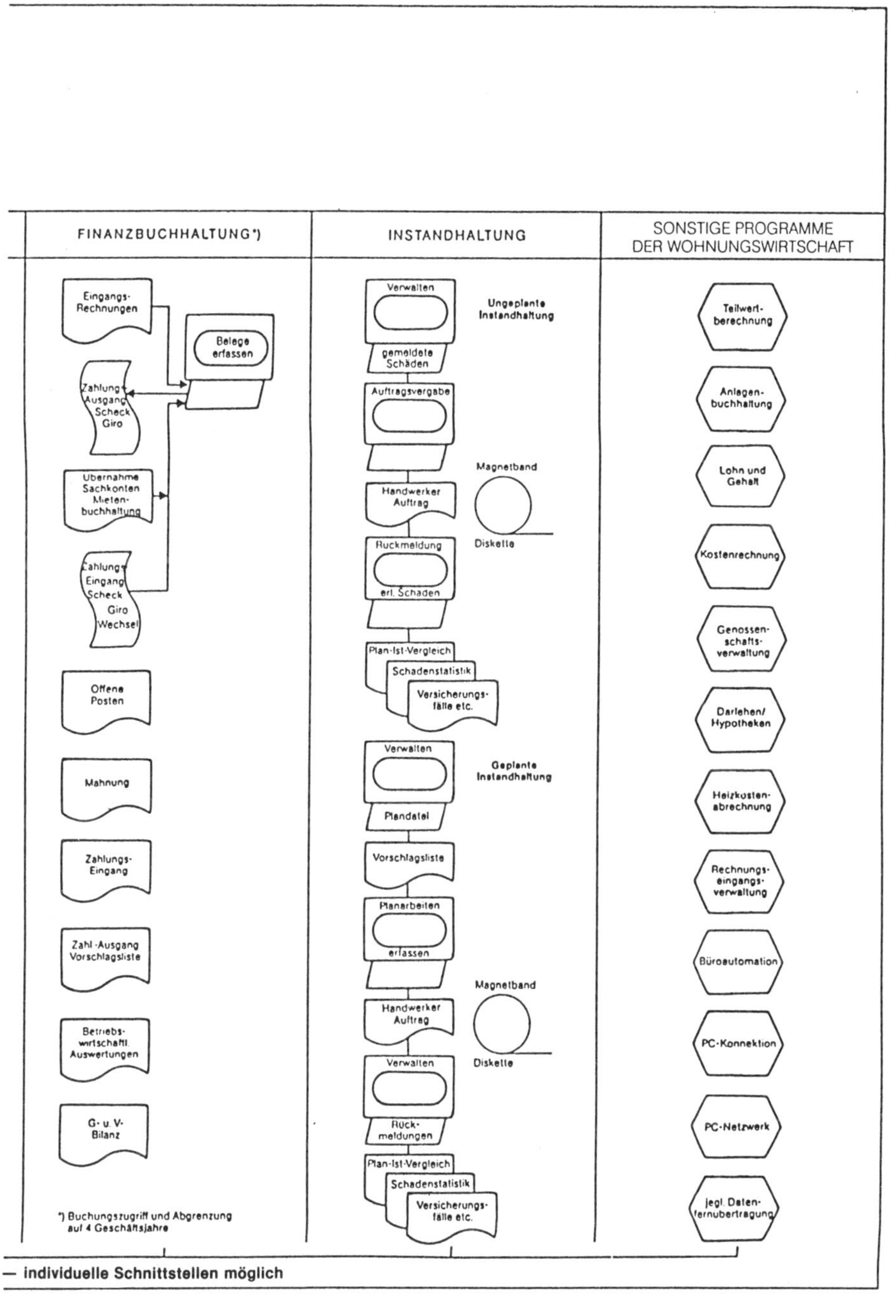
FINANZBUCHHALTUNG*)
INSTANDHALTUNG
SONSTIGE PROGRAMME DER WOHNUNGSWIRTSCHAFT
Eingangs-Rechnungen
Belege erfassen
Zahlung-Ausgang Scheck Giro
Übernahme Sachkonten Mieten-buchhaltung
Zahlung-Eingang Scheck Giro Wechsel
Offene Posten
Mahnung
Zahlungs-Eingang
Zahl.-Ausgang Vorschlagsliste
Betriebs-wirtschaftl. Auswertungen
G- u. V-Bilanz
*) Buchungszugriff und Abgrenzung auf 4 Geschäftsjahre
Verwalten
Ungeplante Instandhaltung
gemeldete Schäden
Auftragsvergabe
Magnetband
Handwerker Auftrag
Diskette
Rückmeldung
erl. Schaden
Plan-Ist-Vergleich
Schadenstatistik
Versicherungs-fälle etc.
Verwalten
Geplante Instandhaltung
Plandatei
Vorschlagsliste
Planarbeiten erfassen
Magnetband
Handwerker Auftrag
Verwalten
Diskette
Rück-meldungen
Plan-Ist-Vergleich
Schadenstatistik
Versicherungs-fälle etc.
Teilwert-berechnung
Anlagen-buchhaltung
Lohn und Gehalt
Kostenrechnung
Genossen-schafts-verwaltung
Darlehen/ Hypotheken
Heizkosten-abrechnung
Rechnungs-eingangs-verwaltung
Büroautomation
PC-Konnektion
PC-Netzwerk
jegl. Daten-fernübertragung
— individuelle Schnittstellen möglich

Anlage 24: UNTERSUCHUNG DES IMMOBILIENBESTANDES

1. *Kurz-Analyse*	**Prüfergebnisse in den Anlagen:**
Überprüfung des Bestandes	
- nach Nutzungsart/Volumen	
- Ertrags- und Renditesituation	24a Renditeübersicht
- Schwachstellenermittlung	
- baulich/technisch	
- wirtschaftlich	
- renditemäßig (siehe S. 177, 24 b Renditeabweichungen)	
Erfassung der renditeschwachen (notleidenden) Objekte (Rendite schlechter als der Gesamtdurchschnitt; Rendite im unteren Drittel/Hälfte)	
mit ***Beurteilung***	24c Beurteilungsblatt
Entscheidungsphase	
- Festlegung der Entscheidungskriterien für Betreuungsobjekte	
- Vorentscheidung über die Verwendung aufgrund der Anlagen 24b und 24c	
- Verkauf	
- Erhaltung im Bestand mit Maßnahmen zur Sanierung und Renditeoptimierung vorbehaltlich Hauptprüfungsergebnis zu 2	
2. *Haupt-Untersuchung*	
einzelner Objekte des renditeschwachen Bestandes gemäß Anlage 24c	
Zielsetzung:	
Eingehende Untersuchung zwecks Behebung der Schwachstellen und Rendite-Optimierung	
Leistungsangebot ohne Programme und Konzeptionen	
Einzelprüfungen	
Lage	
Makrostatus	
Mikrostatus	
Substanz	
Zustandsprüfung	
- baulich/technischer Zustand der Einzelteile	
- Struktur/Ausstattung, Aufteilung	
- Instandhaltungsaufwand der letzten fünf bis zehn Jahre	24d Analyse-Tabellen
- notwendige Maßnahmen	
- aktueller Sanierungs-Renovierungsstau	24e Mängel-Kartei
- künftig restliche Lebensdauer der Bauteile	
- Investitionsbedarf für Anpassungen	24f Tabelle Maßnahmenplanung mit Kostenansatz
- baulich-substantiell	
- technisch	
- strukturell	
- Ermittlung des Substanzwertes	
- anhand Erfassungsbogen	
- ausführliche Substanz- und Objektbewertung durch Sachverständigen-Drittleistung	

[Fortsetzung der Anlage 24 auf der folgenden Seite]

Anlage 24, Fortsetzung - UNTERSUCHUNG DES IMMOBILIENBESTANDES

	Prüfergebnisse in den Anlagen:
Ertrag	
- brutto/netto	
- Analyse der Bewirtschaftungskosten und des Instandhaltungsaufwands	vgl. Aufstellung des Unternehmens und Anlage 24d
- Ermittlung besonderer Kostenblöcke und Senkungsmöglichkeiten	
- Mieterstrukturanalyse	24g Tableau
- Mietsteigerungsmöglichkeiten nach - Vertrag - Markt	
- Ertragswert nach WertV 1988	24h Ermittlungsbogen
Rendite Ermittlung für einzelne Objekte und Gesamtbestand aufgrund Wirtschaftlichkeitsberechnungen	24i Rendite-Berechnungsbogen
Gesamt-Beurteilung	
3. *Entscheidungsphase*	
- Entscheidung über Maßnahmen zur Verbesserung der Wirtschaftlichkeit - Aktivierung von Ressourcen - Kostensenkungen - Bestandsinvestitionen/Umbauten, Anpassungen - Mietsteigerungen - Änderung der Mieterstruktur - Programm-Vorschläge	24j Prüfschema

Anlage 24a: RENDITEÜBERSICHT
ENTWICKLUNG UND VERZINSUNG DES GRUNDBESITZES

Bilanzwert Vortrag zum 1.1. ...	Zugang	Abgang	Abschreibung	Stand 31.12. ...	Erträge	Aufwendungen	Instandhaltung	nicht umlegbare Bewirtschaftungskosten	Abschreibung	Nettoertrag nach Abschreibung	Durchschnittsverzinsung

Anlage 24b: RENDITEABWEICHUNGEN VON DER DURCHSCHNITTS-VERZINSUNG DES GRUNDBESITZES IN HÖHE VON . . . . %

Objekt	Rendite	Abweichnung von der Durchschnittsrendite	Ertragssteigerung Soll in DM

Anlage 24c: AUFLISTUNG DER IMMOBILIEN MIT SCHWACHSTELLEN (Beurteilungsblatt)

Objekt	baulich/technisch	Struktur	Rendite

Anlage 24d: ANALYSE-TABELLEN

Analyse der nicht umlegbaren Aufwendungen im Grundbesitz

1. *Abzug*[1] *vom Ertrag* in Prozent

Objekt	1992	1991	1990	1989	1988	1987	1986	Durchschnitt

2. *Ermittlung der Instandhaltungs- und sonstigen Kosten*

Objekt	Gesamtabzug[1] vom Ertrag in Prozent	Anteil Instandhaltungskosten in Prozent	Anteil sonstige nicht umlegbare Kosten in Prozent
Durchschnitt			

1 allgemeine Kosten, nicht umlegbare Instandhaltungs- und sonstige Betriebskosten ohne AfA, Verwaltungskosten, Mietausfall

Anlage 24e: MÄNGELERFASSUNG PRO HAUS/MÄNGELKARTEI

Nr.: *Objekt*			
Art des Mangels	Behebungskosten	absehbare Erneuerungen/Reparaturen	Kosten
Dach undicht	50.000	Heizkessel	

Anlage 24f: MASSNAHMENPLANUNG MIT KOSTENANSATZ

Objekt	Maßnahmen	Kosten	Ausführung
Sommerstraße	Dacherneuerung	50.000	

Anlage 24g, linke Seite des Formulars - TABLEAU MIETERSTRUKTURANALYSE

Mieter	Etage	qm	Nettomiete		Nebenkosten		Bruttomiete		Miet-spiegel
			qm	absolut	qm	absolut	qm	absolut	

Anlage 24g, rechte Seite des Formulars - TABLEAU MIETERSTRUKTURANALYSE

Erhöhungs-möglichkeit	Vertrags-beginn	Laufzeit	Option	Kündi-gungs-frist	Index	Bonität	Renovierungs-zustand	Kaution

Anlage 24h: ERMITTLUNGSBOGEN ZUR ERTRAGSWERTERMITTLUNG

1. Bodenwert (im Vergleichsverfahren)

1.1 Richtwert bzw. Vergleichswert ______________ DM/qm

1.2 Zuschlag Abschlag wegen ______________

____ ______________ DM/qm

1.3 Maßgeblicher Bodenwert bei ______________ qm ______________ DM

---

2. Ertragswert

2.1 Nachhaltig erzielbare Mieterträge aus

__________	qm Lagerfläche zu	__________	DM/mtl.	__________	DM
__________	qm Ladenfläche zu	__________	DM/mtl.	__________	DM
__________	qm Bürofläche zu	__________	DM/mtl.	__________	DM
__________	qm Wohnfläche zu	__________	DM/mtl.	__________	DM
__________	Garagenplätze zu	__________	DM/mtl.	__________	DM
__________	Abstellplätze zu	__________	DM/mtl.	__________	DM

Sonstige Erträge ______________________________ ______________ DM

Monatliche Bruttomiete (Rohertrag) ______________ DM

Jährliche Bruttomiete ______________ DM

2.2 Bewirtschaftungskosten (ohne AfA) _____ __________% ./. ______________ DM

2.3 Jährlicher Reinertrag ______________ DM

2.4 Bodenwertverzinzung (__________ % von Ziffer 1.3) ./. ______________ DM

2.5 Gebäudereinertrag ______________ DM

2.6 Restnutzungsdauer __________ Jahre

Zinssatz __________ %

Vervielfältiger (Anlage zu WertV 1988) __________

2.7 Gebäudeertragswert ______________ DM

(Reinertragsanteil gem. 2.5 × Vervielfältiger)

2.8 Bodenwert ______________ DM

Ertragswert insgesamt ______________ DM

Anlage 24i: RENDITE-BERECHNUNGSBOGEN

1. Objektbeschreibung

Objekt:	....
Vermittler:	....
Eigentümer:	....
Standort/Lage:	....
Nutzungsart:	....
Baujahr:	....
Renditeanforderung für:	....

2. Bilanzwert per .... : .... DM

3. Ertrag

Nettomiete pro Jahr (= vom Mieter zu zahlende Kaltmiete ohne Mehrwertsteuer):			.... DM
Nicht umlegbare Bewirtschaftungskosten			
– Instandhaltung	.... %		
– Sonstige nicht umlegbare Betriebskosten	.... %		
– Verwaltung	.... %		
– Mietausfallwagnis	.... %		
	.... %	= :	.... DM
Grundstückswert ...... qm × ...... DM	.... DM		
Gebäudewert	.... DM		
2 % AfA vom Gebäudewert		:	.... DM
Reinertrag		:	.... DM

4. Rendite (netto)

$$r = \frac{\text{Reinertrag}}{\text{Bilanzsumme}} \times 100$$

r = ... %

Anlage 24j: PRÜFSCHEMA

Kostenblöcke und Senkungsmöglichkeiten

Gemeindliche Abgaben

Senkungen, Präferenzen wegen Standort

Grundsteuererlaß bei Leerstand

Überprüfung des Grundsteuerbescheides des Finanzamtes

Gestaltung des Versicherungsschutzes

Prämienvolumen und -struktur, Vergleichsangebote

Vertragsprüfung, Umdeckung (Termine notieren)

Einschaltung von Energieberatern

Neuausschreibung aller Dienstleistungs- und Wartungsverträge

Inanspruchnahme von Dienstleistungsfirmen anstelle eigenen Personals

Verwaltungskosten und -materialien

Rationalisierung durch

- Mieteinzugsverfahren
- Kostenüberwachung mit EDV-gestütztem Kosten-/Budgetprogramm

(Objekt-Kosten-Abweichungsanalyse)

Neuausschreibung für alle Materiallieferungen

Anlage 25: MASKENAUFBAU „RENDITE“

Objekt/Gesellschaft	______________________	
Bilanzwert 1. 1.	______________________	
Ø Bilanzwert	______________________	
Bilanzwert 31. 12.	______________________	
AfA	__________ Prozent	
aktivierte Zugänge	______________________	
Erträge	______________________	
Aufwände	______________________	
Reinertrag	______________________	
Rendite	______________________	______________________ Vorjahr

Aufbau einer Druckliste (verkleinerte Darstellung)

Rendite Programm ⟨Datum⟩

Obj	Bi 1.1.	Ø Bi	Bi 31.12.	AfA	akt. Zug	Ertr	Aufw	Rtr	RenVJ	Rend
Su.										

Stichwortverzeichnis